云阳之舞

夏志雄 著

团结出版社

图书在版编目（CIP）数据

云阳之舞 / 夏志雄著. -- 北京：团结出版社，
2023. 10
ISBN 978-7-5234-0359-4

Ⅰ. ①云… Ⅱ. ①夏… Ⅲ. ①长篇小说-中国-当代
Ⅳ. ①I247. 5

中国国家版本馆 CIP 数据核字（2023）第 156959 号

出　　版：团结出版社
　　　　　（北京市东城区东皇城根南街 84 号　邮编：100006）
电　　话：（010）65228880　65244790
网　　址：www.tjpress.com
E - mail：65244790@163.com
经　　销：全国新华书店
印　　刷：四川科德彩色数码科技有限公司

开　　本：145mm×210mm　　1/32
印　　张：9. 125
字　　数：238 千字
版　　次：2023 年 10 月第 1 版
印　　次：2023 年 10 月第 1 次印刷

书　　号：ISBN 978-7-5234-0359-4
定　　价：68. 00 元

谨以此书呈给引洮工程和陇中儿女

一曲清越的凯歌

刘晋寿

　　我很希望有人写出一部引洮工程的长篇小说，因为《引洮记事》只是真人真事的记录，其中还有众多令人厌烦的数字，艺术色彩不浓，阅读欣赏起来乏味。如果是小说，那就不同了，会更生动、更精彩，更有效地反映这一重大水利工程，给读者提供一份文学大餐。毫无疑问，读者肯定喜欢读艺术性强的作品，喜欢生动曲折的故事，鲜活的人物，优美的语言，以此来感受、体会和领悟引洮中发生的人和事，获得美的熏陶与享受。

　　我甚至设想过这部小说该如何去写，只有这样或那样才能打动读者。无奈，我没有这样的能力和精力，只有美好的设想，只是想想而已。所以，我一直期待一部描写引洮小说的诞生。引洮是解决甘肃中部地区群众用水的一件大事，它的影响是长期的，深远的，巨大的。大事件本身就具有时代性和历史性。引洮几乎浓缩了新中国成立后定西及周边地区发展的历程，把这样一项宏大的工程用小说艺术的形式表现出来，其价值是不言而喻的。

　　这项工程涉及的人很多，时间跨度又很长，第一次引洮失败了，第二次成功了，如何去表现它们？这两者之间有什么关系？如何处理这种关系？都是难题。第一次引洮失败是由于当时不具备建设大工程的条件，资金、技术、人员都不具备，一句话国力难以支撑；可是群众的愿望又十分强烈，所以上马了，失败了。但是我们可以有糟糕的过去，却不能没有美好的未来。第二次引洮不存在技术、资金和人员问题，因为国家实力增强了。新中国的发展为引洮奠定了基础，积累了雄厚的资金，人力、技术都达到了相当先进的水平，而中部干旱地区群众对引洮的愿望更加强烈了，所以引洮再度上马，经过艰苦卓绝地奋斗，建成了，通水了，为陇中发展注入了活力。真是感天动地的大事件。

一片片渴望浸润的土地上流淌着潺潺的水声，一个个渴望沐浴的心灵荡漾着粼粼碧波，一声声蛙鸣在雪白的浪花上绽放，一穗穗麦子在晶莹的露珠中摇曳，引洮流淌的不仅仅是清澈的洮河水，还有闪闪发亮的希望。四百多万人喝上了甘甜的洮河水，他们在品尝香甜乳汁的时候，自然会想起那些建设者，思念他们，感恩他们，想象他们是什么样子，是如何克服一个个困难的，十几公里的隧洞是如何打通的？一百三十三米高的大坝是如何筑起的？他们是什么人？为何有那么大的能耐？《云阳之舞》会给读者一个满意的答复。

有不屈不挠的建设者，就有秉烛夜战的书写者。因为真正的作家是时代的歌手，是人民群众和故土的歌手。夏志雄就是这样一位引洮的代言人。生活在陇中的人，都知道水的珍贵，水贫穷是刻在骨头里的记忆。他小时候就听过老一辈人唱的夯歌，了解到引洮建设工地上打夯的情况；更神奇的是一九五八年那次引洮，他的小脚母亲被派往工地，住在地窝子里，成为一名引洮人。这其实就是作者创作这部长篇小说的源头，流淌在心头的血脉是促使作者拿起笔来的内在力量。

引洮是大题材，也是大难题，如何去创作，是一个很大的未知数。成千上万的建设者，无数动人的故事，切入点在哪里？主角是谁？都没有现成的，人物、情节、故事都会让作者举步维艰。好在《云阳之舞》的作者生活在陇中，很多人物和事件就在身边，有切身体会，所以他在创作中就显得从容；尤其是选择了一个大学毕业生作为主角，就更顺手，因为作者有这方面的经验。这就从根本上度过了创作最初的难关，为后面的抒写做好了铺垫。

那么这部小说讲述了怎样的故事呢？

有一个出生在陇中农村的孩子叫林东平，经过苦读，考上名牌大学。在学校遇见了大学同学林西平，很巧，他爷爷是林东平失散的二爷。老兄弟俩在六十年前四月初八打云阳板祈雨的时候被乱兵冲散。林东平爷爷的大儿子和小儿子，也就是林东平的伯父和叔父在一九五八年去引洮时没了。林东平假期开展社会调查来到岷县看引洮遗址，发现民工住过的窑洞比比皆是。这些遗迹仿佛诉说着一段劳动热情和陇中人对水的渴望；清晰可辨的地窝子，印证了艰苦的劳动条件和一段悲壮的历史，深深触动了他的心灵。

水利工程院校著名教授秦刚认为西线"引江济河"是解决黄河断流的最佳选项，我国水资源总体和局部都存在不平衡的问题，技术水平难以满足水利建设需求，可以引进外国技术。秦教授的报告，字字敲击着林东平的心坎。秦教授带领大学生到陕北黄土高原上实践，深入秦岭腹地考察。他告诉学生，在黄土高原搞工程难度很大，会出现湿陷性黄土，会遇上活动性断裂区域；而秦岭北缘有好多断裂带，只有一边钻一边用钢梁焊，一边用混凝土浇灌。在全国各地学习考察，林东平发现最缺水的就是西北黄土高原，就是陇中之地，如果有水，陇中也会变成塞上江南，绿树成荫，池塘鱼跃，稻花飘香，一片片翠绿给黄土高原带来勃勃生机。为此，林东平苦苦思考着如何让黄土高原人吃上优质的水，如何把洮河水引向陇中大地。

秦刚带着林东平和专家们一块儿核查引洮线路。专家团队看了九甸峡建水库的位置，审核了豹子岭线路；核查了沟连沟、长沟斜沟相交，洞连洞、暗洞迭出的老虎嘴线路；核查了引洮最后一段线路野猪坡。经过缜密设计，把迂回的一段进行了取直修正，使工程线路缩短了七八里。

在阵阵礼炮声中，引洮建设开始了。林东平研究生毕业到西安水利工程队工作后，参加承建豹子岭隧洞。老虎嘴隧洞处在北

云阳之舞

秦岭断层上，遇上饱水疏松岩石，是世界难题，博士毕业的林西平一直参加老虎嘴隧洞建设，他和导师及国内专家共同分析探讨后，采用冷冻法冻结流沙取得成功。野狐崖隧洞遇上暗河，根据林东平导师的建议，采用"边排边堵"的方法获得成功。野猪坡隧洞遇上严重塌方，采用边固定边钻的施工法，打通了隧洞。三个主要隧洞完成，引洮一期顺利竣工。引洮二期难度不减，有两支工程队由于技术原因先后退出工地，林东平的大学同学柳六宝所在的山东工程队中标续建华家岭隧洞，在西藏和南海工作过的顶级专家林西平得到消息后，远程支持并联系东北的专家前来援助，引洮二期终于胜利竣工。

引洮水通到了陇中。林东平的故乡云阳有了水。林东平带领数百群众，分成五组，穿着绿、红、白、黑、黄色衣服，排成五行八卦阵，打云阳板，把陇中儿女对水的追求演绎到高潮。当一曲曲引洮花儿响遍陇原的时候，小说落下了帷幕。最后，林东平把祖传的一对云阳板和云阳图捐给云阳县博物馆。

从作者叙述的这个故事中，读者了解到引洮的历史发展、技术难度、耗费的人力和物力，在全国专家团队和工程团队的努力下解决了一个个世界性难题，赢得工程的胜利，实现了陇中几代人的引洮梦；反映了在党的领导下，陇中建设取得的丰硕成果，讴歌了新时代，讴歌了几代水利工程人为解决陇中数百万人的吃水而做出的不懈努力。

小说以刻画塑造人物形象为主，如何看待这部小说的主人公林东平呢？从上述故事中可以看到林东平是一个纯朴的农村孩子，周末到五十多里外的家里背干粮拿炒面上学，最终考上大学。他有对水贫穷的深刻体验，苦苦思考着如何让黄土高原人吃上优质的水，甚至梦中出现大旱：窖干了、泉干了，地卷了，山焦了，自己变成了一只麻雀扑向水桶，变成红嘴乌鸦扑向拉水车。他高考时选择专业就是立志参加解决故乡的吃水问题。在大学里林东平丝毫不敢懈怠，刻苦学习，竞选班干部，当班长，爱打篮球，是一个积极上进的时代青年。他从秦教授的谆谆教导中感受了作为水利工程人的责任和自豪感。他重亲情重友情。国庆节回家，下火车后步行五十里，用节约的钱买点心、冰糖，给八十多岁的爷爷买了水烟丝，走到大庄让乡亲吃冰糖。在他的努力下，散失数十年的爷爷与其弟在云阳见面了。他从爷爷那里继承了云阳绝技，深情地祭奠引洮英雄。他崇尚科学技术，虚心学习，孜孜以求。他勇于实践，跟随导师秦教授到陕北黄土高原、秦岭腹地、长江沿岸考察，学到了书本上学不到的知识。他跟随秦教授核查引洮线路，不辞辛苦，老虎嘴遭遇暴雨袭击，危急时刻，他挺身而出将遇险的秦教授救起。林东平所在的水利工程队，中标修建豹子岭隧洞，他亲自参加并完成了工程建设。作者成功地塑造了一个爱祖国、爱家乡、爱人民、爱科学、懂技术、乐于奉献的新时代青年，让读者看到了一个优秀科技人才的形象，看到祖国美好的未来和希望，极大地鼓舞人们建设美好家园的勇气和信心。

在人物塑造上，作者有清醒的认识，处理得很好，那就是把人物放在引洮建设的关键环节中去锤炼，在不断学习中求进步，在实践中成长，在思考中成熟。第二次引洮之所以成功，是工程建设中采用了先进的科学技术。进度快是因为采用机械化施工，安全生产是因为设备有保障，攻克难关是因为先进科学技术的应用。先进的施工技术在引洮建设中发挥了极其重要的作用。1958年引洮采用的是人海战术，所以失败了。第二次引洮成功了，因为采用了先进的科学技术。科技是第一生产力在引洮中得到验证。引洮的胜利是科学技术的胜利，是改革开放的胜利，是青年一代茁壮成长的胜利，是国家实力强大的胜利，不能简单地视为艰苦奋斗的成果。没有艰苦奋斗是不行的，没有先进的设备和技术更是不行的。所以作者塑造的主要角色不是肩扛铁锹的民工，而是掌握了科学技术的研究生、博士。不错，林东平是农民的儿子，却是摆脱了科技文化缺失的新生代。他身上有两种可贵的品

质：依然保持纯朴和勤劳善良的农民本色，具有现代化建设所需要的科学技术。

在艺术手法上，有两点是很成功的。

线索。作者在作品中安排了三条线：求雨仪式的云阳舞，高层领导人的关注，大学教授、学生和建设者。其中第二条是暗线，第三条是小说的主线。这样一来小说的脉络就清晰了，以此来组织材料、叙述故事就顺理成章了。

故事以云阳板为线索，把错综复杂的历史和现实事件理顺了，把四散凌乱的人物关系交代清楚了。如果没有这条线索，故事和人物就会陷入混乱状态。正因为有这条线索，数十年前的故事，生活在不同年代的人，失散的亲人，教授与农民，专家与民工，领导与群众，梦想与现实有机地联系在一起。云阳板在全书中起到了穿针引线的作用，作者紧紧抓住这条线进行创作，读者也能顺着这条线顺藤摸瓜。

作者把洮河人格化，戏剧化。他设计一对新人在工地喜结连理，追求生活的浪漫情调。把民俗引入小说，让花儿装点人物故事，增加时代气息，增添了生活的色彩，深化了小说主题。为追求其可读性，作者用了一定的文字表现了陇中的地域特色和风土民情，增强了小说的真实性、可感性。作者还采用魔幻笔法透视，表现了黄土地千年的焦渴，客观审视了五十年代的建设条件，增添了人情味，增加了小说的厚重感。

总起来看，作者用心血书写并滋润了一部读者渴望的作品。故事的背景恰如其分。作者把引洮放在国家建设的大背景下，描写了水利人的爱国情怀，是他们见证了共和国水利建设的发展，并奉献了一份满意的答卷。作者用优美浓郁的笔触，抒写祖国的山河之美、故乡之丽、民风之纯，表现青年一代宽阔的胸襟。小说的基调是昂扬向上的，给读者提供的不仅是引洮建设过程中的人和事，更多的是心灵的洗礼，精神的熏陶与激励。小说既是陇中人的心声，也是作者的心声，反映出作者对故乡这块黄土地的热爱，对生活在这里的群众坚韧精神的赞美、弘扬与传承。

小说的矛盾冲突还可以更尖锐一些。没有矛盾冲突就没有小说，没有矛盾冲突人物性格就难以形成与展示，所以矛盾冲突在小说创作中是极其重要的。作者笔下的人物温文尔雅，彼此间的关系非常协调，这固然与时代特征有密切联系，但与创作手法不无瓜葛。矛盾冲突平淡，也就使人物及故事趋于平淡。另外，现场描写更多一些为好，以增强故事的生动性和现实感。拿我们现在流行的话说，就是"线上"描写多，"线下"描写少。语言也可以更丰富多彩些。文学是语言的艺术，不管写什么内容，塑造哪类人物，最终要落实到语言文字上，准确、生动和优美的语言不仅能更好地完成抒写任务，也能有效激活读者的阅读兴趣。陇中地区本身的语言是极其丰富的，也是绚丽多姿的，这些能够为作品增色的东西，如果用好了，就能发挥出应有的作用。

一部长篇小说，内容繁多。涉及的人和事很多，要求方方面面都做到完美是不现实的，就整体来看，这部小说已经很好了。作者为引洮这项大工程树碑立传，唱响了一曲清越的凯歌，我感到很高兴。如同农民怀抱谷穗，无论曾经多么艰辛，流了多少汗水，但丰收带给他们的喜悦是无限的，超越了一切坎坷泥泞，治愈了一切忧愁和伤痛，为最后的胜利欢欣鼓舞。

作者说得好，"我们这一代人再不记录，这段历史对后来人就成了欠缺，或许真成传说了，因此，责任促使我下定决心来动笔。"如今作者的夙愿已经圆满完成，难道我们不该给他热烈掌声吗？

愿我们的文学事业与我们的建设事业同步前行，愿人民的胜利与文学的胜利一起欢呼，愿时代的进步与文学的进步并肩而行。一片摇曳着谷穗的土地，也应该是文学成长的沃野。

2022 年 12 月 8 日

云阳之舞

一

关中的九月，透明的蓝天衬托得几朵白云格外精神，就像偌大的湖上游着几只白色的天鹅，自由、悠闲。林东平的心情正像这天色般纯洁、明媚。一个山里娃经过刻苦攻读，考上了外省名牌大学，让老师同学吃惊不小：这个大脚片穿布鞋打篮球周末到五十多里的家里背馍馍炒面的农村孩子，确实厉害。姐姐为他剪掉参加夏收蓬草般散乱的长发，留了寸头，一件红色方格衬衣，下身是两个姐夫凑钱买的蓝色牛仔裤，这一打扮像城里小青年一样时髦、得体。他身高马大地站在报名的新生队列里，不是旁边装铺盖的化肥袋子和亲戚送给的拉链拉不到头的土黄色旧提包，有谁知道他来自山里。

下午三点半，他熟练地填完报名表上的姓名、性别、籍贯、出生年月，拿了大二学长给的606号宿舍的钥匙，要离开时看见班上学生的花名册里有个叫林西平的。

林东平对林西平这个名字没细想，就往606宿舍走去，第一次拐来拐去走楼房，走着走着，感觉楼梯在旋转，搞得头有点晕。到了宿舍，门开着，没人。他缓了一口气仔细一看，十二平方米的房子里三张高低床，一个柜子，一张桌子，两条凳子，占了主要空间。四张床已铺好，床下面放着四个大新提包和四个脸盆。他吹惯了山风，结实的身体不怕冷气，选择靠门的下床低头认真地铺起来，其实就一条窄窄的羊毛毡，一条旧棉花褥子，一条蓝方格床单，铺床花不了时间。铺好床，叠好旧被子，刚要坐下缓缓，舍友高声大语地进来了。

"哈，老五来了。"

"嗯，等老六来了就开诸侯会。"

林东平站起来打招呼，一身个子突然把说话的小个子吓得不说话了。

"我叫林东平，甘肃来的。"

"幸会，幸会！"舍友们说。

舍友带林东平到那个大眼睛胖墩墩的河南人的小卖铺去买铝饭盒、刷牙缸、洗脸盆等生活用品。来去的路上，舍友们簇拥着林东平，就像火石娘娘鸟跟着杜鹃雏鸟，对比明显，路过的校友们都在看。

回到宿舍，林东平和舍友帮第六位放好行李，铺好床，天南海北地喧着话。那个身高像初中生一样的是山东的，叫柳六宝。他是独生子，他说他们山东出孔子父子一样的大汉，就他柳六宝遗传了她妈妈的基因，她妈妈刚过一米四，是从安徽淮河决口后逃荒到鲁西的。年轻人很快熟悉了，他们要在同一个宿舍度过四年。

另外四个，一个是甘肃岷县人，一个是云南大凉山人，一个是河南的，一个是江苏的。

舍友们正说着话，高年级的活泼分子用筷子叮叮当当地敲起餐具来，楼道里声音格外响，楼上楼下立刻出现了人跑动的轰轰声，晚饭时间到了。

林东平和舍友到餐厅时，十个窗口前都排起了长长的队，他们身后还有拿着不同餐具的学生加长队列，有男同学，有女同学，男同学的餐具普遍比女同学的烂、脏。

舍友们默默地移动步子，有高年级的学生满头大汗地前面插队，好像有急事，其实是课外活动打了篮球肚子比别人空，饥饿能让人脸皮变厚吧？插队的很常见，比如上高中，时间紧，男生打饭爱插队，往往气哭女生。再如火车站买票，人多是挤，四五个人也是挤：一是票紧张，票贩子抢着买票；二是偷儿组成团队，一手拿钱装买票，把顾客死围在圈里行窃，分明是抢，不得手，不放顾客出来。林东平买票时，站在后边伸出长胳臂一展手就买上了，把偷儿气得怀疑祖师爷的手艺和偷门有没有历史。

林东平六人排到窗口时只剩洋芋片、辣椒茄子、水煮豆腐、包菜粉条这些，六人买了菜和馒头围坐一桌，这是他们相聚的第一顿饭，一块伙吃。辣椒茄子几乎不见茄子，林东平吃不惯辣椒，辣得黑脸变成紫的了；包菜粉条是七分熟的包菜加红薯的粉条，林东平第一次吃红薯粉条，甜丝丝的觉着好吃。水煮豆腐果不其然，多水多盐。小伙子们一路奔波，饿了半天，边吃边聊，正吃得欢快。

"林西平——"

"有！"邻桌的小伙子怪诞地笑着回答。

林东平仔细看林西平，眉毛格外粗黑，有几分熟悉。

吃完饭回到宿舍，第一件事是排座次。柳六宝说按进宿舍的先后，前为兄后为弟，就像拜师学武。

"想得美！"云南人说。

"扯你奶奶的脚后跟，你来得最早才这样说。"河南人说。

"人说河南人名声不好，这家伙果然心眼多。"柳六宝笑着说。

"抓阄吧。"江苏人说。

林东平说："按年龄，别糊弄。"

"有理！"岷县人说。

林东平十九岁，最大；云南人，十七岁半，最小；另四人依次是河南人、岷县人、山东人、江苏人。

林东平是老大，居于领袖位置，一直是大家的大哥。他们几个互相不愿用兄弟称呼，一开口就是"老山东""老河南""老云南""老江苏"，高兴了叫"东东""河河""苏苏""云云"，大家怕与林东平弄混，把那一位甘肃的叫"老岷县"或"岷岷"。云南人说把自己叫成女性了，岷县人也这样说，他俩一直不乐意，但大家故意天天卖力地叫，他俩被叫习惯了，应答声音如山响。

第二件事是排值日表。一人分别负责一天的卫生和一天的开水。轮到卫生大检查，大家一起搞。起初按值日表有序进行，但

都混熟了，脾气摸透了，或者有人有事外出了，或者临时忘了，没人搞卫生宿舍很脏，没人打开水大家没水喝。大学的宿舍差不多都这样。林东平就默默地代劳，走了几趟楼，林东平跨出长腿三步两脚就到六楼了，比起老家的山，六楼是小巫，头还晕什么？

熄灯了，舍友们抑制不住兴奋东拉西扯地说着，说着说着声音渐渐变小，最后被熟睡的波涛声代替。而林东平透过窗口看着城市的夜色了无睡意。远近楼上的灯光，就像老家的星星，是那样明亮，那样稠密。老家除了天上的星光，就是那黑色，黑得那样深，那样浓。城里的黑是这样淡，这样不真实。老家偶尔有一声鸟鸣或者自家大黄狗的叫声让夜更加安宁，让梦更加甜蜜，不像大城市彻夜过往的车声让夜飘飘荡荡的虚幻，像白天一样急躁，林东平发现灯光、车声让城市的夜失去了真实。乡村和城市有很大差异，他如何走向新的生活呢？

二

三天的新生入学教育后正好是周末，林东平和舍友乘校车去逛新华书店。书店三层楼里挤满了人。有站着看书的，有蹲着看书的；有大人，有小孩；有红颜青年，有白发老者；其中背书包的是学生人数最多，他们都沉入文字的世界，看得有味，这是买不起书而能看得起书的一族人。

这么大的书店，这么多书，这么多人，和老家的那片山林的树一样数不清，这着实让林东平吃惊；更让他吃惊的是面对这么多品类的书自己不知道从哪看起，他掂量着汗牛充栋这个成语的分量了。他和舍友在书店里读了半天书，一本书没买，因为经济不允许，他们急匆匆地坐上最后一趟校车回到学校。

这次去书店，林东平感觉乡村文化落后好多，城里的小学生看书很会选择，而他在书店茫然无所措，看书很随意，要补的课很多啊。此后，周末空闲到书店看书成了林东平大学四年的习惯。

第一周上课，主要是老师介绍自己，介绍对学生的要求，介绍所教课的重要性，介绍大学自学的必要性等等。第一周作业少，林东平随老乡悄悄进入学校图书馆，读者虽然没有新华书店的多，但也不少，比书店安静得多，有秩序得多，借了书，都悄悄地去读。这里学长多，他们要考研，要写论文，时间紧，人很忙，而新生初来乍到，感觉压力小，没有明确的追求方向，大都不会选择图书，没养成读书的自觉性。林东平找到一个位子坐下，顺便看到邻桌的女孩看的是全外文版的书，想起今天英语课上大多数同学用英语流利地介绍自我，介绍他们家乡的文化，读音标准，声音漂亮，让他脸发热，头冒汗，因为他几乎没训练过听力，念的是哑巴英语。重点大学的学生，城乡差距太大了，大城市的孩子掌握了大量单词，见外宾能自由对话，而他英语词典查得还不熟练。林东平意识到自己欠的东西太多了，要追赶的路太长了。

导员通知大家，一周后竞选班干部。班上的活跃人物早暗自准备了，他们知道大学班干部在就业上的优先条件。舍友一直认为林东平应该参加竞选，宿舍里有当班干部的对本人对舍友都有好处，老山东和老河南尤其卖力地帮林东平，老山东从高年级的老乡那儿借来一套西装，老河南从熟人那儿借来领带和黑色皮鞋。林东平说自己条件不具备一再推辞参加竞选，舍友说堂堂一条汉子没条件谁有条件。老山东说他借来的衣服老乡见女友时才穿，老河南说林哥不参选他就搬到其他宿舍去住。好意没办法回绝，他答应参选，把老山东高兴得在床上边笑边打滚，老河南指着老山东说"噫，我疯了！"林东平心里想这帮活宝比兄弟还亲，大学同学真好。

既然要参选就要认真准备，志在必得，舍友说万万不能丢606的人，但他一如既往，有空爱到图书馆去，好像把竞选没放

在心上，舍友们对他又急又气。林东平知道自己不是马虎之人，他在心里反复构想演讲内容，他在图书馆查阅演讲知识，不动声色地谋划着。

竞选定于周一班会上进行，有六名同学参加，老河南替林东平抽了签，是最后一个出场，舍友怪怨老河南手臭，按惯例最先出场和最后出场的得分低。林东平劝舍友不要难为老河南，他尽力而为。第一个出场的是一位女同学，她胆子大，普通话好，谈她的治班策略和管理理念，很自然地调动了全班同学的情绪，得了高分。第二个出场的是林西平，他一身合度的红色西装，透着热情和活力，他不时引用名人名言支撑观点，用手势语言助长演讲效果，引来阵阵掌声。林西平频频竖起的大拇指引起林东平的注意，这小子的大拇指怎么那样大那样圆？

林东平上场时没有换上借来的西装，还是他上学报名时穿的那半旧不新的衣服，脚上是一双草绿色球鞋。老山东和老河南瞪着眼睛看他走上讲台，心里直骂他土气。林东平临时推翻了以前的构想，拿起粉笔洒脱地写下了"林东平"三个大字，然后介绍自己："我是来自大山的一个普通的男孩，我的家庭是种地的养牲口的，父母不识字，没有文化，父母只教会我朴实和节约；山路绵长，给我体魄和力量；山风猛烈，给我粗糙和柔韧。我喝着泉水长大，知道什么叫苦涩；我有三个姐姐，我们和山林一样紧紧抱成团面对生活的艰辛。如果我当选了，我一定带同学们像山林一样抱成团，一起吃苦，一起战胜挫折，一起成长……"他像讲故事一样诉说着山里人的艰难生活，全场鸦雀无声。他以朴素的语句，让同学们心潮滚动。他的话说完了，全场还在默然静息。没有掌声的诉说，赢得满分。

同学们一致认为林东平是大哥，是班长，是全班的主心骨。林西平，具有书卷之气，任学习委员合适不过。

第二天，林东平组织新选班委会开会，会上他希望大家好好动动脑筋，提出好的建议。文体委员、卫生委员、团委书记、生活委员先后谈了自己的看法，林东平进行了合理的评价和鼓励，接下来林西平谈他对如何组织班上学生学习的构想，林东平就坐在他的对面一边听着一边看他的眉毛和大拇指。林东平最后做了简短的总结，他说只要大家干好分内的事，他这个班长就没事干了，他希望的正是这个，希望大家运用智慧管理班级，带动班上同学追求文明，积极奋进。

吃过晚饭，林东平去找林西平借书，林西平从小爱看书，学生中他藏书最多。林东平走进608宿舍，其他同学玩去了，只有林西平一个躺在床上看书。

"小心眼睛啊！"

"大哥来了？快坐。"林西平的床铺靠近窗子，窗子前是一张桌子，林东平坐在林西平对床。

"西平，咱们比比腕力怎么样？"

"大哥爱这个？"

"一时想玩玩。"

林西平伸出手，手指短，手掌厚，拇指格外大。林东平伸出手，也是一只短手，拇指明显大。

"大哥，你看咱们的手。"林西平惊奇地说。

"让我仔细看看老弟的手。"

"让我也好好看看大哥的手。"

两手相握的时候，温暖和力量传递给对方。"西平老家在哪？"

"我听我爸说，爷爷是逃难到陕西的，我一直没仔细问。"

"出去走走，兄弟。""好的。"

三

班委会马上进入了工作状态。文体委员组织男生以宿舍为单位进行篮球单循环比赛，他的目标是选班队，让同学争取进级

队，再冲击院队。宿舍间篮球水平参差，有的想弃权，林东平陪文体委员到六个宿舍做工作，说都是玩玩的，不要有思想负担。比赛让舍友有团队精神，合作意识，进行到后来，水平有了进步。林西平宿舍实力整体不强，但他运球组织进攻，突破上篮，控制篮板，进行抢断，满场都是他的身影，让班上同学认识到这个爱看书有口才的白面书生还有刚勇的一面。

冠亚赛在606宿舍和608宿舍进行，林西平敏捷如猿，运球快如急风，一个转身闪过对手，球转左手一个勾手破零，林东平第一个为他鼓掌。林东平打中锋，球性娴熟，视野开阔，眼观多路，队员一跑到位，球就传到，队员打球轻松，他组织也轻松。他打球有悟性，上高中时看老师训练体育生，一看就领会，平时不参加训练，中学举行篮球比赛时老师叫他参赛，他耐力强，力量足，加上身高，经常两三个人防守他，他伸开长臂倒把对方拦在外，由队友任意出进、抢篮，他为队友分解了压力。他上场经验丰富，主动改变节奏，稳如健牛，又急如山鹰，不放过对方的每一次失误。

有林家的两个明星参加，让宿舍间的比赛水准提升好多，文体委员跑来跑去裁判，和打球的队员一样满头大汗。林西平以快取胜，林东平以进攻防守技术全面见长，到后半场林西平体力下降攻势减弱，比分拉大。两支宿舍队水平差距较大，林东平不需完全投入的。文体委员一箭多雕，很快组织起了班队，球队的明星就是黑白双鹰，林西平打左前锋，林东平前后都顺手，但以打中锋为主。双鹰带队打败打服了全级六个班，他俩很快成级上的核心队员。

大学的社团活动很多，比如专家讲座、文学沙龙、英语一角、体育世界、时政评论、社会窗口、文艺晚会等等，多参加有利于扩大学生的知识面，给学生新的思考视野，给学生的影响往往比课堂还大。大学生活讲究的是形式灵活、新颖，只要你积极介入，会给你的人生默默留下最好的印迹。

大一学生主要是适应大学宽松的环境，适应班委、团委、学生会成员的自主管理，上课没有固定教室，按课表安排去做。大学已经进入成人世界，要自己学会规划，不像中学主要有家长有老师督促管理，学生大多只问学习很少操心生活。大一要培养学生的独立意识，养成自觉习惯，大学生主要是自己管理自己，为走向社会做准备。

林东平中学住校，对大学生活很适应，班上有的同学不会洗衣服、不会计划花钱、找不到教室上课、不习惯住校晚上失眠、不会和舍友搞好关系等等，林东平像老大哥一样，给这些学生介绍经验，耐心说服他们，帮助他们，他是导员的得力助手。

林东平对生活有长远计划，大学对他来说天天有新的感觉，统一上灶，不再自炊，他有更多时间来学感兴趣的东西，他积极寻找人生的方向，过得充实、愉悦。课外时间，不断有球友邀请他和林西平切磋球技，他的水平进一步得到提升。学校一年一度的篮球比赛快来了，院队吸收了林东平和林西平两位新队员，大一被选为院队很不容易。早操和课外活动统一由院上请的专业老师指导训练。篮球取胜关键在于队员的默契配合，平时训练队员要做到互相熟悉，要明白彼此的眼神内容和手势暗语，还特别需要队员的拼劲、狠劲和顽强的意志。经过两周多的磨合，林东平熟悉了学长的性格和习惯，渐渐融入了这支球队。大学，篮球实力强的球队大多是理科专业的，但这次进入决赛的是林东平他们和文学院的球队。

"文学院出豆芽，出奶油小生。"

"还出风流才子，酸性诗人。"

"出球星，太阳是不是脑子坏了从西边上山了。"

当文学院的球队从远方走来时，理科专业的观众说着玩话。

"嘘——"文学院的球队中一人满脸胡须，眼睛大得怕人；一个长发披肩，如野兽派画家。他两个一样的身高，观众须仰视才见尊容。这两个球皮挤眉弄眼走过时，观众没人敢出声了。

秋日照亮了山河，照亮了人心。一场冠亚军赛从大学体育馆展开。文学院的两个巨人一左一右锁定三秒圈，林东平的队友始终攻不进去，这师哥太自信了，太看不起师弟了，看得作为板凳队员的林东平林西平心里发毛发急。队友处处被动，得分大大落后，看到左右前锋失利，打中锋的队友大为焦躁，带球直接冲篮，摆脱左边，球刚出手，被右边大汉补一个盖帽，大汉一个快球传到篮下直接得分。中锋队友拼了全力，接过球运到对方篮下，左边一晃右边攻入进球。但黑大汉暗中使小动作，中锋队友摔倒，摔破膝盖，血流如注，气得队友个个冒火，气氛十分紧张。领队急叫暂停，换上林东平接替中锋。他上场不紧不慢寻找战机，带球直冲大汉，球却传向外围，一个三分球破了内线。对方调整防守全场紧逼，他抓住机遇带球上篮闪过防守直接进球。两大汉围堵他，他人在左边，球直打篮下，队友篮下接力再进一球，比分进一步缩小。对方红了眼，直接造成犯规，林东平队友先罚球得一分，第二次罚球没进，林东平一个箭步直接抢篮得手，球又传外线再得二分。对方急了，死守严防，队友左前锋被黑大汉撞伤，领队再次叫暂停让林西平上场，林西平敏捷迅速，造成对方防守困难，林东平运球吸引两个巨人，林西平插进内线，林东平一个背传，林西平接球左手上篮拉平比分。

林东平主动控制节奏，组织进攻或快或慢，带球或前或后，主动全场跑动，全场呼喊指挥，还有两分钟时林东平他们多进一球。双大汉万分急迫，用蛮力夹击林东平，林东平灵巧躲闪，造成对方犯规，他罚球再得一分，观众掌声四起，呐喊如潮。比赛只剩半分钟，双大汉玩命相搏，林东平林西平交替带球满场游走，最后以三分获胜。

这是林东平打球史上很艰苦的一场，他和林西平打出了名气，观众大呼"黑白双煞"。比赛结束，黑汉向林东平林西平握手告别，赞扬师弟攒劲。林东平林西平这两个一年级球员轰动整个大学校园，黑白双煞的称号风行校园。

黑白双煞成了两人大学几年的代名，说他两个的真名大学生不一定知道，但说黑白双煞大都知道，尤其是姑娘们。后来，双煞和黑汉组成全校主力，多次参加大学生男篮比赛，为学校赢得了声誉。

四

　　国庆长假前夕，林东平突然很想家，30号晚上胡乱收拾了东西——其实没东西收拾的，只背了旧黄书包急急忙忙赶到火车站买了一张站票上车了。车上人很多，他挤在车厢相接的地方默默看着万点灯火，西安好大，好繁华。列车开动，灯火慢慢向后移动，车速加大，灯火由远扑来又一闪而过，想到回家，他万分激动，宝鸡、天水停两站就到云阳县城火车站了，站六个小时对他一个山里长大的小伙子一点没难度。

　　列车划开黑暗向西奔驰，车上有一股熟悉的旱烟味，林东平听着车声和铁轨有规律的摩擦声想着爷爷，想着爷爷把心爱的羊群赶上山坡林边，就像白云飘在天上那样好看，爷爷吸着自产的旱烟，笑呵呵地一边拔野草，一边看着羊儿啃吃短草。小学放暑假，他牵上家里的驴到后山去放，爷爷的羊在陡峭的高坡上，他的驴在平坦的低处，爷孙俩有说有笑，日子过得像天上的鸟、林中的风一样自在。他家原来有两头驴：一头白眼圈的大黑骟驴，力量大，耐力好，会听话，驮着收获的庄稼走在路上像移动的小山，耕地边走得准，加上爷爷的手艺，犁的地就像尺子画的线；一头荞秆色母驴，吃草口泼，肚子大，爱下驹，奶水足，他三个姐姐家的毛驴都是它下的，都长得墙一样结实。驴能耕能驮，是山里人的好帮手，爷爷喂养驴特别操心，草铡成半寸长，十分均匀，不让一根鸡毛混入；中午、晚上两次饮泉水，风吹不动，雨打不停。

　　林东平上高二那年，先是黑骟驴老着直喘气，后来母驴吐草饼吃不动草了，林东平大叫来驴贩子，驴贩子给黑骟驴灌了浓茶水，骑上它赶着母驴下山，爷爷掉着眼泪，一直送出十几里，回来后躺在炕上两天没吃没喝。他家现在还是两头驴，是母驴留下的一对儿女，爷爷把它们身上刷得没有土色和草粒，长得膘肥体圆，屁股像大方背篓一般，尤其是驴儿子声音高亢透亮，叫一声，悠扬的声音满山回荡，爷爷特别爱它，不忍心叫匠人骟掉它。

爷爷的羊品种好，身子大，繁殖快，爷爷放牧勤快，每年卖掉几只，为家里买化肥添农具买油盐酱醋，为他交学费买书本等等。暑假，他和爷爷把羊赶在泉水边去洗几次，他们双腿夹住羊脖子，一手用马勺浇水，一手搔羊毛，洗出的羊白如仙女，羊走在草坡，就像白色的荷花摇曳在池塘。

爷爷早过八十岁了，这两年身子骨明显不如从前，下苦人，上年龄了不是腰疼就是腿疼，上炕疼，睡下疼，睡着了翻个身子又疼醒。和黄土打交道，一辈子真不容易。想到爷爷，他放不下的是牵挂。

车进洞了，离甘肃越来越近了。林东平稍微换个站姿，感受着车在洞中奔驰时气浪对耳朵的冲击。他这样感受着，一面默默数着，二十八个洞过去，到了天水地界……

太阳半人高时，林东平已经走过十里路，他没有花五块钱坐临时蓬住车厢专门拉人的三轮车，他用节约下的钱买了一包点心、几两冰糖，给爷爷还买了水烟丝。

离家还远得很，他调整节奏均匀地走着。上高中时，他每周骑着他大从车贩子那里买的二手加重自行车，步行五十里路还是头一次，千万不敢给爷爷妈妈说，这就把他们心疼死了，至于他大呢，可以偷偷说一下，林东平知道他大啥都装在心里，话一直少，他爷爷妈妈不会知道他步行的消息。

十点半时，他看见了那熟悉的山熟悉的林子，经霜的山坡一片火红，经霜的杨树林一片金黄。快十一点半时，他到了大庄上，这和他家是一个社，离家只剩五里路了。乡亲们正挖洋芋、扳苞谷，他们停下活围上来。

"大学生回来了？"

"坐的啥车上来的？"

"西安的水色不错。"

林东平问候了乡亲的身体，把冰糖分给大家吃。

"心意有了，娃娃上学不容易，把冰糖给你妈妈吃吧。"

"到家里缓缓，吃了饭再上山。"

"我还不累，谢谢爷爷奶奶，谢谢叔叔阿姨！"

"娃娃想爷爷了，想大大妈妈了。喝一口水，吃一口馍馍，再进弯吧？"

林东平喝了乡亲的高粱凉茶向山上走去。离开大庄，向左转过山头，家园清晰地出现在眼前：树林黄里泛红，山坡红中带绿，门前榆树火红，院子里果树咳血，缕缕炊烟正袅袅上升、扩散，漫过房屋，漫向山坡，漫向山林。

家的味道，亲人的味道，黄土地的味道。他擦一把汗，大步走向山坡。大黄狗汪的叫了一声，奔下坡，呜呜地哼着，用头蹭他的腿，他摸了一下黄狗的脖子，打一声口哨，黄狗前面疯跑。他走过麦场，推开木门。

"我的娃，没说一声让你大接一下？"爷爷奔过来，用粗手抓住孙子的手。正烧火做饭的妈妈听到后从厨房里急忙起身出来，腿上带着草粒。

"妈妈，做的啥饭？"

"吭，正煮苞谷洋芋，想吃啥妈妈做？"

"酸菜下煮洋芋，正是我想吃的。"

"洋芋有啥吃头？给娃娃擀臊子面吃吧。"

"爷爷，洋芋就好得很，只要是家里做的，都香。"

"大，你刚干啥去了？"林东平问斜背背篓，衣服上沾有黄土的大。

云阳之舞

13

"你咋没写信，我好接你？"

"想到放长假，我一高兴就忘了。大，我不是来了吗？"

"瘦了吧？"

"妈妈，学校灶上的饭比家里的好。"

甜甜地吃了几颗洋芋、几棒苞谷，林东平拿出点心、冰糖给爷爷、大、妈吃，又把烟丝送给爷爷，说了一阵话去睡觉，六个多小时的步行，他的确累了，这一觉睡得香天香地，一直睡到晚饭时分。

"学校里睡不好吗？怎么睡了这样长？"爷爷问。

"家里睡觉真香，没小心睡迷了。"

"妈妈做的饭吃习惯了，就是想吃。"他吃了三海碗，三个人都感到惊奇，他们不知道林东平手上的钱都买成东西了，没吃饭硬撑到家的。

一夜又是香梦，等鸡鸣三遍，林子里的鸟儿唱起婉转的歌儿的时候，他和父母上地挖洋芋。挖洋芋容易，搬运洋芋不容易，挖了三个小时，堆了几大堆，林东平和大两人挑着大筐子往家里担，妈妈在地里把大的和小的挑好装上，四个多小时才担完洋芋。

林东平想吃浆水面，妈妈擀面，他烧水，水响起来时，妈妈把切成条的洋芋放在锅里，等水开了，妈妈把晾在案板上的面用擀面杖卷起来，顺着擀面杖的长度用菜刀划开再切成宽条子下在锅里，这是全家人最爱吃的饭食之一。吃晚饭的时候，他说起陕西的林西平，说他眉毛粗粗的，手指短，大拇指特别显眼，很像自家人。

"他老家在哪里？"爷爷问。

"他的爷爷说逃难到陕西的。"

"他爷爷叫啥名字？"

"没问。"

"大，是不是失散的我二叔？"

"说不准。"爷爷说。

"东平，以后一定详细问问。"

三天挖完洋芋，三天扳苞谷。山上的苞谷熟得迟些，林东平前几天到大庄的时候，看见家家场院上剥掉皮的苞谷已经码成黄澄澄的小山。妈妈扳苞谷，他和大往回担。等到返校的时候，苞谷还有一大片没扳完。

五

林东平约林西平星期天去看西安城墙，买了票登上城墙台阶，城墙顶部很宽，能并排通过三辆小车。城墙上游客不拥挤，有的家长和孩子一人租一辆自行车，环城墙骑行，骑一圈要两个小时。林东平和林西平决定步行绕一圈，一是仔细看看西安城全貌，二是看步行一圈到底多少时间。两人边走边聊，佩服西安文化底蕴深厚，感叹古人在建筑上的毅力，长城是建筑的奇迹，西安城墙也是建筑的奇迹。

聊着聊着，聊到了他们的家庭。

"西平，你家爷爷多大了？"

"快八十三了。"

"身体硬朗吗？"

"还行，就是腰腿疼。"

"守候土地的人大都这样。"

"是从哪里逃难来的？"

"听我大说，好像甘肃这边。"

"爷爷再有弟兄吗？"

"就爷爷一个。"

"爷爷的官名和小名知道吗？"

"不知道，完了问我爸。"

"奶奶哪里人？"

云阳之舞

"本地人。"

"你家爷爷多大？身体怎样？"

"快八十五了，还能干干喂牲口的轻活。"

五个多小时，脚走得生疼，但是两个人很兴奋，仔细领略了西安城的全貌，感受了西安城的方正与大气。看全城，步行到底比骑自行车效果好；体验生活，比书本知识还重要。人生的路比这古城墙漫长、曲折，两位年轻人，对自己的意志进行了测验，为不断赶人生长路做着练习。下了城墙，两人又步行回校，有点累，但能扛住。

林东平国庆回了一趟家，不再那么想家了，感到心里安静平和，日子过得很快。一个月后的一个中午，林西平找林东平一块到外面去。到了回民街，卖小吃的较多，商业气息渐浓。走进"千里缘"饭馆，选定窗口坐下。

"今天让你见一个人。"

"谁？"

"等会你就知道了。"

"西平，今天我请客。"

"有人掏腰包，你鼓劲吃，美美个吃，吃美。"

一个人来了，粗眉毛，五十多岁。林西平招呼来人坐下，林东平感觉有几分面熟，西安他没认识的人，正感到诧异。

"老爸，这就是林东平。"

"叔叔好！"

林东平握住来人的手，比较粗糙，大拇指大，四指短。

"叔叔，啥时来的？"

"十点多开车送完菜就过来了。"

林东平从叔叔的衣服上闻道了青菜的香味。林西平点了几个菜，特意要了裤带面加排骨。

"东平，不要客气，放开吃。"叔叔说。

吃得慢，说得快；吃得少，说得多。

"叔叔，排行老几？"

"老大，还有一个兄弟，两个妹妹。"

"你爷爷老几？"

"只他一人。"林东平说。

"你大兄弟几个？"

"三个，我大伯、三叔已经不在了。"

"叔叔，爷爷老家在甘肃哪里？"

"云阳县。"

"你家爷爷的名字？"

"林思源，小名二娃。"

"你爷爷名字呢？"

"我大说我爷爷叫林碧野，小名大娃。我大还说我爷爷和我二爷逃难失散了。"

"哥，咱们肯定是一家人。"

"东平，过年我们来看你爷爷你大你妈。"

"欢迎叔叔！"

"耶！"林西平说着拉起两人的手按在一起，几乎一样的三双短手。

"哥，寒假上甘肃。"

"太好了，欢迎！"

林西平大上城卖菜，不时来看望兄弟两人，给他们带来水果，一起吃饭，亲密如一家人，本来是一家人嘛。

大学学术氛围浓，林东平带着月亮般的好心情投入到听各种学术报告中，他听书法讲座，弥补自己书写不足；参加英语沙龙，训练自己的口语能力，他的口语不好；也参加演讲培训，训练自己在大庭广众讲话的胆量，提高语言表达能力。他把时间安排得满满当当，就像他家鼓起的苞谷棒子，他不断用知识装扮自己，不自觉地改变着气质，慢慢褪去一眼看到的土气，用流利的普通话和师生交流，完全融入了大学校园和大学时代。

云阳之舞

期末考试来了，经过两周多勤苦地集中复习，林东平拿到了二等奖学金，林西平拿到了一等奖学金，舍友们祝贺他俩的收获，他俩买了几斤水果和同学们分享。

放假那天，他把四位舍友送上火车后，带着老岷县和林西平挥手告别，走向火车站。车上，他和老岷县用甘肃方言亲热地交流，谈两地的风土民情，谈各自的地貌特色。下火车后，请老岷县吃了一大碗家乡的担担面，送舍友坐上去岷县的班车。

林东平沿路招手拦了一辆三轮车，带他走了三十多里，给老乡付钱，老乡说是顺路带的，不要钱笑呵呵地开车跑了。他看着远去的三轮车，心想老乡真朴实，回乡真好。

转过几道弯，他看到了那片亲切的树林，一脉黑色；看到了自家的块地，庄稼收割完毕，一派空阔。他感到故乡的山川土地就是亲切，不由得放快了脚步，他感到比上次脚下有力得多。

六

一场大雪遮蔽了原野，遮蔽了房屋，遮蔽了腊月。

林东平帮大把院里场里的雪扫起来，堆瓷实了，一铁锹一铁锹切成大块往水窖里撒，雪水甘甜干净，是黄土高原人上好的做饭佐料。山里冬日的太阳很短，很珍贵。等屋檐滴下雪水时，林东平妈早用脸盆、木桶、铁锅、盆罐等等一点一点接住，一遍一遍往家什里倒，积攒了满满的三大缸，几大盆，两木桶。

人有甜水吃了，很舒坦；却苦了家里的大黑麻驴，它们不爱喝甜水，不爱吃草，只啃土墙。他和大一路铲雪，铲到泉水旁，牵来驴站在离泉近的宽展的地方，林东平一桶一桶提上水让驴喝个水饱肚子响，驴喝足了水，大口大口吃起干草来，爷爷高兴地看驴吃草，听驴嘴里吭哧吭哧的声音。

腊月二十六，林东平大请来猪匠冒着寒冷宰了年猪，还宰了一只大骟羊。腊月二十八，林东平大杀了几只大红冠子的公鸡。

年准备好了，厚雪封着山路，弯里雪最厚，淹到人的小腿，风掠过积雪吹起雪粒抽打人脸疼如刀割。他和大往山下铲雪开路，一连铲了几天，这是他们第一次铲雪开路，父子期盼老天这个月千万再不要下雪。

正月初四的早上，林子里的喜鹊叫得特别早特别亮，天格外蓝格外好看。太阳把山峁照亮的时候，一辆面包车上下来人到大庄问路，林东平的发小五子骑摩托车在前面领路，面包车直奔山上而来。林东平跑下坡迎接，后面跟着大黄狗。车停在了那块稍微平坦的苜蓿地里，雪里碾出深深的车印。

"爷爷，叔叔你们大家来了，一路辛苦了。"

"哥，你在这里当座山雕。"林西平开玩笑。

林东平前面带路，一行人跟在后面。大黄狗高兴地冲进土门去报信，这是条机灵的狗，只要主人和客人说话，它从来不发声，蹲在不远处默默地听、静静地看，很像一个娃娃。

林东平爷爷、大、妈赶忙迎出来，在麦场上和大家相遇。

"你是二娃？"林东平爷爷热泪盈眶地看着眼前这个人：须发花白，脸上岁月留下的印痕很深，眼里还有熟悉的光芒。

"哥，我就是二娃。"他看哥哥，拄着拐棍，须发全白，眼睛浑浊，身材佝偻，显然吃了更大的苦。

"怎么不太像了？"

"哥，几十年了。"他说着话回头招手，林西平送上一个物件，他接过一层层打开包裹。

"哥，这个你认识吗？"

"老天爷，没问题是老二。"他看着弟弟手中色彩斑驳已经古旧的物什哭出声来。

"哥，你的那个呢？"他也放声大哭。

老哥哥枯瘦的手拉住老弟弟的手往院子里走，进门径直走进厅房，他颤巍巍上炕从房顶取下一个包裹紧严的东西给了弟弟。

"就是它，我的亲哥哥！"他打开包裹的牛皮纸说。

大家看着这一对陈旧的木头物件感到惊讶、不解。"亲人们，坐下，咱们慢慢说话。东平快拿吃的来。"林东平大姐夫说。

林东平林西平分别给大家介绍了亲人，大家亲切相认，按辈分称呼。吃了姐姐们帮忙煮的猪骨头，林东平端上凉菜，给大家一一敬酒，林家人酒量不大，喝酒还爱上脸，喝三两杯，个个面红耳赤，显得眉毛更黑、更粗。林东平二姐夫、三姐夫善喝酒，轮流划拳敬酒，林家人的短手划拳很显眼。

"大爷，这一对家什里有啥秘密啊？"林西平问。

"西平问得好，我们老兄弟今天打开了咱们林家的历史。"

"民国二十六年吧，老二？"

"哥，是民国二十五年。"

"对，民国二十五年的四月初八，我虚二十岁，二娃虚十八岁，我俩带着队上朝山会的年轻人打云阳板。刚出南门走上半山，一股败兵冲过来，人们四面逃命，我和二娃被冲散了。"

"胡乱中，我逃出西门，一直向西山跑。二娃，叫惯了你的名字，改不过口了，你怎么一直到了陕西？"

"我向东逃命，跑跑走走，一路没人了，我还不敢停，后来迷路了，就一直向东走下去，一路要口，走了一个月，翻山越沟，经过秦岭到了宝鸡，后来又要馍馍到了太白，给人干了几年活，立住了脚跟，二十五岁成了家。"

"二爷真受苦了。"

"比起你爷我吃的苦少，哥，你是怎么安家的？"

"我来到这里查看四周，树林茂密，不愁烧，可打猎，可在树林里躲土匪，能开荒种地，沟里的水虽然碱气大，能对付着吃。我折了粗树枝一头弄尖挖了洞，铺上晒干的草，将凑着住下了。后来在大庄里借了工具开荒，借了洋芋种上，闲了下山给人做活。要生活下去真不容易，好在年轻，浑身有力量，身体能受住。二十二时，收留了一个要饭的过成了一家。"

大家听得鼻子发酸，林东平和大直掉眼泪，两眼发红，他的姐姐们早哭软了。

　　"孩子们，没有过不去的路，我到陕西时，鞋早烂光了，赤着脚要饭，后来不是过得好好的吗？只要能坚持住，总会等来雨过天晴的时候。"

　　"二大说得对，只要有人，馍馍会有的。娃娃们，以后遇到天大的困难，也要走下去。"林东平大激动地说。

　　"说说那一对物件吧，二爷。"

　　"这是求雨的法器，命只要在，法器不能丢。用法器能防身，能拄着走路，它保佑我见到了亲人。"

　　"老二，还会打云阳板吗？"

　　两位老人，精神抖擞，来到麦场上，表演云阳板。一左一右，一上一下，分合有度，快慢自如，如雷如电，如龙如虎；阴中含阳，阳中有阴，似进实退，退中又进，似守实攻，守中带攻，时虚时实，时散时聚；劈砍横扫，泰山压来，勾拦轻挑，雨燕斜飞，上摩苍天，下敬厚土。

　　兄弟俩舞出了后辈震惊，舞出了林家血气，舞出了山河壮美，舞出了乾坤呈祥。在人类对自然不能把控的时候，就想出各种仪式取悦诸神赐福。云阳板，是人类对水无尽的祈求，是对云遗传的敬畏，也是对武术和天地的有机融合。

　　舞着舞着，兄弟俩轻轻把手中的物什靠在一起，让其四脚站立，然后抱在一起对视、大笑，笑声飞过场院，飞向树林，飞向蓝天。

　　"哥，可找到你了，六十多年，真不容易。"

　　"兄弟，可回家了，六十多年，真没想到。"

　　兄弟俩手捧法器，合在一起走进大门，林家的后人和亲戚朋友跟在后面。

云
阳
之
舞

七

　　林东平家睡卧窄，吃完晚饭，五子叫年轻人去大庄睡，林东平他们说说笑笑地走了，家里一下变得静寂起来，能听到老鼠在柴垛里活动的声音。

　　躺在床上，老兄弟俩说着话，回想着苦难的日子。"我看上这里地亩宽，树林大，盖房方便，决定不走了。土层厚挖窑洞容易，挖好窑洞，用树枝编了门堵上，生吃了一堆野菜，握着防身的榆树棍很快睡着了——实在太乏了。"

　　"半夜被可怕的声音惊醒，有狼抢吃食物凶残的咆哮，有狐狸唤子凄惨的叫声，有猫头鹰沉重的吼声，有山风吹刮树枝的呜呜声，还有奇怪的嗡嗡声，我再没睡着。天一亮到树林折树枝时，惊动了七八只狼，吊着舌头瞪着我，让我惊出一身汗。狼很鬼，没把握，没饿到极点，不会主动攻击人，何况我有一把力气手中还有棍子哩，狼真会看人行事，把女人娃娃不放在眼里，敢在她们群里叼吃羊的。以后树林里砍椽子，经常见到狼，习惯了，它们舍不得树林，我也舍不得树林。"

　　"弄一个人窝真费劲，我盖了一间房子，窑洞里养了两只鸡，半夜听到鸡的哭叫，光身子奔过去，早被狐狸叼上钻进树林了，狐狸害人真难防。我在大庄里要了一条狗娃子，怕人不在被野物吃掉它干活就带在地里，晚上放在房子里，长成大狗了，白天栓在门口，晚上关上木门放开它看护鸡和猪。这狗很灵性，它一叫，狐狸、黄鼠狼、崖獭子不敢来了，有一天深夜狗连哭带叫很不合适，我翻身拿了家伙出门看，几条绿眼睛的狼在周围游荡，我大声喊叫，声音回荡在夜里，狼一条跟一条进树林了，看样子狼是来吃猪的，两头半大猪娃子被狼叼走，不把人伤心死？它们是我从集市上用粮食换来的，要靠它们擦粪、吃肉过年哩。狗是人的耳朵，山里更不能缺少它。最怕的不是野兽，而是人。我为防贼枕头下枕着铡子，一个半夜我睡得正香，突然窗口伸进一只大手抽走铡子，我精屁股闯出窗子，从马刺堆跳下埂子，不顾浑身扎的刺，跑到大庄叫人追上山来，大黑叫驴拴在半坡的柳树上，人跑了，经了这件事，我胆变小了，想起都害怕。哎，要成一家人真难。"

"是啊真难，我到太白的时候，裤子是布条绑的，脚上死肉厚得酸刺扎不进去，脸上、手上黑得洗不掉，垢痂长到肉里了，这倒防冷冻了，幸亏有一把力量，加上干活实诚，被东家留住干了几年活，介绍给一个没有儿子的人家，我干活更勤快了，每天到山上砍一大捆硬柴，那里有的是烧柴，我有的是力量，把老人伺候得上劲，他家的小女子给我做衣服，纳鞋子，两年后就过到了一块。哥，陕西比咱们强，我做了上门女婿比你过得好多了。"

"能活成人，能见面，算咱们命大；有子女，孙子上大学，算咱们享福，年轻时吃过的苦算啥？那几年天旱没收成，咱们祈求老天可怜人而下点雨，没想到遇上乱兵，被抢被烧，城里好多人饿死了。"

"哥，你记得吗？妈妈二月二天麻麻亮把灶灰一碗一碗拌到簸箕里端上绕庄寨走，在墙根一面撒着灰，一面默默念叨，说啥呀？"

"年龄大的人说'二月里响雷灰穗多，三月里响雷麦谷堆'，这是妈妈祈求老天爷让麦子少生灰穗，家家老人年年二月二端着簸箕要撒一圈灰。"

"我说老人常笑年轻人'你见了几个二月二的灰簸箕'，今天我才懂了，咱们经了八十几个了。"

"就是的，活了这一把年纪，咱们比大和妈幸福。那时候二月二家家还要炒大豌豆，铁锅炒豌豆的声音很脆很响，在庄寨外就能听到，让娃娃高兴得来去拼命奔跑，还要把水泡软的大豌豆炒熟串起来。"

"哥，这个我还记着，给每个娃娃串一串，挂在脖子上跑出门和别家的娃娃比，比谁的豌豆大谁的串子长谁的串得好，进门还挂在脖子上舍不得取，直到晚上睡觉时取下挂在土墙的钉子上。哥，那个时候我嘴馋，把自己的偷偷吃，老早吃完了，清明节是你把你的分给我吃。"

"嗯，这是真的，谁让我是哥呢？你记得吗？妈妈四月八做的韭饼香得很，现在化肥催的韭菜又宽又长一点不香；妈妈还做的五月五的顾角儿、七月十二的麦扇儿、八月十五的月饼，那个香啊让人一辈子不忘，但吃过的次数就是太少了，家家黑面都不宽裕，哪里有白面呢？"

"哥，缺了香，吃得多就不香了。"

"小时候胃口好，吃啥都香。"

"哥，立秋时妈妈煮熟新扁豆放上蒜末很好吃，你还记着没？"

"怎么忘呢？妈妈说立秋吃煮豆儿秋天肚子不疼，那个时候一个跑肚能要了人的命。"

"吃饱肚子了日子过得到底快——他二妈还好吗？"

"心脏有点毛病，这次没敢来。哥，我嫂子呢？"

"过去已经二十多年了。"

"哥哥拉扯侄子实在受苦了。我嫂子害的啥病？"

"心病。"

"心病？"

"是，到处缺水，老大和老三到岷县改洮河，再没来，活活把他妈操瓜了操死了。"

"哥，这里的水喝茶吃饭不咸啊。"

"这是专门弄的雪水，你明天看看我们的牙齿焦黄焦黄的。缺水，靠天吃饭；缺水，泉水苦死人。不过，水苦点，还够喝，不像山下吃窖水，更艰难。"

大庄里的人陆续来看望，林东平妈做了羊肉羊汤招待亲朋们，吃光了一只羊，还没够，又加了几碗荞面血馍馍、几碟子粉条炒肉片，把大家吃得劲了，吃撑肚皮了；乡亲们也请陕西亲戚到他们家吃饭喝酒喧话。山上山下，放展热闹了几天。

林东平爷爷二十年没下山了，坐面包车到云阳城去。他们首先到了城北，兄弟两个仔细辨认曾经的家园的位置，高楼林立，油路相连，没有农耕的痕迹。他们小时候，河边到城墙都是土地，有包包菜、长白菜、黄瓜、茄子、辣椒、葱蒜等等，还有小麦、大麻、高粱等作物，一到夏秋，碧绿的蔬菜、金黄的麦子、青黑的大麻、红头的高粱，十分好看；剥麻秆搓的那麻线是纳鞋底的好线，麻秆是吃水烟点火最好不过的。兄弟两个沉浸在回忆中心潮澎湃，无限感慨。

林东平领家人在一家亲照相馆合了影，特意为爷爷、二爷照了老相。绕城一圈，车到了北山。林东平爷爷带亲人寻找父母的坟墓，松柏清脆，野草丛生，万坟攒动，亲人的坟墓早已分辨不清。老兄弟两个带林家后代，朝坟头的方向烧纸磕头，表示怀念，表示祭奠。

世事沧桑，祖先不知哪里，老兄弟心里几分沉重，既然留住了生命，绵延了骨血，等住了相逢，就是完美。他们默默回身，轻轻离去，就让亲人的魂魄融入大地，以百草为伍，永归安泰吧。

回到家园，白的是土地，黑的是树林，欲飞的是屋檐。相逢留不住时间，离别的日子到来了，林东平爷爷明白，这是他最后一次看到兄弟的身影，也许也是最后一次看到侄子的身影、侄孙的身影，心里很难过。

立春已过，山上的雪开始消融，生长的气息已在地下按捺不住，为蓬勃的春天将大放异彩。千山万水阻不断血脉，万水千山隔不断离情。林家的亲人从春光里来，又从春光里离去，他们身后是大山，是树林，是无边的春色，是亲人无限的翘望。

二爷走了，云阳板留在了山上。

云
阳
之
舞

八

送走了二爷一家，林东平感到家里冷清了许多，爷爷该喝茶了，他把茶具给拿来，爷爷看着二爷的相片一个劲儿地发呆。林东平知道同胞连心，爷爷对二爷不舍，六十六年了，爷爷没想到二爷还活着。亲人相聚了，爷爷高兴，林家人高兴，但聚短离长，爷爷心里难过，久久沉在对儿时的回忆里。他给爷爷说笑话，讲大学的生活，转移爷爷的思想；他陪爷爷到大庄里，看乡亲们打牌，练秧歌。煎熬人的十多天，爷爷逐渐走出对苦难日子的回忆，对弟弟的想念，脸上有了笑容，八十多岁时能和失散六十多年的弟弟见面，这不高兴吗？爷爷说这一辈子满足了，入土再没有扯心了。爷爷高兴了，爱看自己的羊了、毛驴了，爱编弄农具了，爱晒太阳了，他放心地去坐火车。刚过完年，车站人不多，那几个倒票的还干着他们的活儿。

火车一路向东飞驰，他兴奋地看着窗外，前几次都是坐夜车，没看过窗外的风景。车经过云阳县东面的山谷到了平川上，田地里有干菜叶子，农民开始平整土地、运送肥料，川里的春天显然比山上来得早。车过天水时，川地变得开阔，变得湿润，闪过的树上有的挂着灯笼，是没有摘尽的柿子。大山重叠阻断甘陕，轰隆隆，车进隧洞又出隧洞，车穿行在秦岭之中，两边山势突兀，山上古松青青，时不时看见把人家锁在山间。过秦岭就是宝鸡，宝鸡真是好地方，山岭退去，平原开始展开怀抱，向东春色渐浓，秦川上小麦返青，满目川不见山。

中午时分，林东平带着一身兴奋和春光回到校园，回到606宿舍。舍友们围在一起吃山东薄饼、岷县点心、甘肃腊肉、江南米食，一夜兴奋，一夜长话。

第二天不上课，林东平一面准备学习用品，一面收拾衣物。舍友们如此，大学生如此。晚饭时他找林西平，两个一块吃饭，边吃边说别后一路的见闻、家庭的琐事。

这学期，学院组建排球队、足球队，林家兄弟都报名参加，林东平有身高优势，加上天生力量，经过训练，担任主攻手，扣球让对手生畏；林西平凭借灵活、速度快，担任二传手，积极配合队员攻击。黑白双煞，又活跃在排球场。林西平身体素质好，担任足球前卫，脚法灵巧，攻击性强；林东平踢足球，球性不熟，全场跑动身高对他不利，教练让他守门，他眼力好，出手快，不是把球扑出去，就是直接接住，然后一个大甩，球直接到中场，球门被他守成了铁的。兄弟俩继承了林家的运动天赋，黑白双煞名贯校园。

人忙了，日子过得快，转眼五一来了。林西平大开客货两用车来接，兄弟俩高高兴兴地坐上车。林东平闻着车厢里散发的蔬菜和泥土的味道，感到十分亲切，好像回到家一样踏实。三人说着话，一路向西南而去。出了西安市，绿色庄稼急急退后，车窗半开，香风进入，林东平第一次感受到汽车在平原奔驰的惬意。一个多小时，车爬上山路，关闭车窗玻璃，重叠青山迎面而来，车向秦岭腹地奔驰。再过两个多小时，到了太乐村村口。

两兄弟在村口下车手拉手往村子里步行，林西平大开车前面走了。这是个二三十户人家的村子，人家零散，和黄土高原人家很相似，有差别的是村子背靠青山，山上林草丰茂，面朝大山，山上也是一片翠色。

二爷、二奶、二大、大妈、二妈、弟妹一齐笑着迎出门来，他们早知道林西平大去接林家的两个大学生，都在家里等着。

"哥哥来了！"弟弟妹妹抢着说。

"来了。"林东平伸手抚摸弟弟妹妹。

"二爷。"

"这娃来了，把人高兴死了，赶紧来。"二爷亲热地说。

"二奶、二大、大妈、二妈，你们都好吗？"

"我的娃长得这么俊，我们都好都好。"二奶拉住侄孙的手往家里迎接。

"林家的好后生!"林西平妈妈说。

进门时,拴住的花狗叫起来。"黑虎,是亲人,不敢乱叫!"林西平喊了一声。

花狗不叫了,摆了一会尾巴,卧下了。狗在山里不能缺少,山里人爱养狗。

大家把林东平让进主房,二奶的手还没放开。"奶奶,让我哥坐下,你拉着手他怎么坐?""对,对,我爱你哥着忘了,你们是攒劲的一对,林家有后福了。"

林西平泡好菊花茶,二妈端来自家产的杏子、李子、小西红柿等让林东平先吃。没多大时间,一桌饭上来了:先是小碟子的凉拌黄瓜、杏仁蕨菜、野鸡翅膀、干炸黄鱼、炒花生、腊羊肉;再是大盘子西红柿炒鸡蛋、蒜苔炒肉片、青椒肉丝、菜花薯粉、红烧茄子、土豆牛肉、手撕包菜、手抓兔肉、清炖鸡肉汤、白菜虾仁汤。

"真丰盛!"林东平想。

林东平让长辈们,二奶说:"我的娃,不要客气,赶快吃。"

"都坐下一起吃,一家人吃饭热闹。"二爷说。大家簇拥着林东平陪他吃饭,林西平给哥哥不停地夹菜。吃完热菜,林西平大拿出温热的西凤酒,给父母敬了一杯,给兄弟敬了一杯,然后给林东平敬。

"还有我大妈、二妈哩。"

"你大妈、二妈,会洗锅抹灶,不会喝酒。"

"侄子来了,我高兴,偏要喝一杯。"林西平妈说。

"好,喝醉了不要后悔。"

林西平妈喝了一小杯,满面红色,笑着看大家喝酒。

"好侄子吃着喝,不然喝醉了。"二大说。

"谢谢二大,我吃撑了。"林东平的确吃得很饱了。

"喝几杯,就消化了。"二妈说。

林东平给二爷二奶敬酒，林西平说："奶奶尝一下就行了。"

"你哥敬酒，我今天要喝干。"说着一杯酒喝下去。

"妈妈再不敢喝了。"两个儿子说。

一瓶酒才完，大家已经喝不下去了。林东平说起当初他一眼看到林西平的大拇指，再看到粗眉毛，感到面相熟悉。

"大拇指是你太太留下的，粗眉毛是你太爷留下的。"二奶说。

第二天，林东平硬跟到菜园里帮忙，他爱土地，爱劳动，看到红的辣椒、碧绿的芹菜、紫色的茄子，他心里温暖、舒适。

二爷说，秦岭人家，种菜不需要温棚，山下的菜完了时候，这里的新菜刚好接上，就卖的是季节价；这里地块不大，四季不缺雨，种地总有收获，没有出现过可怕的饥荒。

二妈做了臊子面。陕西人的面很有特色：裤带面宽、厚、柔，牙板好的人喜欢吃；口水面，加面不换汤，不论七碗八碗，吃饱为止，不加价钱；做臊子面，把鸡蛋摊成薄饼，切成饸饹，放在汤里当饭面子，好看好吃，不像甘肃人把鸡蛋筷子搅匀倒在汤里滚起来，能吃到看不到，不过陕西人喜欢吃辣椒，饭里都有辣味，林东平吃辣椒淡，但很快适应了，吃得很香，这才对，到自家来怎么作假呢？

林西平陪哥哥每人两大碗下肚，回味无穷地向后山攀登，眼前不远处是平行的大山，这些山属于秦岭山系，是石质山，地质坚实，不像黄土高原破碎得到处是窟圈。流水在石山里随处潺潺流淌，养育了莽莽丛林，林东平好生羡慕，要是老家有百分之一千分之一这样的水该多好啊！水，滋养着生命，黄土高原人祖祖辈辈求雨，求水，但年年缺水、年年干渴，干在土壤里，干在骨头里；黄土高原人何时能过上有水吃的日子呢？

疙疙瘩瘩的原始林木、疙疙瘩瘩的重重青山，茫茫苍苍望不到边，隐隐约约的太白主峰还戴着雪帽，透出凉意，林东平想老家的那片林子不及这里的万分之一。锦鸡出没，林鸟和鸣，环境清幽，林壑优美。走进丛林，一派阴凉，林西平说不要深入了，有熊瞎子。林东平说两个座山雕还害怕狗熊？兄弟两人哈哈大笑。这是两人第一次一起登上这个高度，目视远方的群山，他们明白人生的攀登才开始，更高的山在等着他们。

要返校了，林西平大开车带二人到太白县城玩。太白县城远没云阳县城大，人口也少得多，但比云阳县城富庶得多。

秦岭路过宝鸡，宝鸡在秦岭脚下。兄弟俩，在宝鸡上了火车。

九

那青翠而绵延的高山，那青石间音乐般的流水，以后反复出现在林东平的梦里无法挥去，这是黄土儿女对水古老的渴望，是他们对水无限的崇拜，也是祖祖辈辈黄土人遗传的寻水意识。

秦岭水就是养人容颜，林东平大一结束时淡退了黑色，只有牙齿上还有从小吃泉水留下的黄褐色。

暑假回家给爷爷拿啥礼物呢？林东平早想好了，他买了一个能装五十斤的塑料壶在学校里灌满自来水拧紧盖子装到蛇皮塑料袋子里背着。下火车后，他舍不得花钱坐蓬蓬车，边走边挡顺车，碰着了拉砖的四轮车一直坐到上次乘三轮车的那个地方，他步行上山，转过大庄头看见爷爷在家门口刚收过麦子的地里放羊，黄狗不知从啥地方看到他冲下坡来。羊吃嫩草，肚子滚圆滚圆的，他和爷爷赶上羊说着话回家，林东平一脸热汗，着实口渴，但没舍得喝一口壶里的水。

他给爷爷、大、妈吃午饭的时候说了二爷家的详细情况。他大大姓林，两个儿子一个姑娘，林西平是老大；他二大姓杨，两个姑娘和一个儿子，儿子最小；他大姑姓林，家在富平县农村，跟前一儿一女；他小姑姓杨，在太白县城，两个娃都是儿子。二爷那里的山上水饱，种地不愁吃穿，出产各种菜，往太白、宝鸡、西安的农贸市场总打出去；天蓝树绿，山色秀美，夏天不热，适合旅游；树林茂密，烧柴充足，他大大和他二大两家贮备的硬柴整整齐齐码了半院子。二爷二奶早不下地，二奶心脏不好，乐观开朗好客，一家人和和乐乐，辛苦而富足；地方不大，但有车出入，方便。

"知道兄弟家人幸福，我这辈子活足了，没有撇不下的了。"

"爷爷能活到九十岁挣上工资的。"

"调皮！"妈妈笑着说，一家人都笑了。

第二天正好农历六月十五，每月初一、十五是林家人特殊的日子，早上一家人洒扫了房子、庭院，爷爷带儿孙烧了三根香，磕完头，在吊桌上献上五杯林东平带来的自来水。给亡灵先不献清水，爷爷是不尝远路上来的水的。林东平在火盆里架了干柴生好火，端来妈妈烙的油饼子，让爷爷、大两人尝自来水煮的茶。

初一、十五给亡灵献清水，不献茶、水果、汤饭，是林家隐秘的历史，外人谁都不知道。

这与引洮河水有关。五八年，林东平大伯和三叔，听从县乡安排随队步行到岷县古城参加引洮大会战，大伯担任小组长，发誓水引不到云阳县，婚事不举行。听说古城大坝合龙成功，人们欢呼。雨季，山水猛涨，上游漂下的木料塞住了大坝，大坝决口，有民工被水卷走了，大伯三叔的尸体没找到，这个村子里死去的壮劳力还有几个。大伯的未婚妻哭晕多次，后来有人传言她是三晶水，专克男人命，几年了，没人要她，她伤心不过跳崖寻死，被外地人救下跟上走了。奶奶哭儿子伤心过度浑身得病，不到六十岁就去世了。

爷爷牵挂儿子，睡不安稳，两耳鸣响，有半年时间梦见两个儿子光着身体，眼睛、鼻子、耳朵里塞着黄泥翻墙进来向他说口渴，讨要清水喝，夜夜如此，每在这个时候，他家的狗无缘无故地狂吠一阵，大拿上铁锹出门看，庄窠里、麦场上、园子外什么都没有，只有星光在天。爷爷身体撑不下去了，就献上五杯清

水，祈求三杯给过路的亡魂，两杯给儿子。献了一周，他渐渐能睡熟了，献够七周，改到初一十五敬献。政策紧，这样的事不敢向外人说，林东平到十八周岁时，大才给他说了原委。献清水快四十年了，献一次，林东平爷爷和大的心疼一次，林东平的心跟上疼了两年了，没水人家的悲惨一言难尽，黄土人的苦难一言难尽。

见了二爷一家，爷爷高兴，口上说入土没扯心了，但他知道爷爷永远思念着那两个再没进家门的人儿。爷爷喜欢贪睡了，睡着看二爷的相片，抚摸炕角的那对云阳板。林东平知道老人爱怀旧，爷爷肯定回忆云阳城的老院子、一块打过云阳板再没见面的发小们。爷爷说过二十多年前在四月初八去看朝山会，看到小伙子们打的云阳板套路简化许多，想给他们指点一下，怕没人听，没张口。爷爷心疼他手头心爱的云阳板绝技失传。不是云阳板套路中糅合长矛大刀棍棒的武术技巧可以护身，当年他和弟弟会被乱兵打死，或抓成壮丁战死。他知道弟弟在陕西不需要对云雨的膜拜，只有遭干旱的云阳人还需要祈求天地普降透雨；孙子上重点大学，肯定回不来，传给谁呢？林东平知道爷爷的心病，主动说他乐意学，爷爷眉开眼笑，一招一式教他，他对运动的理解和记忆很有天赋。

老人嗜睡说明生命到了最后，这是没法回避的生命规律。想让爷爷到陕西看看秦岭、看看太白、看看亲人，他实在不敢，七十都不留宿，爷爷是八十几的人。

爷爷说生喝自来水甜、绵，煮的茶香、酽，林东平说以后回来给爷爷多带。五十斤水，爷爷很快喝完了，喝得十分仔细，他很懂孙子的孝顺。爷爷特别爱喝凉水了，已经内烧，老人最怕内烧。他下山给太白发完电报，顺便背来一捆矿泉水，虽然重，但为了爷爷，感受不到重。爷爷一辈子命苦，十五岁丧父、十八岁丧母、十九岁和弟弟失散；爷爷劳苦功高，在山上修建家园，养羊维持家庭花销，他一定要让爷爷在生命的尽头喝够好水。对爷爷万分难舍，但他清醒地认识到爷爷身体的机器已磨损，老病像春草一样快透土而出，病情已不可逆转，疼痛浸入内部，生命在爷爷的血脉里渐渐远去。

喝了一个月凉水，等住了侄子和侄孙和其他亲人看望，最后看了一眼弟弟的相片和云阳板，爷爷含着微笑走向那该去的家园，像风一样，像云一样，像烟一样。

生命这样辉煌，这样卑微。林家人哭得撼天震地，把老人安葬在那片林子里亡妻的左面，脚下两个儿子的衣冠坟上蒿草萋萋。

这是老人最好的归宿，人类从林子里来，又回到林子里去，化成永恒的绿色，以白云为伴、以鸟鸣为伴，以山风为伴。

烧过一期纸，林东平去上学，爷爷走了，给他留下的财富是坚韧。转弯时，他回头看去：大，这个头发渐白的孤儿满脸胡须，十分无助，身体似乎在晨风中颤抖；妈妈还向他招手，掩饰不住一脸凄凉和一身孤寂。山上的主人只有大和妈了，他摸一把热泪，向山下走去。

十

林西平回去后向爷爷奶奶说了安葬大爷的过程，爷爷哭得很伤心。爷爷要跟来见见老哥最后一面，林西平、大和妈没领他，一是爷爷刚感冒，二是爷爷年龄大，儿孙怕他扛不住失去亲人的悲痛和一路颠簸。

爷爷痛心没有送老哥最后一程。长兄如父，老哥一辈子吃的苦难以用数字计算。他们的大得了痨病，耗了两年，咳嗽越来越严重，吐血次数越来越多，骨瘦如柴，满脸黑透，身体缩成一团走了。邻居们怕传染不敢来帮助他们埋葬，十五岁的哥哥、妈妈和他三个一路哭着，一路用门板抬着他俩的大，寒冬腊月，他们三个大汗湿透棉衣，走向坡地，冷风几乎吹倒头发乱蓬蓬的妈

妈，眼睛哭烂的妈妈，那个冷啊刀子般扎在心里，一辈子痛苦着爷爷。怕被野狗把大抛出来吃掉，他们用光了力气才推起了坟堆。孤儿寡母在漏风的黑屋子里几天没出门，爷爷渴了喝几口凉水，饿了咬几口冻成疙瘩的黑面馍馍，没馍馍了就紧一紧裤带躺着，而哥哥陪着妈妈一口汤水未进。邻居没见他家的烟囱冒烟，没见他们开门，就聚在门外大声叫他们。

哥哥劝妈妈坚强起来，说人死了不能活过来，活着的还要活着。一个冬天哥哥带他穿着纸一样薄的棉衣，握着比他们长的榆树棍翻山过河走村串户乞讨，他饿极了，偷吃了谁家的院墙上摞的一根萝卜，哥哥为了护他，被几个坏孩子打破了脸，打青了腿。他们吃着百家粮食活了下来。春天，哥哥和妈妈艰难地在城外的地里种下麦子、栽下菜苗，哥哥幼稚的肩膀扛起了生活的担子，帮他和妈妈度过了两年的日子。后来，妈妈离开了人世，是得风寒死的。哥哥找人安葬了妈妈，是哥哥给他俩缝衣做饭，延续着生命。

他和哥哥被败兵冲散的前一年冬天，老天特别毒辣，没下一场雪，那一年整个春天只下了一场雨，三月底地里刚长高的菜一朵朵干了叶子，在风中哗哗作响，没出穗的庄稼一半枯死，一场饥饿铺天盖地而来，山上的狼爬到城墙上嚎叫。四月初八，年轻人被庄里的老人召集起来，拖着饥饿的步子打云阳板祈求老天下场透雨，从城北打到半山，又累又热。爷爷一直疑心那乱兵是凶人装的，因为他们穿的鞋五花十色，是不是城里的或者山上的歹人弄来假军装勾结在一起打家劫舍的呢？

家没了，哥哥走散了，孤独无助的爷爷逃荒、流浪。感谢外祖太爷外祖太太，收留爷爷，使他们林家人在陕西立住脚跟；感谢奶奶没有嫌弃爷爷，和爷爷相亲相爱，使他们林家人在陕西繁衍生息。大和大姑，林姓；二大和小姑杨姓。林杨本来是一家，血脉相连。林西平奶奶、大和二大不停地劝说爷爷不要伤心，大爷活过八十岁是喜丧。

"我活了一大把年龄啥都知道，就是刚和哥哥见面，哥哥又狠心撇下我走了。"

"我伤心哥哥受的苦比人人多。"

"我和哥哥相依为命，却没见上他最后一面。"

爷爷哭着说着，哭疼了家人的心。"哭吧，爷爷，哭出来就好了。"他说，"你和我大爷着实让人感动，我们小辈不忘你们的兄弟深情和忍受苦难的超强坚韧，我们也不忘林家人这一段艰难而光荣的历史。"

林西平陪着爷爷，慢慢开导爷爷。爷爷大病一场，家人十分担心。十天，漫长的十天，林西平安排家人轮流看护，爷爷逐渐饭量增加，开始喝茶，开始下炕，开始出门走动。

"爷爷的一场灾难又过去了，林家的历史翻开了新的一页。"他想。爷爷的身体在恢复中，他放心了，从太白县城坐班车去西安。

兄弟两个在校园再次相逢，林西平看见哥哥分明瘦了，眼角还有红丝，额头一条浅浅的皱纹，他知道哥哥对大爷感情深厚，很难割舍，他想劝哥哥，但一时不知如何说起，就浅浅地说说家里的其他事情和暑假的一些经历。他陪哥哥亲切地走过花园、林荫道、操场，一直到了学校后面的那座一百多米高的小山上，找两块石头，两人坐下，默默注视校园，注视远天，一直到夕阳西下，万户灯火亮起。

"走吧，兄弟！"

"好的，哥哥！"

走进学校的一家清真饭馆，林西平先要了两碗面汤喝，两个大碗牛肉面上来了，两人默默地吃完，默默地回到宿舍。

回到606宿舍，舍友们亲切地围上来说话、分吃零食，他听得多，说得少，舍友们只顾漫无目标地说假期生活，尤其是老河南和老山东一对活宝，口齿流利，能说会道，大家一时快乐，没发现林东平心情的异样。

林家的两位年轻人，又回到了大学沸腾的生活，回到了人生

激情的路上。忙碌的大学生活让林东平渐渐走出爷爷去世的阴影，他积极地寻找着自己的人生方向。林西平也得知爷爷情绪稳定，身体基本恢复，全身心投入到自己的学习生活。

林家兄弟俩有时一块吃饭，一块谈论聊天，大多情况各自干着自己的事情，他们是自主意识很强的两位男儿。林东平很爱他的这位弟弟，他和弟弟一样，平时出没在图书馆、报告厅、运动场，周末在书店、图书市场转悠，兄弟俩以最大的热情挖掘着自我的潜能。

十一

林东平知道爷爷临终时心里一直没放下两个儿子，他想了却爷爷的心愿——到岷县古城祭奠一下大伯和三叔，他的专业正好是水利工程，大学生假期社会调查时他选择了到岷县看看一九五八年引洮的现场。

林东平寒假在家里呆了几天，就坐上云阳县到岷县的长途汽车。车过漳县，林东平眼前的石质山突兀高耸，一片黑褐色，完全不同于黄土丘陵地貌。车身摇晃着摇晃着，他不由合眼入睡，等睡醒的时候，岷县的山峰变得清晰，也是石山，比漳县这边的更为高峻，山上林木茂盛，和宝鸡一带的山岭很相似。

山路更窄更陡，真不好走。岷县地势明显高于云阳县，比云阳县寒冷。到了岷县县城车站，老岷县笑呵呵地在寒风中等着他。车还没停稳，老岷县就跑了过来。

"大哥，你来了？"

"兄弟好！"林东平以微笑回报老乡同学。

"走，咱们先吃一碗热饭。"老岷县说。

老岷县领他走向一家羊肉馆，他说："吃点面吧，羊肉太贵了。"

"老哥能来几次岷县？"两大碗羊肉泡馍端上来，上面飘着绿莹莹的葱花和香菜，林东平先吸了一口汤，味道不错。吃着羊肉

36

馍馍，下着蒜片，满头热汗，满嘴余香。吃完饭，两人到城里漫游，林东平发现脚下有许多碎石头，岷县县城四面环山，面积相对不大，不到一小时就到了城郊，冬日里清清的洮河依然抚摸着岸边，林东平明白羊肉汤味道好原来是洮河水做的，有好水，才有好饮食，林东平看着缓缓向东流去的洮河，发呆了一阵子。洮河，让黄土儿女日夜想念的圣水。

走着走着，人的屎尿、牲口的屎尿在河滩不时看见，这个卫生状况让林东平一阵恶心，吃的羊肉泡馍差点喷出来。拐过一个湾，仔细看洮河，河面不断进出水珠，水珠璀璨晶莹，有的成纯白色，有的成淡蓝色，有的成暗黄色，随着阳光朗照天空，不断照亮河面，一片片的珠子群、一条条的珠子带色彩绚烂，好看极了。林东平睁大眼睛看着，惊奇写满两眼。色彩缤纷的洮河流珠让林东平痛快，他打个饱嗝，羊肉泡沫的香味让他回味无穷，他对洮河水更爱了，更羡慕了。

老岷县家在山区，离城有三四十里，他和老岷县登了一家私人旅馆。老岷县说岷县人崇尚原始、质朴，猪放养，吃蕨麻，肉质好，味道独特，就是人畜没固定厕所，已成习惯。

岷县海拔较高，有人说晚上睡觉头有些不舒服，林东平和舍友说着说着，不知啥时进入梦乡的，年轻真好，体质好就是优势！第二天吃了一碗面，老岷县带他去寻找当年引洮工程的地方。经过不断打听，中午时刻他们终于找到了古城截流遗址。引洮大会战时民工住过的窑洞还能看见，它们诉说着一段人们热情劳动和对水渴望的历史；地窝子也隐隐可辨，证明着艰苦的劳动条件和悲凉的历史。

这一带是秦岭的延续，云雾缭绕，石山耸峙，古松苍苍，直逼云天。他和老岷县仔细观察，认真思索。想当年为什么在这里选择截流，为什么又要下令炸掉大坝。两人揣摩着、讨论着。

"这里太窄小了，水回旋的余地不大。"林东平说。

"还有上游太陡，山洪容易漫过大堤，下面被淹的风险极

云阳之舞

高。"老岷县补充。

"地势较低，水蓄满，向四周投射的力量不够。"林东平又说。

"是不是水泥标号不够，或着钢筋没放够？"

"有可能，那个时候技术跟不上，设计缺乏有力的论证吧。"林东平分析。

他们找到当地的一位白胡子老人询问实际情况，"爷爷，当年引洮是咋样的？"

"木料缺，砍了不少树；危险，有民工被长绳吊在悬崖上干活；苦，有民工逃跑人手更不够。"

"爷爷，当年引洮有没有死人，您知道吗？"

"挖炮眼炸山的时候，两座石山滑坡，连石头带人砸入洮河，十几个人一下子没了，不知道是被水卷走了还是被泥埋了，几个的死身子没找到。"

"第一次大坝合龙失败，民工们哭得很伤心。后来合龙了，季节没选合适，那一年夏天暴雨另外多，山水吹垮上游木料厂，水里带的飘浮物多、杂，有橡檩、树木、柴草、泥石、死驴、死猪，堵塞了大坝，民工小口排水时猛然决口，一坝水像猛兽一样冲下去了。"老人说。

林东平明白了悲剧是人为原因，大伯和三叔等人死得可怜，怎么死的都不明确。他抑制不住内心的痛苦，脸色难看，从老人家出来，一路无话。回到大坝遗址，他让老岷县止步，独自走进山里一段，望着大坝和洮河水默默祭奠长辈们。

大伯、三叔：

没见过面的侄子来看你们二老，今天侄子和你们二老说说心里话，你们的魂魄在这里也好，没在这里也好，愿你们在天有灵，听到侄子的诉说。

咱们人类走出山洞走出林子以来，祖辈一直艰难地生活在缺水的黄土大地上，对水的渴望和追求是刻在骨头里的记忆和疼痛。

你们正值青春年华的时候听从召唤来到这里，想把洮河水叫上山岭，请到故乡的土地，是接受的特殊任务。子孙们不能永远过没水吃的日子啊，像你们一样激情昂扬的十多万人离开亲人、离开家园土地，来到引洮一线展开了人与自然的抗争，人与命运的抗争。

咱们国家不断经受战乱的洗礼，当时太贫穷了，太落后了，技术人才太少了，没实力驯服洮河的十足野性，只能拼蛮力、拼人海战。想想群山阻隔，大沟纵横，人在群山面前渺小啊，但黄土不能晒焦，麦苗不能渴死，人们必须得活下去。

你们用铁锹、炸药、手推车开石山，用大锤、钢钎、凿子凿暗洞，用原始手段寻找水源，感天动地，你们是英雄！

人类生存的历史从来充满坎坷，前进的路上从来伴随辛酸，正是有无数英雄在一线慷慨舍命，才有子孙后代绵延生息。人类不能逃避命运，只能顽强肉搏，黄土儿女寻水之路，是一场不能回避的持久战役。毛爷爷说得好："为有牺牲多壮志，敢叫日月换新天。"只有敢于牺牲，才可以闯出大道。大伯、三叔你们和一段特殊的历史相遇，和男儿的责任相遇；大伯、三叔，你们是为滋润黄土大地献身的英雄！

大伯、三叔，不仅在拦河时有牺牲，就在劈山开渠时也有人被炸药送入石山。

大伯、三叔，不要埋怨，那是一段让黄土儿女心里流血的痛苦的岁月，一段让父老乡亲刻骨铭心的特殊的岁月。

大伯、三叔，爷爷已经去世大半年了，我知道他在心里给你们两个儿子一直留着位置，到生命结束的时候一直没有忘掉。今天，我以林家人特殊的祭品——清水——把你们两个长辈祭奠。

大伯、三叔，请安息吧！

为引洮牺牲的叔叔们，请安息吧！

林东平没有烧香烧纸，献上几杯带来的清水，以林家人特有的形式祭奠了英雄们。

十二

回到旅馆，林东平没吃饭躺倒就睡，他梦见黄水漫过他的肉体，漫过他的山庄，漫过他爷爷奶奶的墓地，他家的大黄狗向他拼力游过来……

林东平一大早醒来回忆梦境，又想起爷爷。爷爷曾给他说过1958年攒劲劳力去岷县引洮、去靖远大炼钢铁，好多队里的庄稼没人力收，学生帮忙挖洋芋，洋芋不知道送给谁，就地埋了，秋后连续下雨，洋芋和庄稼烂在了地里；1959年春天地里种不上，又遇上毒日头，七八月山上、地里都白花花的让人眼睛生疼，年底颗粒没收。

林东平原想到舍友家转一圈，一想到梦境心里越不踏实，告别舍友坐上回去的班车。他回到家把书包往门上一挂，急急到林子里看爷爷的坟，坟堆尖尖的，坟院茅草过膝，没有被山鼠、兔子、野鸡损害的痕迹。他进门时，天全黑了，妈妈把他的书包早拿进屋子了。

"门没进就到哪达去了？"

"大，我刚林子里走了一下。"

"放天大的心，我把你爷爷的坟看管得上心，一个鼠洞都不让有的。"

"大，我绝对相信，是我做了个梦，就不由地得看了一圈。"

"大老远来不喝口水就上山了。"妈妈心疼儿子。

"妈，你看我的身体铁板一样瓷实，这点路算啥呢？"

他没说去祭奠大伯和三叔，他知道农村人迷信，说年轻人死了煞气大，躲怕躲不及的，谁敢主动去祭拜？他怕大和妈担心，只说做了几天社会调查，是大学生假期必须要干的。

紧腊月，慢正月。腊月天短，他帮大和妈剥干苞谷棒子——棒子上留两三张皮子辫在一起搭上木头架子晒几个月，把积攒的粪土运到地里，到集上买来过年的必备品。干着琐碎的家务，没几天就到过年了。

腊月三十太阳一上来，他把爷爷留下的二十多只羊赶到树林里吃饱树叶再赶回圈，把驴饮饱，缸里挑满水，背够烧饭的柴草，帮妈妈架起山木硬柴火煮肉，扫干净院落，门上贴上蓝色对联和黄表的门楣子，再端上放着纸钱、香蜡表和写着"林氏三代宗祖之位"的"三代"的木盘子到大门外十字路口烧纸、放炮仗、滴浆水接先祖，进门把"三代"坐在桌子中间的纸钱上，人面向桌子靠墙右边放上有爷爷相片的相框，奶奶没留下相片，左边留着位子，磕头烧纸，献清茶清水、水果纸烟、炸的馍馍等等，一会儿，猪骨头熟了，先作揖给桌子上献了一小碗，然后三个人吃手抓猪骨头。没了爷爷，啃骨头没味道，林东平陪大和妈一人啃了一块就吃不下去了。

从腊月三十到初四，他没出门，陪着桌上的爷爷，不断烧香，为爷爷点烟，他按顿数献饭，全家人吃啥饭，就给爷爷奶奶等先祖献啥饭。初四晚上天黑透的时候，他和大在接过先祖的十字路口放炮仗送了纸，关上门三个人说了一阵话，各自入睡。

他年年初二看望舅舅，今年初五到舅舅家，初六以后先后到三个姐姐家吃饭，看望外甥，看亲戚的生活，也抽空到大庄里和发小们说说话打打牌。

爷爷不在了，老人们不来串门了，家里冷清多了，这个年过得真没意思。正月十五晚饭后，林东平烧掉各个门上的门楣子，然后默默地收拾完第二天上学要带的东西。

"大，我看把羊卖了，你和妈要务地顾不过来放的。"

"这是你爷爷留下的，怎么随便能卖呢？"

"大，爷爷的羊我也舍不得卖，你和我妈太辛苦了。"

"我和你大换着放，你爷爷走了，羊不能没了，还要靠羊供你上学哩。"

云阳之舞

"妈，我有奖学金哩。"

"还要养羊给你娶媳妇上礼钱哩。"

妈妈惹笑了林东平和大。第二天一早，林东平尽可多地挑来泉水，他知道以后不是大去挑，就是妈去挑，泉水虽然一去就能挑上，但吃水一直是一件困难的事。

挑完水，陪大和妈吃完饭，林东平离别大、妈，大和妈没有爷爷刚去世他下山回头看到的那样可怜，大和妈适应了没有爷爷呼三喊四的日子。

老人不去世，儿子长不大，不管儿子年龄有多大，他这样想着下山而去。

十三

林西平找哥哥听秦教授的学术讲座。秦教授是水利工程院校的著名教授，在国内享有很高的声誉。兄弟俩坐在前排，目不转睛地听着讲授，记着笔记，生怕漏掉重要的信息。

秦教授讲到："我国水力资源南北存在严重不平衡的现象，要解决这个问题必须实行南水北调，正如北煤南运、西电东输，只有这样才能满足人民生活的需要，满足经济社会发展的需要。南水北调分东线、中线、西线，按东中西三步实施，最有潜力的是西线。黄河由于支流少，受雨季雨量影响大，往往出现断流的情况，严重制约着现代工农业的发展，中国是人口大国，农业尤其直接关系到人民生活的水准。西线'引江济河'是解决黄河断流的最佳选项，就是在源头上把长江和黄河接通，让雪山圣水浇灌母亲河，进而浇灌西北的戈壁沙漠，打造新绿洲，创建人居理想新环境，实现东部人口向西大迁徙，对减轻中国东南部人口压力实现东西部平衡有广阔的前景。但这是世界难题，在青藏高原上跨水系、跨山系作业，受地理条件制约，有技术限制，有资金限制，关系到环保等方面，但这是最大的惠民工程，中国将一定实现这一伟大的水利建设宏图，要实现这一目标，这是你们肩上的责任。"

一阵激烈的掌声后，秦教授继续分析。"从局部看我们西北水资源也不平衡，比如甘肃水资源短缺，河西虽然有沙漠戈壁，但人口少，用水少，祁连山的雪水足够浇灌；甘肃中部地区人口多，水资源是全国最短缺的，比如定西、云阳、会宁、静宁、庄浪等县人民吃水问题最大，祖祖辈辈过着'一碗油换不住一碗水'的可悲生活，解放前这样，新中国还这样。就是'天一生水'的天水、洮河流经的洮阳，部分地方也存在水荒，永登的秦王川面积不小，然而是一片旱川。怎么办呢？只有人工引水。从哪里引？从青藏高原山麓引。西部大开发号角已吹响，甘肃的'引大入秦'早已启动。有人说我们没有技术咋办？借鸡下蛋是常有的事，'引大入秦'就是向世界招标，有意大利人参与，有日本人参与，也有我国中铁局的参与，甚至有农民工队参与。我想不远的将来，甘肃还有一项惠民工程启动，那就是从20世纪30年代提出的'引洮济渭'工程，该工程从1958年开始实施，1961年因条件受限被迫停止，到现在专家还在论证它的可行性……"

"同学们，一定要加强体育锻炼，做个合格的水利工程人没有健康的体魄更不行，我知道你们凭借年轻晚上贪玩不按时休息，这非常要不得，好身体是呵护的，不是透支的，你透支了体力就是透支了生命，你透支了生命，明天还能干啥？不说高大上的，问一问你们如何养活自己？如何报答父母养育之恩？"

"做水利工程人，一定要有吃苦的准备，水利工程人要爬山跨沟、穿林入地，要经受严寒酷暑、风雨霜雪，甚至野外吃饭、野外住宿……没有吃苦精神，你别吃水利工程这碗饭，我劝你早早转专业，但是大学的一半快完了，专业还能转吗？你不吃这碗饭，还能干啥呢？当然，有人会说我经商挣钱，如果有这个想法，你比初中毕业高中毕业就去经商能高多少？我希望同学们追

云阳之舞

求高远的人生，投身高品位的职业，投身建设祖国的职业。我有信心，我的学生最棒，没有半途而废的，同学们，你们说是不是？你们将追求什么样的人生？"

院系的大学生十分激动，又是一场暴风雨般的掌声，秦教授不仅专业精湛而且深得思想教育的精髓，他的知识魅力、人格魅力，影响了一代代大学生。

秦教授的讲座，字字扣在林东平的心里，一直击打着他的心坎。大二第二学期，秦教授正好为林东平级上课，他主动找秦教授请教问题。

"秦教授您好！我可以打搅您几分钟吗？"

"你好，我最喜欢和学生交流。"

"秦教授，我就是甘肃云阳人，我大伯他们参与了当年的引洮工程。您说引洮工程有希望重新上马吗？"

"你们那里的吃水困难，生活艰难，让周总理掉过泪，一代代中央领导人不断地关注着陇中人民的生存条件，如果有技术、有资金，引洮工程肯定会实施，这是造福陇中千秋万代的大事……小伙子，好好学，说不定有一天你可以为故乡用上所学知识的。"

林东平、林西平、老岷县对秦教授倍感崇拜，他们学习超常刻苦，秦教授给他们不断推荐专业书籍，他们成了这一级学生中秦教授最爱的学生、最优秀的学生。

十四

五月的西安，天空蓝得透亮，好似深不见底的大海，有无穷的力量，云朵悠悠走过，在蓝天陪衬下格外耀眼，好似碧绿的池塘里盛开的洁白的荷花般俊美，广袤的盆地里升起的云雾般迷离。人们还沉浸在午睡的香甜中，突然从西北方向旋起一片黑云，瞬间遮蔽了天空，闪电划破长空，隆隆的雷声响彻四野，雪亮的雨点从半空飘下来。雨来得猛，收得也猛，刚打湿大地，敲去树叶的微尘，就过去了，留给人间一股清新之气。

林西平刚被雷声惊醒惺忪着眼睛看窗外，楼管气咻咻来叫他接电话，他兄弟俩常一块出入宿舍楼，楼管叔叔都认识他们，很爱他们。

"喂，我是林西平，你是哪位？"

"我是你的邻居，小卖铺的叔叔，你大说你爷爷病重，让我给你打电话。"

"叔叔，啥病？"

"你大电话等不住接回去了，没说啥病。"

"叔叔，你过去看一下，我到西安买些药。"

"看样子是老病，你快回来。"邻居挂了电话。

生活就如夏季的天空一样充满变数，刚刚是蓝天白云，突然是雷雨大作。他想着邻居的话发了一阵子呆，去找林东平。606的同学还睡着，哥哥也睡着。

"哥，二爷病重。"他轻轻推醒哥哥贴着耳朵说。

林东平一骨碌坐起说："害啥病？"

"电话急，没说。"

"你赶快回去，我给家里打电话，让大伯过来。"

"哥，我先坐班车去。"

林西平天刚麻时回到家。"爷爷，你怎么了？"

"孙儿，爷爷还好。"

"爷爷，你不要吓我。"

"西平，你是长孙，要管好弟弟妹妹。"

"爷爷，我会的。"林西平知道爷爷对老实巴交的大和二叔不放心，这个责任很重，他必须扛起来。

"爷爷该走了，这辈子活足了。你哥来吗？"

"他宝鸡接我大伯去了。"

林东平急急忙忙去打电话，电话打到大庄里，让转告他大连

夜坐车到宝鸡，他到宝鸡车站接。林东平坐火车到宝鸡，在宝鸡车站候车室熬了一宿，第二天一大早接上大和姐姐、姐夫坐班车到二爷家时太阳还没落山。

"二大，我来了。"

"二爷，我们来看你来了。"

"好侄子，赶忙了吧？"老人看到侄子来了眼里充满泪花。

"没有，二大身体哪儿不舒服？"

"没疼痛，只是困。"

"东平，你……过来。"二爷有点吃力地说。

二爷从贴身取出一个小包给林东平，林东平接住二爷的手，很冰凉。

"打……打……开。"林东平剥开一层塑料、一层粗布、一层牛皮纸，再剥开大吃一惊，大家看着林东平不平常的表情凑过来看，是几幅图，不知画的是啥。

二爷吃力地看着侄孙，眼里充满希望。"二爷，我一定传给咱云阳人，我爷爷早教了我套路。"老人大睁眼睛微笑着，他的眼前云阳板打得铺天盖地，一场甘霖普降在故乡的山山峁峁。他其实什么看不到了，生命已经退守到最后一点角落。他脸色变得很红润，很年轻，很好看，片刻又成一片土黄色，额头挤出细密的汗珠……

林家的两位老人都奇迹般地活到快九十岁，都是微笑着走的。只有经受大磨难的人，才会把微笑留给子孙，留给人间，让子孙永远追忆，乡亲永远追忆……

唢呐凄凉的悲音张开翅膀扑向松柏莽苍的秦岭，扑向辽远的天堂，太乐村人抬着灵柩慢慢走上高地，林家人穿白戴孝哭丧着脸跟在后边。

这是一片安静的土地，杨家的祖坟就在它温暖的臂弯里，鸟瞰着山下的村庄，鸟瞰着变化的子孙，半人高的野草拥抱着土垧，看护着坟院。林西平爷爷的坟墓选在杨家祖坟的旁边，他知道爷爷最近几年倒特别思念甘肃老家，落叶思归根大概是一种跳不脱的人性吧，爷爷在这里是否能永享安宁呢？

安葬了老人，林家的亲朋陆续下山。林东平的大走在最后，他惊奇这里的山又高又大，山上是看不到边的青色的森林，相比之下，自己生活的地方是个山丘，那片树林小得不该叫林子；叮咚的清水从石上流着，一尘不染，一路跟随，惹得他十分眼馋，真想掬手大喝几口，但怕亲戚笑话。绿水的家在青山，他好生羡慕这股股清流，能给云阳搬去一点多好啊。

回到弟弟家门口洗了手，和大家在院子里一同磕完头，林东平大仔细看二大住过的房子，土木结构，墙上几条口子，房子是二大几十年前亲手修建的，二大一辈子生活朴素啊！林东平大想到了自己的大，想到了两位老人经受的苦难日子，不禁热泪纵横。

"好侄子，不要难过了，埋完人进门再不能哭了，听话。"二妈颤抖着嘴说。

"二妈……"他看着嘴角青涩的二妈哭出声来，这位好客的老人——林家的恩人身体大有问题，他们最后的这位长辈怕时日不多了。

林西平大看到哥哥不停地看土房子上的裂缝，就说："哥，这是二大修的，修得不容易，一直不让翻修，不是兄弟们不孝顺。"

"好侄子，土房子暖和，住惯了舍不得拆。进屋说吧。"

林东平大用粗手擦去泪花，帮弟弟招呼乡亲吃饭。"大哥，你远路上来，应该是我们招呼你，你坐吧，我给咱们端饭。"一位村人说。

太乐村人实在，不见外，红白喜事吃饭自己端，风俗和云阳不一样。

云阳之舞

十五

大三时，水利工程院校的学生开始到野外去实习，秦教授给林东平班带队，全班学生很得意。

第一课观察陕北的黄土高原。出了西安城，穿过北部平原，车晃晃悠悠进入黄土高原，翻山、进沟、上山、下坡，一个山峁接一个山峁，一道梁接一道梁，一条沟接一条沟，山丘破碎，被沟隔开，仿佛进入沙漠，到处是沙丘，不辨东西。村庄栖息在沟畔、山边，村庄出现的地方才有绿色，除此之外满眼黄色，让人眼睛很不舒服，车后扬起的阵阵土雾，透进车窗，土味直逼鼻孔，风也是燥热的干涩的，人的嗓子很不舒服。颠上颠下的车，让不少人晕车，脸如黄土。

秦教授端坐前排，泰然自若，和学生不时愉快地交流，到野外工作，他就兴奋，什么样的地方他没去过？三十年的跋涉让他适应各种路况，他爱着他的专业，爱着野外。

七八个小时，车走出丘陵，爬上一片高塬。秦教授带领学生下车，他让大家呼吸泥土的新鲜味道。

"累了吗？要做水利工程人必须要练就铁板身体。"他对灰头土脸刚刚晕过车的同学关切地说着。

"这么大的塬，就是没水。"秦教授让大家看，几乎看不到尽头。

"像这样的塬，在陕西与陇东交界处比比皆是，塬与塬是断裂的，修路很困难，成本高，汽车可以盘旋上下，火车就没办法。"

"你们一定要加油学，多找到可以修铁路的路线。"

"好的设计，可以为国家节约大量资金，我们的国家还很困难。"

"找到好的路线，还要反复勘探，有的地方表面不错，但下面地质构造复杂，做一个水利工程人必须精通地理知识，同学们。"

"黄土高原搞工程难度很大，黄土疏松，薄厚不均，容易被大雨影响，我猜想会出现湿陷性黄土，以后你们要认真研究。"

"看看馒头一样的山丘，你们是否有点失望？想想陕北红军、八路军、解放军，他们怎么样战胜困难战胜敌人的，咱们应该向革命先辈学习，弘扬陕北精神。"

"想到先辈，我就浑身是力量，我在黄土高原考察二十多年了，几乎跑遍了沟沟峁峁，我见黄土就亲切，我这一副硬朗就是跑出来的。"

"秦教授晕过车吗？"一位女生问。

"怎么没晕过？肠子快要吐出来了。正常，只要多出来跑跑，自然就习惯了。"

秦教授带领大家步行向前察看地貌，让男生发扬绅士风格替女生背起行李，林东平背着两名女生的书包紧跟着秦教授。

路过一个村庄，敲开一个农户的大门，秦教授熟练地用陕北话和村民交流，向村民要了半脸盆水。

"女同学过来，洗洗。"秦教授大声说。

"感觉怎么样？"他问洗过手的女同学。

"燥得很，没有自来水绵软。"

"对了，这是窖水，靠天吃饭的高原人连窖水也没有多余的。"

"男生们洗洗。"秦教授又说。

男生洗完，水已经成黄汤，秦教授最后一个洗手，大家惊讶。

林西平要把水倒掉，秦教授阻止道："西平别倒，澄一下还可以让牲口喝，或者和泥、或者洗衣服。高原人只有下雨时才可以洗衣服。做水利工程人，不懂民俗是不行的。"

村民为教授鼓掌，朝教授微笑，邀请大家进屋坐。"不了，

老乡。谢谢，让你破费了一盆水。"秦教授得体地说。

"吃吧，同学们！干这一行吃法要好。"告别村民，秦教授带领大家到一棵大树下席地坐下，喝水、吃东西，女生因没洗脸，只喝水，秦教授大口大口吃着，吃得很香，男生们也加入到吃的行列里来。

"女同学，吃吧，不吃身体扛不住。"秦教授鼓励女生，女生起初害羞地小心翼翼地吃，吃着吃着，大口大口嚼起来。

好一场吃，嚼吃馒头的声音交响乐般舞动在黄土地上，舞动在人类求索的路上；喝水的声音，山泉般流过大地，流过心田……

车进校门时接近晚上十点，十几个小时的奔忙让秦教授也累了，毕竟五十几的人了。

告别秦教授，同学们回宿舍洗漱，他们洗头上的黄尘、手上的微尘、脚上的臭汗，忘情地洗着，才感觉到了秦岭水的细绵温柔。

经过考察陕北黄土高原人的生活，林东平明白了爷爷眼光远，给他们创建家园的可贵，老家的水虽然咸，但比黄土高原上没水吃强。水，缺水的百姓很多，该如何给他们寻水呢？他想。

考察一天，胜读几本书，同学们很兴奋，好长一段时间在讨论着黄土高原。时间是长翅膀的生灵，没留意几周飞去了，大三的学生又要到野外去。

这一次秦教授和导员带林东平班深入秦岭腹地考察。林西平以为要到太乐一线去，满心欢喜，早想着要让师生尝尝他家自产的蔬菜。车进山了，向西北而去，考察的是北秦岭山麓，离他家二三百里远。林西平有点失落，没几分钟他的情绪又高涨了，给同学们介绍秦岭人家的风土民风。到了目的地，抬头看去，北秦岭比他家那儿的山岭突兀，山上巨石凸起，有黑色的，还有绛红色的，进入十月，山顶白雪皑皑，山腰松柏暗青。天下真大，风景各异，秦岭腹地长大的他感到吃惊。

"秦岭是石质山，陇海线穿山而过，铁路人不辞辛苦，打通了几十个洞，终于把甘陕连了起来，真是前无古人。"秦教授给大家介绍说。

"在秦岭打洞施工难度最大的是什么，同学们？"

"怕塌方。"

"怕山不稳定滑坡。"

"很对，怕遇上活动性断裂区域，秦岭北缘有好多断裂带，没办法回避。"

"秦教授，怎么处理断裂带？"

"只有一边打一边用钢梁焊一边用混凝土浇灌再用砖砌，得一气呵成。"

"工程量大，一点不敢图快，有时一天只推进几米甚至几厘米。工作环境危险，技术员、建筑工人压力大，很辛苦。"

"地质不稳，遇上暴雨，塌方难免，陇海线很爱塌方，洞多，有十公里的长洞。"

"与黄土高原有啥区别？"

"黄土高原怕湿陷，石质山稳固性相对好，但遇上疏松性岩石就是挑战。"

"这都是常规性的，等你们知识充实了，再具体介绍水利工程上的世界难题。"

秦教授领学生边走边指导他们辨认岩石，分析可能出现的地质构造。不时遇上石间缓缓流淌的溪水，秦教授说秦岭水质好，没受污染，叫大家洗脸，用塑料瓶接上放心喝。

这里不缺水，喝水不要钱，林东平大喝几口，感到清凉甘甜，一股舒服遍布全身十万八千个毛孔。

秦教授告诉大家："王维在终南山生活的环境和这里很相似，正是'明月松间照，清泉石上流'，多美的生活，多美的意境。"大家为秦教授鼓掌，钦佩他学识渊博。

"为了加大西部大开发的步伐，光修铁路远远不够，还要修高速公路，甚至高铁，只要学好，你们不会失业，这辈子是有饭吃的。"秦教授看问题一步到位，由现在想到了未来，好像一个下棋高手。

又是繁星闪烁的时候，秦教授和学生们一路唱着歌踏上归途……

十六

这是林东平上大三时受影响最大的两节课——野外实践课，他对黄土儿女的生存状态太了解了，窖水表层往往飘着羊粪、树叶、草粒等杂物，里面还有虫子，水质硬，卫生状况很不好，但是没有窖水人和家畜怎么生存？还是活着最重要；至于洗脸干洗手燥，对黄土人来说这不是问题了，他家喝的泉水咸，洗手还容易开手口子哩。他的同学，大多来自大城市、来自山清水秀的地方，没有对水贫穷的体验。秦教授说得好啊，陕北是革命的圣地，是红色的土地，陕北精神应该弘扬，吃苦精神不能缺失，应该成为华夏儿女血脉里流淌的文化基因，尤其对水利工程人。

林东平久久不能忘记黄土高原，他把视野投向广袤的历史，黄土高原孕育了人类的始祖——黄帝，孕育了中华文化，是中华民族繁衍栖息的沃野，是中华文明的摇篮。林东平苦苦思考着，如何让黄土高原人吃上优质的水呢？

林东平命中与秦岭有缘，秦岭就横亘在他上学回家的路上，他到太乐村去，几次观看了南秦岭的尊容，秦教授又把他们带到北秦岭，让他们认识秦岭、认识岩石，秦岭是充满神奇的文化宝藏。他难忘秦岭山谷中淙淙的流水，金子般敲击着大地，音乐般感动人的心灵，但如何把南秦岭的圣水引向需要的地方呢？这是个非常大的课题，也许水利工程人一辈子不能完成的，但林东平有这个欲念，秦教授，是他的方向，是他的学习动力，他决心要考取秦教授的研究生。有了人生的航向，林东平真正发现了一个不一样的自我，他兴奋，对生活充满信心，积极弥补他这个乡下孩子的英语短板。他已经比同班同学明显成熟，干事情有主见，有章法，他不仅积极向秦教授请教，而且主动向其他老师请教，老师都乐意指导和交流，交流让他思维活跃、思考深入。

寒假快来了，林东平决定实地看看"引大入秦"工程，他事先找资料对这个工程有了初步的了解，为了安全，他邀请老岷县做伴，老岷县学习上有一股狠劲，学习在班上数中上水平。他特意在学校为他俩开了介绍信函，去告别秦教授。

"秦教授您好！我想寒假看看引大入秦工程，这个可行吗？"

"没专车好多地方去不了，你可以看看几个重点，我给甘肃水利厅说一下。"

"太感谢您了！"

"你和其他学生不一样，希望你扎实学，考研究生。"

"我来自黄土地，对它爱在骨子里，我已经想好争取上研。"

"有志气，老师喜欢。有一部报告文学《新河》您可以仔细看看，对整个工程有真切的记录。"

林东平和老岷县放假直接去了金城，甘肃省水利厅的办事人员帮助他们确定了几个要去的地方。从水利厅出来，两人急急忙忙到新华书店去找《新河》，一人买了一本，就近找了一家私人旅馆住了下来，胡乱吃过晚饭躺在床上翻看《新河》，看了三分之一。第二天一早找了一家面馆吃金城大碗牛肉面，囫囵吞枣没吃出特色，买了几个饼子、几瓶纯净水，塞在书包里向西出发，寻找大通河。

大通河发源于青海甘肃之间的祁连山，林东平和老岷县下了汽车经过打听口干舌燥、汗流浃背曲曲折折找到了甘肃省天祝县天堂寺的大通河龙头工程，这个工程两年八个月完成，壮阔气派的总干渠不惧崇山峻岭的阻挡，引导浩浩汤汤的流水，穿过经意大利人超过四年时间打通的11.65公里的30A隧洞，流向喝开水吃馍馍的平凉水利工程队民工们绣花式的高质量修筑的350米总干

云阳之舞

渠大沙沟渡槽工程，再流入日本人承包修建的盘道岭隧洞。盘道岭隧洞是整个工程的关键环节，耗时近4年完成，全长15.723公里，是排名世界第七、我国第一的长隧洞，它的引水隧洞居世界第一，解决了许多世界难题，是建筑上的奇迹。

林东平查资料知道整个工程有隧洞77座，总长110公里，是最长的地下运河；有渡槽29座、倒虹吸3座，还有数以千计的暗渠、明渠等。渠有总干渠、东一干渠、东二干渠、45条支三级渠，东二干渠43米高，跨越庄浪河、兰新铁路、兰新公路、汉长城、明长城，是全国最大的引水渡槽。

山上呼呼的冷风吹向林东平和老岷县，他们想象着工程队员冒着暴雨抢险的情景，冒着烈风大雪工作的情景，他们为工程队员忘我的劳动风尚感动着，为他们创造的宏大和气派的杰作感动着。

下午三四点，山上飘起了零星的雪花，林东平和老岷县冒着严寒下山，七转八拐来到山下时天已经黑下来，两个人又步行了一小时半遇到一个村子，敲开一家门，说明来意，主人热情接待了两个大学生，吃罢主人端来的热饭，感谢主人的恩德。两人挤在炕上兴奋地忘记了疲劳和寒冷，一口气又读了《新河》的三分之一，他们真佩服作者观察仔细，描写逼真，给他俩款款介绍了一段风土民情、别样情调。

第二天一早告别主人，踩着积雪向车站而来。他们的目标是秦王川，在秦川镇石门沟村他们下车往北寻找石门沟水库，大约3.6公里，看到了水库的尊容：库水清清，漫向远方。水库管理员说石门沟水库一年两个月修成，距离金城新区中心35公里。山上还有个水库，没时间去拜访。

回到大路上，他们边步行边拦顺车，挡住了一辆面包车向秦王川腹地进发，沿途看到一块一块的地膜地，一块一块的池塘，林东平想有水就有人群，有水就有生机，他眼前似乎出现了麦苗青青、鱼跃人欢的秦王川春天美景。

到了新区中心，林东平看到有了大通河的水，城市建筑已经兴起，随处可见吊车在空中展开手臂对抗北风。"引大入秦"是著名的跨区域调水，在试营阶段已经让秦王川的人造戈壁变成了良田。秦王川比云阳县城海拔高，比云阳县城干燥，比云阳县城寒冷。

一周的考察，林东平和老岷县只有车费，没有饭钱，衣满尘土，浑身污垢，互相戏称"懒猪""神丐"，对视一阵，呵呵大笑着从金城汽车站踏上各自的归途……

十七

阳春三月，春风沉醉在关中平原，绿了麦苗，绿了大地，绿了林东平的心田，这个季节云阳县还水瘦土黑，看不到一丝绿色。来到潮湿的关中大地，林东平心里感到无限敞亮。一方水色一方人，小伙子脸色白净，牙齿洁白，已看不到黄土高原镂刻的痕迹了。

和暖的阳光正拥抱着四月中旬。一套绿色的背心短裤和肤色十分协调，在篮球场上林东平和弟弟配合得更加细密和有节奏，他俩代表的大三球队和双黑汉代表的大四球队进行了一场告别赛，林东平队把进攻和防守做得很恰切，牢牢把握着球赛的节奏，进行到下半场的一半时，稳稳占着比分优势。林东平给队友传递眼色，队友意会，他们不再进攻，防守也放松，双黑汉队比分慢慢追上来，再追平，再超过，结束时，大四队赢三分。

双黑汉队拥抱师弟队，他们知道师弟让了师兄，只是让一般人看不出来，他们感谢师弟的高风格、高风尚。

勾肩搭背走出球场一起会餐，两支队的队员们吃菜喝酒。林家人天生喝不成酒，弟兄俩虽然有队友代酒保护，但被量大如牛的黑汉彻底灌醉了，按云阳人的话被弄成汤汤水水了。师兄们看到扶在桌子上睡着的他俩哈哈大笑，继续喝，一直喝到星光满

天，喝到完全尽兴。双黑汉挽扶软如面团的林家兄弟俩分别到宿舍安排睡下后，才回自己的宿舍去。

天旋地转，眼前发黑，浑身无力，林东平难受极了，重病般大声呻吟，一会儿拍打自己的胸口，一会儿手砸床脚踢墙。舍友为他灌温开水，他喝两口推开杯子，接着呻吟，接着砸床。舍友们用湿毛巾轮流为林东平擦头擦背，他们害怕极了，都不敢去睡，悄悄地坐在旁边陪着他。折腾到半夜三四点，鼾声渐起，林东平慢慢入睡，舍友们才上床去睡。

骄阳似火，林东平艰难地向悬崖顶攀去，离谷底几十丈，一丝不敢回看，他渴得喉咙生烟，浑身没有一滴汗珠，近旁一股溪水汩汩流着，他用手去接，就是够不着，渴、渴、渴，渴死人了……

老天几个月没滴眼泪，窖干了、泉干了，地卷了、山焦了，人们担上木桶到十里外的供水汽车旁排队接水，牛吼着顶开圈门不听人的管束奔向汽车，林东平变成了一只麻雀飞入麻雀阵营扑向水桶，飞来一截木棍，麻雀死掉一片，其他的麻雀哭着、叫着，没力量飞高，林东平躲过木棍，又变成红嘴乌鸦扑向汽车、扑向木桶。水，水，救命的水。砰，一声枪响……

林东平被惊醒，转个身子睡去。他来到一片茂密的森林，有一个湖泊湖面接天，镜面般干净、透明，微风过处，蓝天白云漂浮在微波里。他狠狠地痛饮，一条生疮的丑蛇游过来，钻进喉咙，恶心，真恶心，林东平跑着吐着，他家的大黄狗向他跑来，舌头伸进他的肚子舔舐，恶心，真恶心。

林东平大叫一声醒来，耳朵玉环碰撞般齐鸣，他恶心极了，想去上厕所，惊醒了老河南，他下床来扶林东平，软得他一人扶不起，叫醒舍友，五个人把林东平挽进厕所。厕所难闻的味道刺得林东平嗓子难受大口大口吐起来，吐光了吃的饭、喝的酒，吐脏了衣服，吐得肚皮贴后背。老山东取来毛巾，为他擦嘴巴、衣服，折腾到宿舍，林东平倒在床上又慢慢睡去。

早上，林东平脸色惨白，嘴皮干裂，他很想喝水，老岷县给他送上开水，他喝了没几口，恶心得张口要吐，老岷县接过脸盆，他吐得抽肠曳肚，只有苦水，再没东西可吐。虚汗脸上渗出，他倒床昏睡，老岷县陪着他也没去上课。

　　"东平，你好不好？妈妈梦见你病倒了。"迷迷糊糊，他听见妈妈叫他，睁开眼睛，原来是脸色枯黄的弟弟来看他。快中午了，林东平起来喝了一大杯水，活力从内部渗发出来，他疼爱地看着弟弟。

　　"以后，打死也不能喝酒，要命哩。"

　　"哥，咱们林家人的血型不适宜喝酒。"

　　老岷县给他们打了几份菜，他们在宿舍里吃了，中午睡了一觉，两人恢复了体力，换了衣服下午去上课，这是三人大学唯一的一次缺课。

　　晚饭前，林东平洗衣服，他看着衣服上吐的干透的赃物，想起昨晚尴尬的动作非常惭愧。"人喝醉酒，还不如猪；猪只哼哼，人哼哼还要吐还管不住手。"林东平心里给自己说，他以后再没喝过白酒。

　　晚饭后，他约林西平去散步，他俩又一次来到东边的小山上。兄弟两个谈着家事，谈着弟弟妹妹的学习，后来谈到了大四的打算。

　　"西平，咱们考研吧，光一个本科干这一行没发展。"

　　"哥，我早想好了，一定要考研，也给弟弟妹妹做个样子。"

　　"很好，兄弟。准备考哪里的？"

　　"我想考北京的，但竞争大，难度高。"

　　"加油，你功底不错，脑子又灵。"

　　"哥，你想考哪里的？"

　　"我想考秦教授的研究生，不知道能不能考上。"

　　"哥，秦教授对咱们很爱，很关心，咱们不能让秦教授失望。"

云阳之舞

"兄弟，加油，上研做一个响当当的水利工程人，秦教授就是咱们的镜子。"

"我们对他很崇拜。"林西平说。

"哥，咱们两个加油，林家人能行。"

兄弟俩又谈起他们的爷爷，爷爷是他们的榜样，爷爷的坚韧是他们的精神食粮。

十八

秦教授计划暑期到南方考察访问，课间他叫林东平到办公室里来。

"东平坐下。"秦教授示意。

"老师您坐下，我站着合适。"

"不必拘礼，这是办公室。"

"我站着听您的话记得牢。"

"坐下吧，假期怎么打算？"

"还想考察，就是没定下去哪。"

"南方看看水，可以吗？"

"我早有这个梦想。"

"准备一下，暑期陪我下江南。"

"太好了，老师。"

"我还想带几个，推荐一下。"

"南方学生应该到北方看看。"林东平说。

"那就北方学生到南方去，互补一下挺好。"

"班上北方学生只有几个，我问问他们假期实践活动如何计划的。"

"问完回复我吧。"

"好的，老师。"

林东平把北方的学生召集来问了对暑期实践活动的计划情

况，传达了秦教授的意思，有时间并愿意去的报个名他好向秦教授回复。最后确定林东平、林西平、柳六宝、老岷县四人去南方，其他人假期还有其他事情，选择到他们本省。林东平让三位提前通知家里，免得家人担心。

时间是没有笼头的野马，谁没办法牵制，暑期转眼到了，秦教授带领四个门生坐上南下的特快。

车在关中平原奔驰，两边看不到山，林东平、林西平、老岷县三个没有向东去过，带着强烈的好奇心看着沃野良田，眼睛睁得天大，好像把一路风景要全部装进去似的。车到潼关，林东平仍然没看到山，他一直纳闷，当列车跨过黄河，他才明白潼关以黄河为天堑，车过潼关继续在平原上奔驰，属于山西地界，大桥让山西和陕西紧紧相连，科技让冷兵器时代的天险几乎为零。听着咣当咣当的声音，林东平合眼小睡了一阵。

"旅客同志您好，前方是三门峡。"

"你们说三门峡是哪三门？"四人答不上来。

"是鬼门、神门、人门，听名字就知道险峻。三门峡水电站是黄河上的第一个水电站，有106米高，很气派，你们有机会应该好好看看。"秦教授说。

"中流砥柱知道在哪吗？"

"怕就在附近吧？"林西平推测。

"在三门峡东边几十里，已经炸掉了，没了。"秦教授说。

"黄河主干道上最大的水电站是最西边的龙羊峡水电站，在青海境内；甘肃永靖县的是刘家峡水电站、盐锅峡水电站，刘家峡水电站是我国第一个百万级水电站；西固的八盘峡水电站，直接呵护着金城；宁夏的青铜峡水电站，一部分利用了人力；再下来就是三门峡和黄河小浪底。这些水利工程，见证了共和国水利水电的发展，保证了下游百姓的安全，使屡屡决口不断改道的黄河不再为害河，真正成了养育华夏文明的温柔的母亲河，那赤地千里、飞蝗蔽日、瘟疫肆掠、哀鸿遍野的惨象已成为历史。你

云阳之舞

59

们以后一定看看这些水利工程，建筑都有各自的特色，是一代代水利工程人智慧的结晶，尤其是甘肃的两位应该深入现场体会体会。

"黄河从黄土高原而来，带来了大量的泥沙，水混浊，才叫黄河，有千年始见黄河清的说法，要让黄河变清真还不容易。黄河小浪底主要是把泥沙滤去或冲走，给下游以碧水和安宁，这个伟大的工程只有新中国才能完成，它是水利工程人对中华人民共和国的献礼，水利工程人对一个国家太重要了；沿着黄河有几个明珠，那就是中上游的人造水库，库里的水碧绿碧绿的，翡翠一样漂亮，船在峡里航行，好像航行在图画里，航行在大海上，潮湿的水汽沁人心脾，让人精神倍增。水电站把防洪、防凌、发电、灌溉、旅游集于一身，发挥了中国水利工程人的聪明才智。

"八百里秦川实际上是六百里秦川，你们认为渭河水够用吗？"

"目前没问题。"柳六宝回答。

"非也，非也，陕西北边是黄土高原，非常干旱，渭河的支流泾河、山西的汾河经过黄土高原，含沙量大，水质不好，西安城不断扩大，还有大量农村人涌进西安，用水量越来越大，陕西工农业用水已经告急，只不过你们没感受到而已。"

"老师，那咋办？"林东平着急地问。

"这关系到把长江水系的水引到北方的'引汉济渭'工程。"

"为啥不引黄河水，它近得多呀？大家知道黄河中流的支流很少，黄河经过干旱地区水损耗特别突出，为保证下游不断流，绝不能引黄河，引黄河到陕西是杀鸡取卵，得不偿失。"

"老师，不太明白。"林西平说。

"下游是我国的第二大平原，关中平原是我国第四大平原，你说该保证大的还是小的？"

"'引汉济渭'工程，论证基本完成，开工快了。"

"隔着秦岭怎么引？"老岷县问。

"'引大入秦'工程已经证明了穿山引水的科学性。"

"就是修建隧洞，打通秦岭吧？"老岷县恍然大悟。

"聪明。"秦教授笑着说。

听秦教授的讲授，学生受益匪浅，林东平铁了心要考取秦教授的研究生。

十九

列车进入华北平原，视野更加开阔，没有山峦，无边的绿色、城镇的高楼一一闪过，列车好像是在风景画中飞翔。林东平、林西平、老岷县三个的眼睛睁得像牛的一样，惊奇写了一脸，柳六宝和秦教授见惯了大平原，两个安然闭目养神，与他们三个形成鲜明对比。列车在大平原上奔驰了几个小时，三人眼睛看累了也合眼养神，不知不觉睡熟了。

"快看，长江！"一个女士的声音惊醒了林东平几个，他们赶忙向窗外看去，一条碧绿的大江出现在眼前，比黄河宽得多。

"这真是长江吗？好大的水啊。"林东平想。

"看南京长江大桥。"秦教授提醒大家。

浩浩的江水，高挺的铁桥，奔驰的列车，一幅立体的美图展开又合拢。

"过了南京快到上海了，到上海别惊诧。"秦教授笑着说。

下了车，林东平没感到上海火车站大，只是人多而已，坐地铁，出地铁，经过南京路，到了黄浦江边。林东平惊奇哪里来的这么多绿水，还托着几层楼高的游船。

"走，看看黄浦江隧道。"秦教授带他们前往。他们好像穿越了，来到了一个未知世界，有声有色，有光有鱼，摄人心魂。

"这是中国第一条穿江隧道，超过676米。造穿江隧道一定要解决渗水的问题，要把江水托住需要很先进的技术和材料，西方在这方面技术领先，这个隧道借鉴了法国的技术，英法正在谋划穿越英吉利海峡的隧道，到时也可以修个台湾海峡隧道，大陆就紧紧把台湾牵在手里。"

"水利工程人，就像鼹鼠，穿山打洞，做着不见光的工作，把辛苦和黑暗留给了自己，把美丽和光明留给了别人。"秦教授边走边说。

学生很佩服秦教授的视野和洞察力，他们走在三四层楼高的隧道里，感受到了水利工程人的奉献、创造，也感受到了将做水利工程人的自豪。

在电视上看东方明珠，感觉不太高，来到下面仰视，才真正知道什么叫崇高，在亚洲第一巨人面前，人顿觉自己的渺小了，林东平感叹人类能把意志用智慧推向高空，真不简单。东方明珠是球形的组合，很独特。来到二层上看下面，车如火柴盒，人如蚂蚁大；来到三层上俯视，车如蚂蚁，人似黑点。走一圈，沿黄浦江而建的高楼，让你不辨东西。登高看景，一切尽纳心间，高度让人收获全面。

"有空的话，应该坐游轮绕黄浦江感受都市的现代感，感受高楼林立的旋转感。"在宾馆里秦教授说。

"猜猜，今天带你们到哪里去？"起床后秦教授问。

"老师，不知道。"

"看看长江。"

"啊？"

"别像上东方明珠一样惊讶。"秦教授笑着说，"我希望你们未来的建筑水平有东方明珠的高度，让世人瞩目。"

秦教授带着四个门徒买船顺江而上。长江水亲吻大船，大船划开绿色的波浪，水汽迷蒙，潮湿了年轻的心灵。

"呜——"大船问候相向而来的船只，"呜——呜——"对方礼貌地回答。长江航运繁忙，长江为两岸送去福祉。

"应该把黄河看成父亲河，因为他皮肤粗糙；把长江水称为母亲河，因为她皮肤细腻。"林西平说。

"这是你一家之言，中华民族诞生于黄河流域，中华文明始于北方，黄土造就了我们的祖先，女娲用黄土做人，就是文学的解读；黄土给了我们黄色的皮肤，我们是黄种人。你现在看到了长江母性的一面，没有到多雨季节长江凶恶的一面，1998年的洪水给中国人留下了难忘的记忆，这是一个伤疤。黄河比长江小多了，她不是母亲是什么？"秦教授分析。

"我们是龙的传人，这龙是否说黄河更合理，老师？"柳六宝问。

"山东人聪明，有新意。"

"中华文明是否起源于渭水？伏羲的八卦台就在甘肃的清水。"林东平插言。

"有道理，人类繁衍的过程是艰难求索的过程，在文明扩展的路上留下了深深的脚印，考古是解开神秘的钥匙。作为水利工程人，一定要保护环境，保护文化遗址，谁为修建而破坏自然和文化遗址，谁就是文明的罪人。"

"老师，我们谨记您的教诲。"四位学生感谢秦教授把课堂放置在了祖国的名山大川，让他们把实践与理论有机结合。

触摸着长江的水汽，聆听着教授的教导，忘了坐船开始的不适，感到时间过得真快。南京长江大桥出现在前方，林东平他们静静地看着桥的结构，想象当年的技术条件下建筑工人是如何实现扎稳桥墩，如何把桥面组接的。

"石拱桥是中国人对世界桥梁工程的贡献，石拱既可减轻洪水对桥墩的冲击，又减轻了桥身，还有轻盈的美感。石拱桥的代表作是一千多年的赵州桥，颐和园还有十七孔桥，不是防洪，主要是追求美感，你们遇到了，就要好好研究研究。"

"南京长江大桥是中国自主研发修建的第一座长江大桥，为中国人争了光，称为'争气桥'，它和武汉长江大桥都是铁桥，要比石拱桥坚固，但铁会生锈，工程师很好地把铁锻炼成钢，解决了生锈问题。但一切有寿命，我们的炼钢技术还落后于西方。老师希望把你们锻造成好钢，为祖国贡献智慧。"

云阳之舞

再过大桥，所见不同。桥上层汽车如流，下层列车奔驰，铁桥巍巍，江面涛涛，轮船悠悠，动中有静，多美的一幅画啊。南京长江大桥是公路铁路两用双层桥，设计师对空间的利用十分巧妙；建筑人，很有想象，很懂得美学。观察，应换角度，多角度观察，让人想象无限，水利工程人，没有想象就没有创新。几层楼高的轮船，在桥墩间徐徐而过，林东平抬头看，离桥面底部还有很宽的空间，建筑师真有经济眼光，为长江奔忙的航运埋了伏笔，一个水利工程人，不仅要知识，还要眼界，就像秦教授。

夜来了，武汉大桥出现了。灯光映照在流动的江水上像摇晃的彩练，大桥在大江的陪衬下格外壮观，大江在灯光的闪烁下有几分朦胧。

千家灯火，祥和的夜色，美妙的生活！

万里水声，宁静的都市，幸福的时代！

二十

船停泊码头，林东平一行五人登岸向宾馆走去，当他们走在灯火通明的武汉大桥时，桥上的行人很多，他们顺便加入赏景的行列，这时江上船来船往，桥上车来车去，夜晚的武汉依旧匆忙。

路过一个饭馆，顾客相对较少，面对大江，环境幽静，他们进去吃饭，要了武昌鱼，吃出了新鲜，吃出了武汉的味道。

出了饭馆，沿街寻找秦教授同学为他们订的汉口宾馆。武汉真大，灯火连着大江两岸，连着山上的星星。住在十七楼一眼看不到边，林东平感觉这座英雄的都市比西安还大，他由闪烁的彩灯、来往的车辆，感受到了经济的繁荣和盛世的气息。他们就住在汉阳，与武昌星光相望，几个小伙子听着午夜商船的汽笛，看着梦幻的夜色，思想飞向历史的深处，飞向遥远的天际，兴奋得没有睡意。

早上起来，五个人再次踏上大桥。四位学生发现武汉大桥也是公路铁路两层大桥，公路上过往的汽车任意奔忙，双轨铁路上对开的火车自由奔驰。他们走在两边的人行道上仔细观赏长江上修建的第一座大桥，这正是毛爷爷所说的"一桥飞架南北，天堑变通途"，大桥让武昌和汉阳牵手，让龟山和蛇山牵手，白天看真是震撼人心。这座桥由苏联援建，可以视为中苏友谊的见证，它为两岸提供了最大的发展机遇；它把京汉和粤汉两条铁路连通，成了著名的京广铁路，成为南北交通的大动脉。

"这是1949年以后修建的第一座公路和铁路两用大桥，为南京长江大桥修建提供了参考。"秦教授给学生说，"中华民族真不容易，从1840年到1949年经受了无数战火的摧残，新中国成立时家底已经一穷二白了，又进行了三年抗美援朝，严重影响到国民经济的发展，但是英雄的中国人民挺了过来。从20世纪50年代开始了很多重大的水利工程，像武汉长江大桥、刘家峡水电站、盐锅峡水电站、青铜峡水电站、三门峡水电站、60、70年代开始的八盘峡水电站、南京长江大桥、葛洲坝水电站、引大入秦工程，更震撼世界的是90年代开建的黄河小浪底工程、长江三峡大坝。这些工程要耗费巨大的人力物力，那样的年代，那样的经济、技术条件，但中国人不能等，集中精力干大事，许多工程几乎同时展开，为改善民生做出了艰苦卓绝的奋斗。"

四位学生听着教授的介绍，心里坚定了要做一个优秀的水利工程人的决心。

告别武汉，告别大桥，秦教授带领四人乘船向上游航行。大江依然浩瀚，江水依然澄碧，水汽轻抚年轻的躯体、年轻的心灵。激动人心的时刻快到了，大船在江上航行一个多小时，宜昌出现在了眼前。

"宜昌，三国时候发生过一件大事，你们知道吗？"

"好像是西蜀与东吴的大战。"林西平回答。

"正是，宜昌原来叫夷陵。长江出三峡到这儿变得宽敞，山

不再突兀，是丘陵，所以叫夷陵。"

"就是著名的陆逊火烧夷陵连营吧，老师？"林东平问。

"很对，三国水战的两把大火就在湖北。"

"为啥带你们到宜昌去？是凭吊古战场吗？"

"不是吧，老师？"老岷县试探。

"那干啥呢，老师？"

"老师带我们看三峡吧？"

"三峡还远得很。"

"又看一个第一。"

"葛洲坝吧，老师？"柳六宝插话。

秦教授笑而不答，四位学生兴趣空前高涨了，"宜昌，我们来了！葛洲坝，我们来了！"年轻人狂喊。

"葛洲坝枢纽工程，是长江的第一个水电站，设计很有创意。你们可不能放过每个细节。"

江面上有两个小岛，大坝利用小岛把大江自然分成三个航道，千帆竞发，上下走各自的航道，很科学、很整齐。

林东平他们第一次看大坝开闸门和关闸门。一扇门六十吨，当巨人的大手把两扇大门徐徐关上时，水很快上升，船随水位上升，让人体会水涨船高的境况；当大门又徐徐打开时，水冲出缝隙，船随之下降。为大江按上大门，大门能把大江自由打开、关闭，这的确是高超的创意，让游客们惊叹、欢呼、鼓掌，为水利工程科学家，为祖国的现代化建设。

葛洲坝考验了洪峰的洗礼，让凶悍的大江变成温柔的波光走进大江南北，它彰显了新中国的建设风采。葛洲坝，在中国人心中竖起了高度。葛洲坝，在世界建筑史上竖起了高度。

穿越南京长江大桥，穿越武汉长江大桥，穿越葛洲大坝，穿越一段光荣的建筑历史。

大桥、大坝，改变了西方人的有色眼睛，让世界看到了华夏大地蕴藏龙的潜能、龙的精神、龙的力量。

横锁大江，物化的意志，永远的震撼！

长虹卧波，人化的自然，江山永固！

船悠悠经过闸门，林东平、林西平、柳六宝、老岷县默默回首、目视，心潮如海；船悠悠经过闸门，秦教授回首、目视，往事如烟。

夕阳落山，黑暗蔓延，突然乌云滚滚，电闪雷鸣，倾盆大雨铺天盖地拥抱了大江，拥抱了世界。汉江山谷，洪水如兽，野性大作。

三辆车小心行驶在蜿蜒的路上，一边是江，一边是崖。大雨倾泻，几米之外漆黑一片，司机凭感觉和胆子开车向前。一个小时胆战心寒的跋涉，三辆车安全转出汉江谷口，路面变宽，车队顺江而行。雨，没有停的意思；黑，依然是黑。

司机不敢加速，头车摸索前行。又是一个小时，前面的路被山洪吹断，车队前不能前，退不能退，司机只有把车身靠在里面的悬崖上。车灯照在江上，汹涌的波涛闪着青光让人心悸不敢多看，江水上涨，撕咬着路基，路随时有塌陷的危险。

一行十五人，下车、攀崖、躲进山洞。黑，黑，没有底子的黑。风吼着，江吼着，雨吼着。没有柴火取暖，十五个人挤在一起互相取暖，年轻的在外层，年老的在里层。饥肠辘辘，浑身湿透，只有等待天明，等待雨停。

面对安静流淌的江水，秦教授深深的知道大江如温柔的母亲款款养育着华夏儿女，但她有时脾气暴劣，为两岸造成很大的伤害。如何驯服这条巨龙呢？国家领导人曾夙兴夜寐，老一辈水利工程人曾苦苦探索。

那次遇险时，秦教授快博士毕业，跟随导师和其他专家沿途为修大坝寻找合适的地址。导师带他多次参与长江水利工程研讨，多次参与大坝选址和复核工作。

二十年前，当大坝截流成功工程高标准竣工时，当年所有参与者眼含热泪就像现在他们师徒一样默默注视着这条人造巨龙。

船过巨龙，秦教授和他的学生，向大坝热情挥手。

二十一

秦教授一行五人和旅客一样怀着满心的崇敬告别中国人创造的奇迹——葛洲坝水电枢纽工程，继续乘坐"长江号"向上游进发，几天来，他们一直在绿波中穿行，眼睛感到格外明亮，嗓子感到格外湿润，南方水就是养人。

一路向上，林东平这个黄土儿子过饱了水的眼福，他由羡慕南方水到敬畏南方水，真正领略了南方水的丰富与优质，心中掠过了长江的多条支流，湘江、汉江、大渡河、嘉陵江、乌江、岷江，这其中任何一条都蕴藏着上好的水力资源，如果引到北方，就可以为北方的经济发展做出重要贡献。他想到了关中平原，比华北平原、长江中下游平原小多了，关中平原，虽然有渭河，但渭河比长江的这些支流水量小许多，他才真正理解了南水北调的眼光，秦教授说的"引汉济渭"的必要。做个水利工程人，的确要有全局眼光，要懂政治、历史、经济、地理、文化、民俗等等，他明白了秦教授到现在手不释卷的原因了。

过了宜昌，江面还很宽阔，不到半天路程，江面收紧，江流有声，两岸高山，古木倒挂，青石如牛，天越来越窄，船似乎越来越慢。根据常识，林东平知道快到三峡了。船继续前行，转过几个弯，夹岸危石欲坠，江间波涛顿起，水花在船头飞溅，三峡来了。

林东平想，这样大的机器船还能感到颠簸，以前的木船如何战胜惊涛骇浪？顺流而下，水流如箭；逆流而上，船行如牛：商人要有多大的勇气和眼泪，纤夫要付出多大的血汗和艰辛。江面的不少急流险滩，解放后被一一炸掉，商船上下，犹如旅游，强大时代，行路人犹如回家。他想起中学时代读过的刘白羽先生的《长江三日》、方纪先生的《三峡之秋》和郦道元的《三峡》来，他睁大饥饿的眼睛比对着美文里描述的一个个片段。

秦教授事先没通知四位去哪，像授课一样总给学生一个个意想不到，一个个惊喜万分，他把课堂放到神奇的自然里，这是为培养优秀的水利工程人设计的大课堂。

船匀速向上，船上不时传来《川江号子》，把人们带入船夫拉纤的苦难岁月。"西陵峡大峡套小峡，以怪石林立，险滩奇多而出名，是三峡最危险的一段，葛洲坝控制了江水，加上经常清理水道，使得水势平稳，危险大大降低了，不是葛洲坝说不定我们不敢向上呢。北边有屈原、王昭君的故乡，看来名人给地方带来名气和旅游价值。"秦教授介绍。

或白或灰或红或紫的石崖上缀满绿树，船在江面平稳行驶，不是秦教授介绍，林东平他们想象不到西陵峡有多危险。"看样子，越漂亮的地方越暗藏杀机。"林西平开玩笑。

"人是自然的产儿，自然是人的老师啊，人类的残忍，也有自然的因素。"秦教授感叹地说，他又陷入对往事的回忆。

"小坏蛋，小王八！"

"小资产阶级！"

"臭老九的狗崽子！"

秦教授想起了难忘的岁月，他的童年是苦难中度过的。父亲是水利工程人员，被错划为右派，在农场接受改造；母亲在江苏一个县城的服装厂当工人，后来因为没有和父亲划清界限被迫辞掉工作，母子生活没有着落，被外公含泪接到山西。外公家在黄河边，和陕西隔着黄河，他高二时，父亲平反落实政策，把他和母亲接到江苏，他在江苏考的大学，山东上的大学，上海上的研究生和博士。父亲一直告诉秦教授，他个人的问题是由于时代的因素，带有普遍性。秦教授懂得大男儿，眼界要宽，自己决不能因为家庭遭遇而不为国家出力。他在黄河边长大，爱着河流，像父亲一样爱着水利工程事业，上大学、上研究生，他选择了水利工程专业，实现自己的梦想，也是实现父亲的梦想。

秦教授跟从导师参与了葛洲坝水利工程、三峡工程的论证、选址、设计和建设，来武汉、来三峡，他已经十多次，前后二十多年，他带学生来，就是向他的导师学的，他能快速成长，成为国家的一流水利工程专家，他认为很大程度是由导师带他亲临了现场决定的。搞科学研究，薪火相传太重要了。

阳光时而透过雾气映红江面，在西陵峡航行十多公里，秦教授带领几位下船上岸步行前去观赏中国建筑的骄傲——三峡大坝。远远的，看到了三峡大坝，蓝晶晶的水，绿莹莹的水，丝绸般的水。走近一段，却看不到了，转过一个大山嘴，大坝撞入胸怀。一百八十多米的高度，绝对是建筑高度；两千三百多米的长度，绝对是长度。水库里水虽然还没装够，但已是满地的水，满天的水，满世界的水，满眼睛的水：好一个"高峡出平湖"，好一个"当惊世界殊"。

这对林东平震撼不小，这是海哪里是水库！

这对林西平震撼不小，哪里来的这么多水！

这对老岷县震撼不小，哪里来的这设计！

这对柳六宝震撼不小，哪里裁的这绿云！

"怎么样，小伙子们？"

"壮哉，眼睛不够观看！"

"美哉，语言不能描述！"

"走，前面看看，看看当今世界上最大的水力发电工程。"

"中国水利工程人的杰作，创造了不少世界第一，大坝是几代水利工程人的想念和心血。"秦教授边指边说。

走向大坝指挥楼，一行人迎过来。

"秦教授，您这么早？"

"秦教授，您步行过来的？"

"秦教授又带了高足？"

秦教授和他们一一握手，他们把秦教授和学生领进指挥楼。秦教授仔细看着电脑屏幕，一边问工作人员程序运转是否正常，蓄水多少高度，人员如何安排等等，他问了好多关键数据，对回答满意。

林东平他们第一次在屏幕上看了三峡大坝全局设计，有这样的老师他们感到很自豪。

偌大的会议室还能闻到一丝新家具的味道，桌椅擦得照见人的影子。秦教授和九位专家坐在台上，台下四百多听众。主持人是三峡工程总指挥部的书记，他给与会者一一介绍了台上这十位专家，他们都是国内顶尖级的水利工程人，好多兼任重点大学的教授，承担着发现新人培养新人的重要任务。

接下来是十位专家的报告，他们论述了三峡大坝收官建设应该注意的问题，三峡水力发电的阶段性建设，三峡旅游资源管理，三峡自然环境变化预测，三峡定期维护等等重大问题。

林东平他们没想到的是秦教授带他们来这里的主要目的是让他们见识一场国内非常高端的学术研讨会，更出乎他们意料的是秦教授竟然在十位专家中排名中间。他们明白了，强大的国家依据的是强大的人才团队。

这场报告让林东平四人终生不忘，他们认识到了还有很多东西需要学习，他们要成尖端人才路还很远，进得一门比海深，这话太精辟了。

会议结束合影留念，秦教授引荐学生认识了另几位专家，其中有他的师兄师弟三人。林东平感到秦教授对他们实在偏爱，这辈子学不好专业成不了一个优秀的水利工程人，对不起秦教授，对不起这个欣欣向荣的时代。

二十二

告别专家，告别大坝，林东平和同学怀着激动的心情跟随老师又乘坐轮船沿江而上。江水悠悠东流，大船划着清波向西、向上。

阳光西斜，江风渐起时，雾气如纱飘拂在山峰的脸上，山峰如俊秀的美人在面纱里脉脉含情，秦教授知道山峡中最美的巫峡将要揭去面纱，把真容与无限风韵展现给顾客了。

"望夫石你们知道吗？"

"老师，就是等待远人一等千年化成石头的传说。"

"传说是生活的投影，多少儿郎魂归惊涛，多少妻子相思化石，'巴东三峡巫峡长，猿鸣三声泪沾裳'的悲惨已成了过去，有了大坝，百姓再不会经历这样的煎熬。"秦教授感叹地说。

"是啊，我们遇上了好时代，有饭吃，有学上，回顾历史，真不容易啊，祖国实现新生，人民现在正走向富裕。"柳六宝说。

"巫峡有大巫峡和小巫峡，这是三峡最长的一段，也是最美的一段，两岸十二座奇峰耸立，让人百看不厌，要用心看啊。"

船在画里游，青山起云烟，巫峡果然曲幽、朦胧。

"困了睡一会吧，还远着哩。"

"老师，您休息吧，我们看得大有兴致。"

秦教授睡着了，林东平仔细看老师，一张饱经风霜的脸，一张安详的脸，染过的长发下面又探出许多白色。做科技人，更要有不屈的意志，林东平心里反复给自己说一定要学彻底接过老师的重担。

林东平他们默默看着巫峡锦绣，江中清波在内心久久难以平静，感谢秦教授耗费心血给他们打开一个个实践教学的窗口。

巫山时而在云气中，时而在光明里。林西平悄悄数着十二峰，想象楚王巫山云雨的神秘传说，传说让风景具有人情之味，让风景具有文化色彩，风景为人而设，没有人的介入，风景没有灵性，原来人类是灵性的发掘者。他一路悄悄画了好多风景简图，为了保存和以后研究。

天色变暗，山峰险峻，崖壁千仞，刀砍斧削一般，大船进入石门：瞿塘峡到了，它以高峻、雄奇著称。"瞿塘峡别名叫啥？"四位学生答不上来。

"夔峡，谁在这里留下了著名的诗篇？"

"老师，是杜甫。诗人生活稳定，但为什么要出川？出川的灾难是直接死亡啊。"林西平善思考，他问老师。

"与夔州的民俗有关，唐朝时夔州人生性刁钻，这里女子又黑又小，杜甫不愿让儿子娶这样的老婆。他还有很浓的思乡情结，想回到河南老家。这是命运，一颗明星陨落诗坛是无法回避的宿命。"

瞿塘峡水势比巫峡变得急躁，少了巫峡的温柔。水路明显比巫峡短，秦教授他们伸伸懒腰活动腰肢，后来起身随人群慢慢走下大船，曲曲折折踏上台阶，走了不知多少级，转上一条大路，走了四十多分钟，披着一袭夜色远离江岸时，已经很饿了。他们急急忙忙到提前预订的三峡迎宾酒店洗了一把脸，略微洗去风尘，洗去疲倦，附近找了一家面馆一人吃了一碗拉条子，各自就寝。林东平、老岷县住一间，柳六宝和林西平住一间，为了让秦教授能休息踏实，学生让他住了单间。坐了一天船，林东平躺在床上感觉还在江上晃荡着，耳边似乎是江流之声，过了好久他才睡去。只要睡熟，夜过得没有遮拦。

秦教授有早起的习惯，尤其这个年龄睡眠时间自然变少了，他敲门叫醒年青人进行晨练。湿度大，外面雾气弥漫，空气中含有雨水的味道，沁人心脾，树叶草叶滚着露珠，晶莹透亮，一切充满生机，充满欢快。这里有山有陵，视野受阻，和长江下游明显不同。做水利工程人，必须加强锻炼身体。沿公园跑了几圈，背部微微出汗，小伙子继续慢跑，秦教授打太极拳。太极拳，舒张缓慢，如柳丝，如行云，很适合中老年人锻炼。吐气收姿，神清气定，秦教授舒服地看看四周，日上东山，绿树吐翠，晨雾似纱。不管在哪里，不管再忙，秦教授都要活动身子，这是从父亲那里继承来的，这也深刻影响了他的代代学生。

师徒五人带着夏日的气息，带着晨练的精神，往宾馆走，宾馆免费提供早餐。

活动带来旺盛的食欲，余味深长地吃完早餐，打车奔驰在盘

云阳之舞

73

山高速公路上，秦教授受重庆大学教授邀请带四个学生到重庆大学去转一圈，看着绿化别致的校园，林东平感到985学校的整体氛围就是比普通院校要好。

中午吃过饭，他们马不停蹄前往成都，秦教授的学生G君和S君早在那边等着。傍晚时刻下了大巴，G君和S君分别开车到车站来接。秦教授林西平坐S君的车，另外三个坐G君的车。

"老师，没见面好几年了，好想哎。"S君说。

"事业还顺吗？"秦教授问。

"老师，还行，公司里事务多，就是忙。"

说着话就到了成都宾馆。住宿在30楼，可以鸟瞰大半个成都市区。

"见面不容易啊，老师上次来开会，我们两个知道时，您坐飞机出川了。"G君说。

"在江湖，由事情牵着走，当时要参加甘肃的一个引水工程研讨会。"

"老师，想吃啥子?"S君说。

"来四川，不吃地道的火锅，等于没来。"

"我知道老师想火锅了，早有订座。"S君说。

两位开车，他们到了德阳火锅城贵宾厅。秦教授说想吃火锅，其实就是让几个小伙子尝尝正宗的四川火锅。

成都和大连一样是休闲的城市，但成都物价要低得多，在西部人居环境最好，上大学后在成都工作的云阳人很多，人数仅次于甘肃的省会金城；在全国来说，对成都的选择也超过了东北、山东多地。成都人尚休闲，朋友爱打牌，打完牌一起红红火火地吃火锅，其主要原因是四川多雨，湿度大，成都人吃火锅可以通过辣味发汗，把多余的湿气排出去，以利于关节。四川人口密度大，对外流动多，把饭馆开在了全国各地，四川人的菜有特殊的辣味，四川人能吃苦，就西部来说四川人赚的钱最多。

边吃边说，林东平知道了他们的这两位师哥都办大企业，公司里有好几千人。吃完饭，两位老总开车带秦教授他们看成都夜景，大城市的夜景差不多，楼多、灯多、车多，没意趣。

他们来到了都江堰。高楼里的灯光和夜色把都江堰烘托得柔和有立体感，是一幅大师精彩的水墨画：水光波动，荡着灯光，如诗如梦；水声细柔，哈着雾气，如幻如镜。

成都的魅力，源于都江堰；成都的富庶，源于都江堰。

林东平想："水是城市的魂，没有水城市风韵荡然无存。"

两位老总知道老师的心思，约定明天送老师和师弟再来都江堰，看看它白天的形容。告别老师和师弟，G君和S君各自回去。第二天早上S君和G君接秦教授和师弟们第二次观赏都江堰。

夏日，朝雾早起，为都江堰披上梦幻般的轻纱。由于晚上夜色和灯光的装饰，林东平以为都江堰是一个整体，白天看清都江堰被人为的分成外江和内江，这就是李冰父子的天才构想，秋夏雨多外江是排洪的，冬春雨少是补充内江灌溉的，都江堰，是岷江的控制器，有了都江堰，才有了成都平原的安全。李冰父子是成都子孙的守护神，高昂了头颅站了两千多年，还将站在成都儿女的心中，以智慧惠民，将留住永恒的时空，李冰父子是水利工程人的镜子。

"这是世界上最古老的水利水电工程，依然养育着一方。"秦教授说。S君和G君从老师的微笑里看出了老师对师弟的殷切期望，就像当年对他们一样。岁月无情，人有情，S君和G君想起自己的大学时代，看看老师鬓角的白发，意识到岁月催人老是自然法则，再看看老师的背，已明显不再笔挺，这是劳累的结果。老师转过来向S君和G君微笑，两人同时在老师睿智的眼睛里看到了一丝浑浊，这是一位科技工作者常年献身事业体力透支渐渐苍老的标志，两位老学生一时激动，眼睛发红。

林东平心里默默把都江堰和三峡水库做了比较，从空间上三峡更加宏大，它毕竟是现代建筑；但都江堰利用人工开凿和自然地形控制水流，也是当之无愧的第一。都江堰，三峡工程，一样

云阳之舞

75

震撼着几颗年轻的心灵，都是他们心中神圣的标杆。

S君和G君劝老师多住几天，但老师一定要回去，他俩劝老师坐飞机，但老师说坐火车踏实，S君和G君知道老师还有一课给师弟没上，那就是让师弟看看宝成路，体会蜀道的艰难。火车站，S君和G君目送秦教授和四位师弟走进车站……

宝成路，还是火车最难走的一段，车在峡谷中寻路向前，出洞进洞，进洞出洞，对人的耳朵有强烈的冲击；车在秦岭山系行走，车在石壁间行走，车在枯松边行走。这是林西平看惯的地方，熟悉的地方。列车带着热气，向故乡而来，故乡的烟火气息回荡在他的心中……

火车穿越七八个小时的时空，穿越成仓古道，过宝鸡又回到关中平原，画了一个大圆。同样，秦教授的课也画了一个大圆，很圆满。

林东平想，人生正如此，就是不停地画圆，下一次是对上一次的超越……

二十三

黄浦江的水，三峡大坝的水，都江堰的水，时时在林东平的梦里出现，他枕着江南的波涛和水汽酣眠，像长江里的鱼一样自由、舒畅。接天的水、清澈的水、无穷的水，让林东平眼睛舒服，心里舒服，周身的细胞舒服，他胸怀江南的水，思念江南的水，敬佩江南的水。

半个月的实践考察，他才算见了大世面，他给大说，给妈说。他有了明确的方向，就是一定考上研。假期里，他帮大和妈收坡地的庄稼、挑泉水、喂牲口，抽空背英语单词，复习专业功课，把时间安排得满满当当的。

整个夏天雨水很少，大庄有几户人家水泥窖里的水快见底了，老天还没有下雨的意思，他们只好吃着驴来驮泉水，洗衣服、和猪食，这是村里多年再没有的情况。假期结束的时候，还没下雨，林东平怀着黄土地一样对水的欲望下山了。他和林西平一块学习、探讨，不知不觉到报考学校的时候了，林西平报哪拿不定主意，去请教秦教授，秦教授让他放手报考北京的。

"老师，我能考上吗?"

"相信自己。我看没问题，相信我的眼光吧。"

"谢谢老师，我决心拼一拼。"

复习考研的时候，兄弟俩减少了打球的时间，林东平问题不大，按成绩应该能保研，就看最后一次考试成绩了；报考北京的都是全国名校的学生，参考人数多，林西平感到压力大。复习是很煎熬人的，林西平明显瘦了，嘴角干裂，林东平心疼弟弟，给他买了水果鼓劲。

考了一次试，林东平全科总分稳居前三，保研成功，他没放弃学习，陪弟弟挑灯夜读。林西平要上北京考试了，林东平买了营养品一直把弟弟送到站台，看到列车成了黑点，他才返身步行回校。

弟弟走了，林东平心里空落落的，第二天他独自走上后山，坐在弟弟曾经坐过的石头上回忆往事，寻找弟弟的气息，一直坐到夕阳下山，夜幕来临，他不想去吃饭，看见两个人走来，他起身一看是老岷县和柳六宝。

"你俩怎么知道我在这儿?"

"你没来吃饭，我们从操场边找过来，顺便上来了。"柳六宝说。自从假期跟秦教授一起外出考察后，他们四人关系更亲密了。

"哥，快吃饭吧。"老岷县说。

"不急，坐下聊聊。"

"六宝，打算到哪里工作?"

"回山东，好照顾妈妈。"

林东平可惜柳六宝放弃考研，他是一块好材料，然而孝敬母亲是大事。

"老岷县，毕业了上哪?"

"回甘肃老家。"

"复习一年，考研怎么样?"

"先工作再说。"老岷县答得干脆。

校园里的灯全亮起来的时候，三人下山了。

等待，煎熬人的等待，等待考完试的弟弟回来。林西平要回来了，林东平、老岷县、柳六宝车站去接他。说着话，不知过去多少时间，柳六宝眼尖，看到一个细长的身影出站来，喊了一声迎上去，林东平、老岷县也跟过去。林西平车上睡足了觉，气色不错，很精神，林东平放心了。三人没问考试，带林西平到回民街吃小吃，熙来攘往的顾客很多，远比两年前热闹。

第二天，林西平由哥哥陪着向秦教授汇报。

"小伙子，还顺利吗?"

"老师，承蒙您的指导，发挥正常。不过，考生都是985院校的，实力强。"

"年轻人嘛，有竞争才有意思。相信咱们也是一流学校，你应该没问题的。"

"老师，上了线还要面试。"

"好好准备。放心，你的导师是我师兄，我推荐一下。"

"是您的同学? 谢谢老师，是您鼓励我报了北京的学校。"

"北京人才多，对你发展很有好处，你要好好发挥潜能，争取冲击博士。"

"谨遵老师教诲。"

兄弟俩才明白，985院校的教授互相熟悉，喜欢给学生推荐更适合的院校和导师。秦教授已经很高了，他给林西平推荐更高的导师，兄弟俩十分感激，林西平决心鼓足力量向上攀登，不负恩师的希望。

说归说，等待成绩出来也是够折磨人的，林西平多次梦见自己没上院校线而惊醒过来再没有睡意。

985院校的考试很严格，学生不敢马虎，不能挂科，期末考试成最后一门，大家还在卖力复习，林西平获悉自己上了清华大学的分数线，还高出所报专业45分，成绩排进前三，就看面试的表现了。他悄悄藏着喜悦，考完试就去报告秦教授。

"小伙子，不错吧？我说能行，果然。"原来秦教授从师兄处早知道了他的成绩，很是高兴。

复试开始了，林西平又去北京。林东平拿了云阳县的党参药膳、黄芪药膳，老岷县拿了岷县的当归茶品，让林西平送给导师。秦教授事先告诉林西平人去就成了别拿东西，放开思路进行回答，不要拘束、不要紧张，师兄很爱才。但为了表示对导师的尊重，林西平还是拿了点绿色特产。

秦教授血压偏高，林东平给他拿了几包云阳苦荞茶和两斤妈妈在林子里拾的干地软。"这就当孔门的干脩吧，以后就不敢接受了。"秦教授豪爽地说。

林东平上了秦教授的研究生，林西平上了清华的研究生，兄弟俩是同一个专业，他们将开始艰苦的水利工程研究学习。林东平已经完全褪去了黄土留下的印迹，但他喜欢同学叫他和弟弟黑白双煞。

黑白双煞，再次轰动了校园……

二十四

西安的五月，阳光明媚，田园庄稼飘香，秦岭山青水欢。

第N届陕西省高校篮球冠亚赛在西安体育馆进行。

林东平林西平带领师弟在观众的掌声中进场向对方问好，然后参加热身活动，他们的对手是西安体育学院的老虎队。

林东平先给师弟们介绍了注意事项，耐心做着心理减压工作，他和队友们小步跑了几圈，然后练习上篮、投球。

一声尖利的哨音，比赛开始。林西平和对方进行挑球，他眼尖手快，一把把球拨给林东平，林东平控制球组织进攻。对方打

云阳之舞

的是联防，林东平和林西平在外围交替运球吸引对方上来，对方不上当，不来挤压，他们很有经验，防守严密，布防很有章法。林东平接到球后直接冲击中线，对方两人上来拦截，林西平趁机插进内线，林东平左手从人体缝隙间把球传给林西平，一个漂亮的左手上篮进一球。

对方组织进攻，快如闪电，猛如旋风。林东平防守中间，林西平和队友防守两边，对方组织队员带球攻入内线，而突然一个外传，外线进球，得三分。林东平冷静观察，派出速度快的5号队友专门缠紧对方主力投球手，使他没机会出手。

林东平接近三秒圈，对方两个人来阻击，同样对方中锋靠近三秒圈时，林东平和队友联合防守。双方都在中间没办法突破，只有靠外线和左右锋，林西平被对方跟得紧，左手优势很难发挥，而对方的远投也被5号压制。

双方见招拆招，打得难解难分，上半场结束西安体育学院领先一分。下半场双方都使出全力相搏，一会儿林东平队得两分，对方马上也进两分，对方攻入一球，林东平队用快球跟进。体育学院的球员力量占优势，林东平队在灵活性上占优势。林东平队是西安体育学院老虎队遇到的最厉害的球队，同样他们也是给林东平队带来最大挑战的球队，这是一场龙虎对决，是陕西省高校最高水平的一场篮球比赛。

打到结束，双方体力消耗严重，比分68：68。休息几分钟打加时赛，70：70，再次打平。第二次加时，还有半分钟，72：73，老虎队领先一分。林东平带球攻入对方阵地，给林西平一个手势，林西平接过球打组织，林东平突然以最快的速度从右边切入，林西平一个妙传，林东平空中接力，进球，哨声响，时间到。

全场掌声如雷雨大作，久久回荡，老虎队队员十分吃惊。黑白双煞，以出其不意的绝招赢得比赛。双方队员再次握手后，各自瘫坐在球场喝水休息，他们太累了，用尽了体力。

"你好，林东平先生！"一个美女手拿照相机，脖挂记者牌，采访他。

"你好，记者女士！"林东平起身回礼。

"能接受我的采访吗？"

"好的。"

"你如何看待今天的比赛？"

"这是一场艰难的比赛，西体队太强大了，是我们学习的榜样。"林东平彬彬有礼地回答。

"的确是两支高水平的球队，实力旗鼓相当，请谈谈贵队取胜的经验。"

林东平看教练老师和队友，教练示意他回答，林东平意会。

"是教练老师调教得法，全体队友团结一致。"

"你最后一招堪称绝命一击，这是事先的计划还是临场应变？"

林东平笑而不答。"听说你学习优秀，是秦刚教授的得意门生，已考取秦教授的研究生，是吗？"

"我的同学都很优秀，感谢秦教授对我们的培养，我一定做一个优秀的水利工程人，不负秦教授的希望，不负母校的培养。"

"你们有个很高尚的称号，就是'黑白双煞'，那一位呢？"全场大笑，笑记者口齿伶俐，调查得仔细，了解得清楚。

"我是黑，林西平是白，西平跟记者说几句。"

"咦，不对，一样白，应该是'一对白煞'。"

大家起哄："美女记者，看上了哥哥还是弟弟？"

"我是弟弟，做我的嫂子吧？"林西平开玩笑，大家大笑，很欢乐。

"我弟弟优秀，考上了清华的研究生。"

"祝贺祝贺，祝贺林家的双煞，林家的俊才。"

"给个联系方式，我还要进一步跟踪采访。"当记者，就是要股泼辣劲。

林西平抢先给了哥哥的电话号码，美女记者高高兴兴采访西

云阳之舞

体师生去了。

"嫂子冲老哥来。"

"嫂子有气质。"

"嫂子有个性。"

大家哂笑林东平，林东平制止，越制止，大家越说。

"嫂子——嫂子——风度翩翩的嫂子——"队友乱唱。

惹笑了教练，教练说："东平，大家的眼睛不错，我看记者是一个好女孩。"

放松了一阵，大家不累了，说着笑着往领奖台走去。双方队员握手拥抱，林东平又多了几个一流球友。大家合影留念，领导讲话、发奖。林西平他们捧着奖杯，坐车往母校而去。

大学生活离结束不到一月了，大家一边积极参加论文答辩，联系工作单位，一边积极会餐，感觉比平时忙，心里比平时乱，舍友彼此见面的机会反而少了。林东平林西平和要上研的同学，积极为大家服务，出主意，想办法。照毕业合影的时候，林东平和班委会分头请来老师，学生和老师互相合影，学生之间互相合影，忙忙碌碌又是一天。第三天下午，林东平和生活委员负责把相片送给老师、同学。

大家忙忙碌碌地收拾书籍、衣服、被褥等，该拿的拿，该丢的丢，宿舍里、楼道里乱糟糟的都是丢弃物。

离别的日子到了，想到一辈子可能不再见面，大家很激动，含着热泪告别，哭着告别，尤其是女生。该走了，还送来送去没走，真是黯然销魂了。

林东平和上研的同学，一一送同学上车，远去。送走了同学们，上研的同学坐在宿舍里，心里感到空荡荡的，没人说话。林东平叫大家不要感伤，见面的日子一定有，带大家一起吃了一顿午饭，各自到研究生宿舍楼收拾自己的东西。

林东平把东西在研究生宿舍放好后，和林西平坐了一会儿，送林西平回家。兄弟俩拿着林西平的行李，坐班车，一直到了长乐村。

二奶的嘴皮子更黑了，脸也没有光泽，看样子心肺都不好缺氧严重，大伯二大说八九十的人了，一天不如一天是正常的。一家人为林东平、林西平两个上研祝贺，林家人喝不成酒，或者以茶代酒，或者以饮料代酒。

想到将在不同的大学深造，兄弟俩得分开，彼此很难舍，林东平陪弟弟特意住了两个晚上，回去时，林西平一直把他送到宝鸡车站。相识一场是缘分，兄弟之爱是刻在骨头里的。车慢慢启动时，林东平看到站台上弟弟依然追赶着车，招着手。

"人生重要的一段已经谢幕，兄弟俩会走向不同的方向，球场上怕再见不到黑白双煞的影子了。"林东平有些感慨地向东而去。

二十五

上秦教授的研究生假期很短，或者基本没有假期了，要跟秦教授做重点课题，深入钻研资料，做实地考察等，时间很紧。林东平回到宿舍，舍友回家了，他整理东西准备回家一趟，电话响了，是一个陌生电话，接不接他正犹豫，电话挂了。没几分钟，又打过来，他接上。

"喂，林研究生吗？怎么不接电话？"

"不好意思，您是哪位？"

"仔细听听，有没有印象？"

"你是——"

"贵人多忘事啊，我采访过你。"

"呃，是大记者，你好吗？"

"还不错，采访任务还没完成，你在哪？"

"哎哎，真不巧，我在老家了。"

"说谎，我在研究生楼下，问了楼管，说你刚进去。我要采访你们研究生的生活，不欢迎吗？"

林东平下楼接大记者，三楼相遇。记者头戴草绿色礼帽，一副黑色眼镜，米黄色上衣，雪白的裙子，黑色的高跟鞋。

"鄙人白灵，不认识了？"记者咯咯咯地笑着。

到了宿舍，林东平说："请坐，记者同志，刚收拾东西比较乱，不要嫌弃。"

"我要的是真实的生活场景。"白灵转了几圈，拍了几张照片。

"请吃水果。"林东平拿出从弟弟家带来的雪梨。

"谢谢林研究生，这么新鲜的水果真吃？"

林东平笑了，心想："咋这么贫嘴？"他哪里知道白灵是借采访来研究他的，白灵问什么，他就一本正经地答什么，很拘谨。她目不转睛地看着林东平伟岸的身体，棱角分明的大脸，粗粗的眉毛，在心里更加喜欢。

黑白双煞的名气早传到白灵的耳朵，通过采访学生处干部，她知道了两人的名字和林东平班长的身份，她那天借采访来认识他们，没想到他俩是一家子，让她心里很兴奋。她在林东平队友的玩笑声中兴高采烈地去采访另一支球队是为了掩饰，她绕了一圈回去一直想着林东平还有林西平的话，她对林东平一见钟情，认定就是她的白马王子。但为了做出理性判断，没有马上联系见面，这段时间，她白天忙于工作，晚上苦苦想着他，弄得精神恍惚，脸色有几分憔悴，她发现自己真正喜欢此人。目标一明确，她主动来找他，一定要攻下他，无论他已经有女朋友。

"现在的大学生谈对象很普遍，你对这个怎样看的？"

"合理引导，只要不影响学习，不应该封堵。"

白灵没想到看起来有些拘束的林东平这么成熟，她有点紧张，借吃水果调整了一下情绪。"秦教授带你们几个研究生？"

"四个，秦教授多招了一个。"

"另外三个是哪所大学的？"

"一个是我们一级的，听说一个是西交的，一个南大的。"

"起点都好高，有没有女同学？"

"这个专业工作环境艰苦，女同学没报考。"

白灵心里一阵暗喜，少了竞争对手。"你们学校保研有多大比例？"

"百分之二十。"

"你能上秦教授的研究生，是尖子中的尖子。"

"谬赞。是秦教授的影响，有专业影响，有人格影响。"

"说得好！顶级人才靠顶级教授培养。"

"能否谈谈选择专业的初衷？"

"我是黄土高原的儿女，我们那里世代没水吃，我想学成后主动参加到解决故乡吃水问题的工作中去。"

"好男儿有志向，存报恩，令人佩服！祝你大丰收！"白灵被感动了。

"有一个很现实的问题，研究生可以结婚，你如何打算？"

"研究生根据自己的实际选择是合理的，但我认为求学期间要以学业为重，上研期间，我不会结婚。"

白灵听了，心里有些悲伤，她站起来看窗外片刻。"开个玩笑，你有女朋友吗？"

"暂时没有，大学谈对象基本走不到一起。"

"将来找个什么样子的？"

"人品重要，只要合得来，支持我钻山豹的工作。"

白灵又咯咯咯地笑起来，林东平感觉她的笑声如音乐般好听。白灵对这一试探很满意，她确信第一次采访林东平时的感觉没错，也肯定这位大男孩心里还没有姑娘，完全不是她想象的明星周围美女如云的情况，她感到愉快，她一定要抓住这位西北汉子的心。

"林研究生，我还要深入采访你们研究生的生活、学习以及爱情，我要搞个系列报道，欢迎我下次来吗？欢迎我采访你的研究生同学吗？"

"很好，白记者。"

云阳之舞

85

"我把今天的谈话内容发表可以吗?"

"这个不行,私自不算正式采访。"

白灵被惹笑了,她才不愿把秘密公开呢。"人物专访就是一对一的,你还介意啥?"

"能否到我们单位玩玩,给我们同事教教篮球,丰富一下我们的业余生活?"

"以后有空再说吧。"

白灵暂时才不愿让同事尤其是女同事见林东平呢。

"假期做何打算?"

"回家帮父母挑泉水、收麦子。"

"好孝顺的小伙。"

"给,我的名片,常联系啊。"

"好的。"

"采访任务大体完成,我要回去了,能送送我吗?"

林东平送白灵走出宿舍楼,想回宿舍。"林大研究生,这么吝啬?不再送几步?"

林东平脸上一丝红晕,送白灵经过操场、教学楼、林荫道,一直走出校门。

"你花时间接受我的采访,能否接受我的邀请共进晚餐?"

"心意有了,白记者,我要连夜回家,就此别过。"

白灵特别想和林东平再多呆一段时间,但她知道该走了。

"拜拜,东平。"

"拜拜。"

白灵走了几步,回头微笑着看看林东平,又转身自信地走了……

二十六

老岷县,名字叫后贵生,人样子长得没有名字好听,个子一米七零不到,皮肤黝黑,嘴皮厚得像非洲黑人,吃了四年秦岭水，皮肤没变白，就像蛤蟆常在水里泡，从没白过。他的黑是骨子里的黑，农村人说是世下的，皮肤黑的人一般体力好，后贵生爆发力差，但长跑耐力好，尤其是爬山。他干事踏实，对人憨厚，人是黑了点，但爱开口笑，一口整齐的白牙齿蛮好看，人缘不错，老师同学因为他乐观、可爱，都爱他，都喜欢开他的玩笑。

毕业选择工作去向时，导员问他陕西行不行，他说他恋家要回甘肃，正好甘肃水利厅来学校招人，导员让他面试，水利厅的人一眼看上了他的憨厚。

后贵生高高兴兴带了书先到单位报到，铺盖林东平给他带到了云阳县火车站。报到完把书放在单位安排的宿舍里，坐火车回家，林东平在车站等着他，连同他和铺盖送上去岷县的班车。

"兄弟，好好工作，早点找个对象。"要离别了，林东平真还舍不得相处四年的好兄弟。

"哥，你还没找个嫂子，我还小。"

"傻兄弟，工作了，成家是大事情。我还要上学，还没办法养活嫂子。"他说的是实话。

林东平回到家，睡了会午觉，跟大和妈去收麦子。麦子长势很不好，就像缺吃少喝的娃娃脸色枯黄身材瘦小。麦子短，不能用镰刀割，只有用手拔，拔了半天，林东平一担能挑完。

"回家，麦薄得没心劲拔。"林东平妈说，他在林子里摘了杏子，杏子缺雨水都没长大。三人慢悠悠回家，庄稼长得差，不怕冰雹打，其实哪里有雨的影子呢？

第二天，天大亮全家人才起床，往年庄稼长得好，林东平大四点起来喝茶，他们五点上地。林东平吃了开水馍馍，去泉边挑水，走下沟，看见大庄里的人排着队，牵着牲口、挑着水桶，轮流取泉水。水泛得很慢，大家抽烟说话等着，林东平和大家说着天气和旱情，等他舀了两半桶黄泥水时，已经几个小时过去，太阳在头顶毒辣辣地烤着。

云阳之舞

　　这是林东平记得以来大庄里的人第一年来取泉水，说明天旱成了啥样子。泉水虽苦，以前一直够用，现在排队取来的一半是泥。他把水桶放在院子里往清澄，山雀来喝水，喜鹊来喝水，红嘴乌鸦飞来喝水，人来它们就飞上树眼睛盯着水桶，人一离开就来喝。喝吧，可怜的邻居，天黑了我再挑，他想。他四点起来没洗脸就下沟去挑水，前面已经是长长的队，有人半夜打着手电来挑水。他不敢洗衣服，不敢洗脚，再不谈洗澡了。

　　水，这苦死人的泉水，含氟高的泉水，都快干了。水，这水，让林东平想起姐姐们。大姐说好婆家，爷爷和大偷偷看了人家的窖，嫌窖少窖小，茶没喝，饭没吃就回来了，女婿再攒劲，没水吃也是嫌的，事情就这样黄了。第二次说媒的时候，先看了姐夫家的窖，才定了亲事。二姐找婆家的时候，托熟人在不缺水的渭河上游的一个山沟里找了人家。三姐是自己偷偷谈成的，由于三姐夫弟兄多，只有一口窖，爷爷和大死活不同意，发誓不认三姐，是他给爷爷和大做工作，说时代变了，现在打水泥窖容易存水。事情勉强同意了，但三姐家缺粮食、缺水喝，始终是一家人的心病，大和妈到现在对三姐夫一家有看法。看到村里人排队取水，林东平才理解了爷爷、大和妈的担心是啥意思。水，这让亲情疏离的水。

　　极度缺水，养的羊老毛没脱尽，又脏又小，没人要，卖不出去，给羊贩子总打，被羊贩子大大杀价，农民真可怜。家家不敢养准备过年的猪娃子，牛和驴也控制到了最低数量。

　　林东平感受到了水荒已经在黄土高原又一次可怕地蔓延开来，他心里很不是滋味，他不断想起黄浦江的水，长江的水，都江堰的水……

　　早上十点，林西平挑了水脸上的汗没顾上擦一把，电话响了。"喂，东平家里好吗？是否缺水严重？"是白灵给他打电话，问甘肃的旱情。

　　"还行。"

"你不要骗我，我是记者，我知道甘肃旱情严重。"

"快闹水荒了。"

"我来采访报道吧？"

林东平一家人吃水已经很紧，怎么敢让白灵来？"不行，不行，我都快呆不住了。"

"我是记者，只要有地方住就行，我来云阳，你车站接我吧。"

"不行，万万不行。"

"我不管，我是记者。"

秦教授正好下午打电话叫林东平快回校，有要事。"你真别来了，秦教授刚叫了我，我马上回来。"林东平给白灵打电话。

"别哄我，我能立刻证实的。"

"我哄过人吗？"

电话那边，白灵咯咯咯地笑着，仿佛清水漫过五脏六腑，浇去林东平心中的焦渴。他真怕白灵来，连夜赶到云阳县火车站。

"秦叔叔，您好吗？"

"白灵吗？好一段咋没见过影子？"

"秦叔叔，我明天来，顺便采访一下您可以吗？"

"白灵，你有事直说，绕什么弯子呀？"

"秦叔叔，明天见面时一定装成咱们不认识。"

"好的。你搞什么名堂，鬼精灵？"

"暂时保密！"白灵愉快地笑了。

第二天十点半，林东平来到秦教授的办公室，人还没坐稳，白灵来了。

"尊敬的秦教授，我是白灵，采访一下您有时间吗？"

"可以。"秦教授心里骂着"坏蛋"，配合白灵的设问。

"您招了一个叫林东平的研究生，能介绍一下他的优点吗？"

"林东平是个很有志气的年轻人，他立志做一个优秀的水利工程人，这很像当年的我。"

"还有呢?"

"他来自干旱地区,但他没忘家乡人的吃水困难,是一个懂得报恩的人。"

"看来您是特别爱他的,这是否有失公允?"

"这样的年轻人不多,把他培养成一个优秀研究生我乐意。"秦教授真搞不懂白灵唱的哪出戏。

"能过您秦教授的法眼,他自然很优秀,能否舍得让我采访采访他?"

林东平没想到碰着白灵,更没想到她来这一招。

"东平,忘了介绍,这是省报社记者白灵。"秦教授说。

"你好,林研究生!"白灵伸出手。

"你好!"林东平没敢握手。白灵咯咯咯地笑了,笑声山泉般清亮。

"东平,不要拘束呀!"秦教授调节气氛。

"这的确是一个好小伙,有其师必有其徒。"白灵微笑着看林东平。

"有您秦教授调教,东平不久将成为一颗星星。"

"秦教授,你可放心了,您的衣钵传之有人了,是不是?"秦教授心里骂这鬼丫头越来越离谱了。

"秦教授,我为祖国的水利工程事业请您师徒共进午餐能赏脸吗?"

"好的。"秦教授偷偷给白灵使眼色,白灵装不懂只是微笑。

林东平去洗手间洗脸,白灵突然到来让他周身出汗了。趁林东平不在,白灵向秦教授使鬼脸,意思是表演不错,秦教授骂她鬼精灵葫芦里卖的啥药。

三人到校门附近的餐馆坐下,白灵很快点好菜,让服务员快上。菜上来了,她不断给秦教授和林东平加菜,自己吃得比较少。

"感谢教授和爱徒,"白灵说,"让我度过了一个快乐的中午。"

吃完饭，秦教授和林东平把白灵送出一段路。"不送了，秦叔叔！"白灵依然笑着，眼里分明有泪花。

二十七

回到办公室，师生坐下说话。"老师和白记者认识吗？我记着老师一般没时间接受采访。"

"你感觉呢？"

"是熟人，她走时叫您叔叔，还眼中有泪花。"

"很对，非但认识，还熟在血管里。"

"这女孩现在乐观、自信、阳光，但经历坎坷，你今天认识她算一种缘分，你一定替我多关心关心她。"

"一定。老师我和她见过面，大学生篮球赛打完比赛时，她采访过我。"

"这就对了，我说这丫头搞什么把戏，采访咱们完全是玩耍来了，哈哈，这个白灵。"

"这孩子，不容易。"

山鸟叫欢的时候，大山一天的日子又开始了。秦教授和同事用山泉水洗了手脸，分外清凉，分外舒服，他们出神地看着云雾淡淡的青山，晨光照亮的天空，晨露晶莹的树叶，感到一切是那样的新鲜，那样的充满活力。

吃过早点，走出帐篷，一行十多个人向山顶进发，他们要探寻一条通往凤山县城最近的道路，翻过山，人员分两组设置路标，一组向东，一组向西。秦教授参加向东的一组，在山坳里遇到一个十二三岁的女孩，她穿得很破烂，光脚穿着鞋，鞋上开了几个洞，能看到脏兮兮的脚丫，身边放着旧背篓，背篓里装满野草，她正入神地看书，眼睛里透着专注。一连几天都碰着她，秦教授他们第二天要搬地方了，他走向女孩，女孩拿的是初二的课本。

"姑娘，为啥不上学去？"

姑娘看看秦教授，低下头咬住嘴唇不说话。秦教授仔细看姑娘，面目清秀，山风虽然吹红脸蛋，但眸子里藏不住聪慧。

"姑娘，我们是老师，不是坏人，你喜欢上学吗？"

"很喜欢。"姑娘小声说。

"那咋放羊？"

"阿达不让上学。"

"为啥呢？"

"太穷了。"

"我帮你上学，行不行？"

姑娘吃惊地看着秦教授他们。

傍晚，秦教授和同事跟女孩回家。树枝围城的篱笆，里边三间小泥屋，屋子很黑，姑娘还有一个弟弟两个妹妹。一会儿姑娘的阿达阿妈干活回来了，衣服上渗出白花花的汗碱，脸上皱纹如山沟，手背龟裂如树皮。

"你好，我们是测量队的，看你们姑娘爱学习想帮一把。"

"谁让你不好好放羊看书的？"阿达奔过来要打姑娘。秦教授他们挡住姑娘阿达，姑娘躲在秦教授身后。

"老乡，不要生气，我们诚心诚意想帮你们。"

"你们是人贩子，快走！"没一点商量的余地。

秦教授他们走了，听见女孩挨打的哭声。这哭声一直钻进秦教授的心里，他一夜没睡着。第二天，秦教授和同事找到县民政局，民政局派人跟他们到乡上，乡上派办事员陪他们到村上，再到村子里和姑娘的阿达阿妈接触。姑娘阿达阿妈看到来人多，躲到山里去了。秦教授他们到社长家悄悄等，等到半夜，姑娘阿达阿妈回来了。

经过社长、村书记、乡民政站长、县民政局办事员和秦教授他们的动员，姑娘阿达才松了口："行，我答应孩子上学，但孩子上学走了，几万的礼钱谁给我？"事情僵住了，没有余地了。

"老乡，不要怕，只要孩子考上大学，礼钱我出，让孩子上学吧，我看她是个好苗子。"秦教授把口袋里的钱全拿出来给了乡民政站站长，并且说好年年把资助的钱寄给民政站，拜托他们办理。

"已经十年了，山雀儿变成百灵了。"秦教授说。

"老师，您叫我来是给我安排啥事情呢？"

"这个白灵，让我差点把大事忘了。"

"你们甘肃遭受五十年不遇的大旱，当地政府正准备物力人力组织抗旱，但效果不好，党中央非常关注旱情，组织高校派出专家协助甘肃省相关部门一定要尽快确定引洮最佳线路，引洮工程论证好些年了，该敲定了，这是历练你们的好机会，你说我该不该叫你来？"

"我太高兴了，老师谢谢您！"

"老师您刚住过院，让我代替你去吧！"

"你翅膀还没长足，还没到起飞的时候，快收拾东西，做好我的跟班，明后天出发。"秦教授笑着说。

"好的，老师！"

林东平刚走出门，秦教授又叫他回来。"见一下白灵，让她回老家看看，这个姑娘怕忘了她阿达阿妈。把咱们去甘肃的事一定保密，我怕她硬跟来采访，水都没喝的，一个姑娘家怎么洗澡，太不方便了。"

林东平奉秦教授之命回去后给白灵打电话。"白大记者干嘛？"

"半天不见如三秋吗？哪里见？"

"确实有事，下班后到大雁塔公园来。"

六点一刻，白灵来了，还是那天的打扮。走进公园，选择人少的地方两人坐在长椅上说话。"白记者，你和秦教授熟识？"

"秦教授告诉你了？"

"没，是我炸出来的。"

云阳之舞

"不对，一定是秦叔叔说的。"

"看，不是露馅了？"

"没有秦叔叔，哪有我白灵的今天？"

"秦教授是让人敬重的长者。"林东平说。

"那次秦叔叔找人跟我阿达阿妈说通后，我第二天就回到了学校。秦叔叔一直给我寄钱和书本，鼓励我好好学习。我初中毕业后，到凤山县城上高中，一直住校，花费比初中高出许多，都是秦叔叔接济。秦叔叔让我报考陕西的大学，我上的是新闻专业。"

"怪不得口才了得。"

"我其实很腼腆，很胆小，秦叔叔一直鼓励我放开胆子。"

"我上大学时，搞家教能养活自己，秦叔叔不让我搞，怕我身体吃不消，还耽搁学习，继续资助，我不能辜负秦叔叔，悄悄把秦叔叔的资助捐给山区贫困孩子了——你不要给秦叔叔说我捐款的事。"

"一定！真感动，咋没给弟弟妹妹呢？"

"秦叔叔和同事联系厂家通过民政局资助。"

"第一次采访你，我还是一个实习记者，没想到留在省报社工作，我一定要好好工作，以秦叔叔为榜样，为民发声。"

"秦教授说山雀子涅槃成白灵，花去十年，真不容易。"

"真感谢秦叔叔父亲般的温暖。"

"秦教授一直对你很爱，他还很挂念你的家人，他让我特意见你，让你明天回老家看看叔叔阿姨弟弟妹妹。"

"这一说我真还想家了，我谨遵秦叔叔的教导。"

二十八

海拔两千五百米的山上草树翠绿，一疙瘩一疙瘩的山脊绿得更加突兀，从对面山顶看羊肠土路若隐若现，缠住山脊，使山脊显得更有力量感。这里夏秋很好看，一山一山的绿，一坡一坡的绿，绿得清爽，绿得安静；地块狭窄，没规则地斜挂在山腰，只有人和牲口能走下的路弯弯曲曲地通到地里。好看归好看，但种地靠肩挑背背，世世代代就这样艰苦；猪和鸡自由觅食，天黑回来，世世代代就这样散养。外人偶尔来，一定会驻足欣赏，从心里感到美，但住在这里的人，从心里感到悲凉，因为苦得又黑又瘦，胡子拉碴，一辈子沾不上女人就沾不上女人。山里风景虽美，就是留不住人，女孩出山不愿再回来过日子，男娃宁肯外面飘荡，也要撞撞运气。后贵生的家就在这里，在两山之间的一个弯里，原先东山几家西山几家，总共二十来户人，亲戚托亲戚，往新疆搬了七八户，打工走了几户，现在只剩下几户人家，五六十岁的种着地，守着家。

后贵生回来，给村子里带来了活力，他左一弯右一弯地上庄里人的门，和长辈们说说话，给他们仔细讲讲西安城有多大，火车有多长，他们很吃惊，一辈子没坐过火车，不知道火车到底有多长有多高，铁东西在铁上怎么走。后贵生慢慢说，他们半信半疑，总是想不来。但他们知道后贵生上了四年大学，是山里见了大世面的人，应该知道外面的世事。

后贵生呼吸着家乡的新鲜空气，听着从小听惯的鸟叫，感到故乡如亲人般亲切，值得他爱一辈子。他一踏上故乡的土地，心里就舒畅，但看到父老乡亲成年累月劳苦，日子没多少起色，他又无力帮助时，心里很沉重，就在安宁和痛苦中过着上班前的一段日子。

后贵生尽量帮助父母干着农活，帮着邻居写写信拉拉电线，这里山高沟深，远处山上虽然有信号塔，但这里偏偏是信号盲区，人们完全过着古老而封闭的生活。他知道手机没用，就把新买的手机关了放在抽屉里。

十天后的一天，邻居到乡上赶集时给后贵生带来一封信，单位招他速回。下山出沟步行了十多里到了乡上汽车站，坐上班车到县城住了一宿，他第二天赶到金城时已经下午五点多了。

云阳之舞

急急忙忙洗了一下刚要出去吃饭，办公室王主任来找他，他跟王主任到了饭馆，副厅长赵明在包厢等着他。

"小伙子怎么一直电话不通？"

"不好意思，赵厅长，我们老家没信号。"

"你是西北水利水电大学毕业的吗？"

"是的，赵厅长。"

"你们学校有个秦教授，你知道吗？"

"是我的老师。"

"哦，真巧，我是你师兄。"

"秦教授也教过您？"

"十年了，秦教授还好吗？"

"工作十分认真，白头发多了。"

"一辈子对学生负责，学生很钦佩。"

"是的，是我们的方向。"

"既然是秦教授亲传，实力一定不错，小伙子好好加油，一定有前途的。"

"我会努力的，赵厅长，但我学得不好。"

"不要紧，王主任会带你一段时间的。"

"不要客气，好好吃，师弟。"到了饭馆赵厅长说。

吃了几口凉菜，王主任敬了酒。

"小伙子走了远路，吃点热菜再喝。"赵厅长说。

赵厅长一一敬了酒，后贵生也给大家敬了一圈酒，脸上上色了。

"干这一行，要能吃能喝，还要能挨饿，常常野外干活，按时吃不上饭。"

"吃苦我不怕。"

"还要勤锻炼身体。"王主任说。

"秦教授反复要求我们这么做。"

"我上学时秦教授也这样，多年没变啊。"

吃着喝着，喝着吃着，后贵生喝了半斤酒，头晕乎乎的。

"今晚就到此，早点休息，明天有任务。"赵厅长说。

回到宿舍，后贵生感觉还能扛住酒力，他比林东平酒量大好多。第二天单位开职工会，赵厅长主持会议，先给大家介绍了后贵生，大家鼓掌欢迎，赵厅长安排事情。

"甘肃发生特大旱灾，白银、定西、平凉大部地方出现水荒，天水部分地方也吃水困难，省委省政府正调配力量全力供水抗灾，但据气象部门预测，明年也不容乐观，为了从根本上解决问题党中央决定今年一定要完成引洮线路勘探复核工作。"赵厅长停了停又说，"为了把工作做得万无一失，省水利厅在省委省政府的帮助下特从几个高校聘请了专家团队协助咱们，今天我们抽调的人员必须先到岷县迎接专家，专家中有一位是刚分派来的小后的老师，所以也抽调小后到现场去。"

"小后，没困难吗？"赵厅长回头问后贵生。

"没有，听从组织安排。"后贵生憨憨地笑着，把大家也惹笑了。

做水利工程人，外出是常态，做准备工作效率高，经过短暂的拾掇，水利厅的人员带上图纸和设备上了车。车队出金城从七道子梁一线先向洮阳而去，不到两个小时经过洮阳，马不停蹄奔往岷县。

"小后，吼一声岷县花儿。"王主任说。

"不会，主任。"

"岷县人不唱花儿，我不信。"

"真不会。"

"没上过二郎山？"

"上过。"

"还没听过对花儿？"

"听过，没感觉。"

"不会唱花儿，诡不上女娃娃，就打光棍去。"司机欺负后贵生。

后贵生憨憨地笑，车内有了快活的空气。他们哪里知道，后贵生第一次坐小车，觉着比班车舒服多了，要见秦教授，他心里如喝了蜜一样甜，人更加高兴和得意。

二十九

洮河，清亮亮的洮河，它温柔地卷起羞涩的酒窝绕城而去。

再次见到故乡的母亲河，后贵生好像年轻了几岁，笑得更加没遮拦了。他以主人的身份领大家沿着河边走，沿着河边洗手，沿着河边扔石子儿，玩得像小孩子一样开心。

水，真好，有水，人就有活力，有快乐。

在河边玩够了，跟后贵生进城找宾馆。他把同事带到上次和林东平住过的私人旅馆，大家笑他小气，要让老师住这样的地方，他红着脸只顾笑，不说话。

"走，住岷县宾馆。"王主任替后贵生解围，他知道后贵生一个刚毕业的学生，可能没住过宾馆，王主任更知道让专家下榻宾馆才合适，不能缺了礼数。

根据人数在岷县宾馆定了十几间房子，等待专家的到来。下午一点的时候，秦教授他们到了。

"秦老师您好！"

"你好！"秦教授和学生赵厅长握手。

赵厅长和其他专家一一握手。

"欢迎老师来岷县！"后贵生说。

"你这个家伙，怎么知道的？"

"赵厅长说的。"

"在赵厅长手下好好干。"

"一定，老师。"

"你怎么知道后贵生是我的学生。"

"看到他的简历，我问起您，知道他是师弟，就把他领来了。"

"不能纵容，让他有优越感，要严格培养他，看有没有成为优秀水利工程人的潜力。"

"学生有分寸的，老师放心。"

后贵生和林东平在后面一起走着，亲密地说着话。

宾馆里吃了午饭，赵厅长安排专家午休一小时。下午三点，秦教授要求赵厅长带大家看看古城引洮遗址。古城遗址在洮河的中游，离县城很近，半个多小时就到了。遗址被破坏得厉害，为取里面的钢筋，有的地方被人为炸塌，剩下高挺的残垣断墙在西风中诉说着一段沧桑与苦难，与附近的建筑格格不入；并且大坝里还住了不少农户。

"遗址该完整保护下来，它记录了水利工程文化，可惜被毁了；看来，提高民众群体的素质不可忽视。"秦教授对遗址内心感叹极深，他的想象早已飞入上世纪的那一段历史，他想象民工像蜘蛛一样在石山上开山凿渠的情景，想象动用最大的人力物力拦截大坝的情景，想象大坝决口冲下的情景。

秦教授环视四周，敏锐地看出了当年选择取水地点的不足……

林东平一直默默地跟在队伍后不断仔细观察着山坡、石山、土墙，猜想大伯和三叔劳动的场面，猜想大伯和三叔死掉的场面……

这是黄土儿女寻水的一场悲壮的场面，是人类对生存的一次极限抗争。

宾馆里，赵厅长和王主任等负责同志给专家组成员介绍了以往勘探线路的具体情况，感谢专家不辞辛劳为陇中百姓贡献智慧与爱心。

林东平后贵生一块住，告别大家后他两个来到房里。

"兄弟家里好吗？"

云阳之舞

"父母气色还行。庄里年轻人打工走光了，有好几家铁锁看大门，园子里蒿草能淹过人。"

"到处差不多，农村没水吃，更留不住人。"

两个人困了，上床安歇。

"侄子你又来了？大伯来看看你。你不是很想知道大伯是怎么死的吗？大伯看你是个孝子，就给你详细说说。"

"好多民工散在山沟里、悬崖上，远看就像蜘蛛一样小，大家知道很难打通水渠，可一想到家里人等着吃水，就信心十足地喊着号子、唱着歌儿半饿着肚子比赛劳动。我和队上的得劲后生在云阳县的青年突击队里，和其他县的突击队展开了竞赛，我们遇到一座石山嘴，绕不过去，就在石崖上挖炮眼，一个劳力一天才能挖一个炮眼，我们玩了命挖了七天，很贪心地挖了一百个。有一百个炮眼开炸准能干过他们，炮眼里装足炸药，分别点着，炸得地动山摇天昏地暗，我们躲在山背后听着轰轰的炮声欢呼着，等炮声停了，数数员报了九十九，一个没响，我腿子长，跑得快，我去看看，我不顾刺鼻的硝烟冒着弥漫的灰尘在乱七八糟的石头间仔细搜索，找到了，真不容易。我以为是引线断了，刚蹲下身子仔细看，砰——炸了，把我送上天空，我的肉体没了，魂魄在空中飘下来，呆呆地看着民工们喊我、叫我、找我。好侄子，你学的是水利工程专业，一定要把水引到云阳……"

林东平翻了一下身子，光着身子，看不清脸面的大伯走了。

"没见过面的侄子，我是你三叔，我比你大才小十一个月，我过早抢了你大的奶，你大差点饿死，你大是我们弟兄三个里长得最单薄的，就陪你爷爷奶奶看着家，这也是你大命大，哎，幸亏你大没被挑上留下了，不然咱们林家这一房人就断根了。我和你大伯在一个队里，你大伯人很冒，长相凶，有一股蛮力，人人怕他，其实他个子和你差不多，没你的力量。有他的保护，没人敢欺负我，他干完他的活，就帮我干，他是个好哥哥，有父亲般的疼爱。你大伯还是吃了胆子大的亏，胆子小就不去看哑弹，这也是命，谁让咱们没水吃？能干侄子，听听我吧。那天，我肚子疼，在一块大石头后上厕所，怪不顺的，就是拉不下来，这是从来没有的事，炮声停了，我还在使劲拉，怕根本没东西拉吧，因为几调羹麻豌豆根本吃不饱，人还光口渴，工地上跑了不少人。炮声停了好一阵后，我刚起身，轰隆又是一声，那块大石头把我从背后砸倒，接着石头像山一样把我埋在里面，大家一直不知道我在哪，还以为跌进洮河了，这是我的落路，拓荒者不做出牺牲的可能性很小，我不怪谁人。乖侄子，我和你大伯年年在山里飘荡，天天口渴得难受，看着洮河水哗哗流去，就是喝不上。好侄子，洮河水引不到云阳，我们两个就不回去。好侄子，我知道今天来的都是凶人，一定能把水引成，把水引到家了，让我们弟兄两个喝个饱，喝饱了，我们就到该去的地方了，再不乱游了。"

一阵怪风，劈头盖脸吹向秦教授、后贵生、林东平，林东平十分害怕，定眼一看，怪风颜色变黑、收紧，变成一个人，满身血痕，满脸尘土，口皮干裂，向他招一招手，向山里飘去。

林东平大叫一声，惊醒过来，丝毫没有睡意。

"是岷县，让我又想起亲人了。"林东平给自己说。

"大伯、三叔，相信侄儿，我们一定能把洮河驯服的，你二老放心上路，不要挂念，一路走好吧。"林东平站在窗口，对着茫茫黑夜和大山默默而又坚决地说。

三十

白灵自春节过后当实习记者一直忙于事务，没怎么想过家，住校的高中生活和大学生活，让她早已习惯了独立。说一点不想家对她是不准确的，大一时每逢中秋、国庆、五一长假，舍友都回去了，孤零零的她就格外想家，大二时，没那么想了，以后逐渐习惯了，平时忙忙碌碌没时间细想家，到期末要放假的几天，

她反而强烈地思念阿达阿妈和弟妹。

她实习成绩优秀，留在省报社，社长让她回去把家里安排一下再回来，她说工作顺了再去。认识了林东平，她的意识觉醒了，确信林东平是个可依靠的人，她很想接触的，但林东平捎来秦叔叔的话让她回广西一趟，她突然想家了，特别想看看弟妹的学习情况。

她坐上西安到南宁的火车。当学生时一直买硬座票，每次坐车她左难右难，腿展不开，瞌睡了头没地方放，更严重的是上一趟厕所得从人缝里钻很吃力，所以车上要控制吃喝，人多氧气不够，汗臭味、纸烟味不时扑进鼻子，人晕乎乎的头脑不灵泛，两天多的时间坐得她浑身酸疼，下了火车还要几个小时的汽车，到家时腿肿了，疲劳透顶了，她真害怕坐火车，每次上学，每次回家都是她的负担，到了目的地得好好休息几天，才能缓过来。工作了，她这次豁出钱买了卧铺票，睡在床上，四肢放展，塞着耳机听音乐，不时看看窗外的风景——其实看惯了没看头，平原上不是树木庄稼，就是城市楼房，连山很看不到，单调得很。她睡着感受列车的晃荡，觉着新奇，啥时再坐坐飞机过过瘾，她胡乱想着，兴奋了一阵子，很快进入梦乡，梦见故乡的青山，故乡的云气，故乡的山竹……

一觉醒来已是九点，太阳斜照着车窗，列车还在奔驰，她去上厕所，时间不长就轮到她，上完厕所，去洗漱，排队不长，舒舒服服洗完脸擦上油，比坐硬座不洗脸不梳头幸福多了，人有气质多了，她感到把日子过到了天上，花钱真可以买点舒服，她决定以后再不坐硬座了。她万分高兴，给林东平打电话。

"喂，东平——"

"喂，听不来吗？西安怎么信号不好？"

"我在山里，信号一阵一阵不好，你在哪里了？"

"还没到广西。你在哪里的山里？是不是又回去了？"

"没有。"

"我不信,你和秦教授一起吗?"

"我一个人。"

"我更不信了,一个人钻山最不安全,你不可能一个。"

"我约同学前往秦岭。"

"我打电话问你师娘。"

"哈哈。"

白灵突然想起为啥秦叔叔没直接给她电话说,而打发林东平传话,这还是第一次。"秦叔叔真有意思,莫非他发现我和林东平认识?还是他让林东平和我主动接触,如果这样就有好戏了。"

她想着这些,一边泡了一桶方便面。以前车上从来不带方便面的,她知道不是队排得长接不上开水,就是没地方泡方便面,很不方便。她发现卧铺里接开水挺容易的,还给面里放了一个鸡蛋津津有味地吃着。

吃饱早饭,实际是午饭,血液流到胃部,瞌睡涌上头,又攀上上铺甜甜地睡下,她要把欠的觉补回来,利用车上的空闲把采访奔走的疲劳压下去。

"咦,奇怪,坐火车不但不害怕了,还是一种享受,怎么以前没发现?"她咯咯咯地笑出声,惹得对床的旅客睁大眼睛看她,她赶忙收住笑声。一觉醒来,又是晚饭时间。

"吃啥呢?再过个泡面的瘾吧。"她想。这一次是酸菜泡面,外加榨菜。她的同学吃方便面早冲了胃,见方便面就反应,她由于经济不行,连方便面现在才要痛痛快快吃。吃完晚饭,爬回床,写日记,来练笔,她写坐车的感受,记录吃泡面的滋味。

经历是财富,贫穷也是财富,白灵写完,悄悄给自己读,感动了自己,不知不觉流下热泪。日子终于翻过了一页,她再次从心坎里感谢帮助自己的所有人,她想一定要让弟弟妹妹把书念完,直到他们再念不上去。

又是香梦,她第二天睡了个自然醒。在秦叔叔的帮助下再次

云阳之舞

走进校门，她就没睡过一个自然醒，上初中白天要学习，放学要干家务，早上五点起来帮妈妈做早饭，吃完早饭步行一小时半上学，中午不回家，吃干馍馍，喝凉水，写作业；上高中，晚上学习到十二点，五点起来就背书。她要拼命学，没有补习的机会，她知道阿达心里极不愿意她走出大山，也不愿意让妹妹走出大山。白灵肩上的担子不小啊，她要带弟妹出山，还要和传统的阻力对抗，做老大的责任真不小。

白灵猜想秦叔叔又和林东平他们野外去了，"喂，秦叔叔，您又进山了？"

"没，在家啊。"

"直觉告诉我您带您的爱徒当钻山豹了。"

"你这个白灵，真没有的。"

"那为啥您不直接给我打电话，却让林东平带话？"

"一时忙，你们年轻人接触一下也好嘛。"

"谢谢叔叔！我和他早认识了。您身体不好，不能不注意调养，我给阿姨打电话问您在哪。"

"哎呀，千万不可让你阿姨知道。"

"看看，您不是又穿山越沟了？"

"我想您一定和林东平在一起，不然您为何把他叫回来？"

"秦叔叔没话说了吧？不过和林东平在一块我倒放心了。"

"白灵，不要担心，林东平在我身边当保镖。回去和你阿达好好说，不要急，把关系弄好，你的妹妹学习都很棒，一定要把她们培养成大学生。"

"我一定听您的，但您一定要保重啊。"

"好啊！"

三十一

白灵到南宁下了火车，吃了点小吃，坐上去凤山县的最后一趟班车。车出省城，最后上了山路，左盘右转地又下山，六个多小时坐得胃部有些不适，她闻不惯班车的气味，特别是停车时放出的尾气。晕乎乎地下了车，天不早了，怎么回去呢？她正寻思。

"姑娘，到哪去？"出租车司机问。

"北山。"

"不去，那边有车去，你们可以拼车。"司机指给她看。

"师傅，到北山多少钱？"

"包车，还是拼车？"

"拼车。"

"十五块，要等够人。"

她正好想透透气，不想马上坐车，就在车旁等。一会儿，下一趟班车上下来几个人，一车人拼够了。

她到家时，一家人正要吃饭。"大姐来了。"大妹子白娟高兴地喊。一家人把白灵迎进主房。

"坐车没又难受吧？"阿妈关心地问。

"阿妈，这次不错。"她掏出给阿达买的香烟，给妈妈买的衣服，给弟妹买的西安零食。

"阿达、阿妈这是我用工资买的。"

弟妹鼓掌，阿达阿妈笑着看白灵。阿达阿妈多皱的脸像两朵要开败的山桃花，一家人的生活让阿达阿妈老了好多，大山里人生活真不容易。说了一阵子话，大家休息，她和两个妹妹住一间房子。

"阿达，商量件事情。"第二天白灵和阿达单独说话。

阿达看着女儿，没说话。

"我能给家里月月寄钱了，我按时寄吧？"

"你靠啥生活？"

"我把花的留够。"

"阿达，我带你和阿妈西安玩，行不？"

云阳之舞

105

"一辈子山里过惯了，再说我们咋摸回来呢？"

"我送回来吧。"

"一来一去花销得起？"

"阿达，我一定要领你们出去看看世面的。"

阿达笑了，黝黑的脸上尽是皱纹。她很心疼阿达，其他的事明天再说吧。

山里没信号，白灵上山看她放过羊的地方，山坡云雾朦胧，空气清新，风景秀美。"风景秀美，只是不养人。"她心想。

回到家里，白灵把弟妹叫过来问考试成绩。

白娟，高三，在前十名，考重点没问题。

白霞，高二，学习自觉，逐渐适应高中生活，成绩中上。

白波，贪玩，被娇惯，县二中上高一。

两个妹妹和弟弟一起时，弟弟受妹妹督促，学习还行，妹妹上高中后，没人督促弟弟，阿达不管，就是管也管不住的。作为老大，她更有责任管教弟弟，把弟弟训了两个小时，阿达进门时心疼挂着眼泪的儿子，用眼睛直戳白灵。

白灵知道不把弟弟整服气，她走了弟弟会越发信马由缰了，阿达的今天就是弟弟的明天，况且能不能成家很成问题的。下午找机会检查作业，一张记者的嘴巴子又把弟弟教训了个够，不给他害怕，他不会在学习上上心，这不白白辜负了好心人对他的资助吗？她教训弟弟，也是对妹妹的鞭策，她俩虽在一中，但千万不能心有旁骛，妹妹佩服大姐的口才，暗暗下决心向大姐学习。

第三天，白灵又和阿达交流。"阿达，你不要怕白娟、白霞考上大学，我们三个给你每月寄钱，比你把我们留在山里找婆家得的礼钱多得多。"

阿达不接话。"阿达，不要惯白波了，这会害了他的。"

"咋害了他？"阿达有些火气。

"阿达，不要上气吗？"

"你看看白波的学习。"

"这不很好吗？都像你们，我和你阿妈老得不能动了谁伺候？"

"阿达，时代变了，白波不学点本事连自己都养活不过的，靠什么养家？"

"山里的土不养人？我不是也活到五十几了吗？"

"阿达，您到底不明白世事了，白波这个样子，哪个女娃娃来？"

"你不要咒我的娃。"阿达气得要走。

"阿达，我们三个的礼钱一定给你，你想让你儿子像你一样一辈子这样艰难就让他混去吧。"

父女两个又弄崩了，不再说话。两个妹妹把弟弟叫出去又偷偷收拾了半天。

"你看你，弄得大姐和阿达吵嘴了。"白娟说。

"都为了你，一家人不能和气，连一碗顺气饭吃不成。"白霞气愤地说。

"你再混天黑吗？"二姐问。

"你这个样子不改，苦弯腰的阿达就是你的样子。"三姐说。

"咱们四人都靠热心人帮助，你的良心呢？让狗吃了吗？"白娟教训。

"你吊儿郎当，后悔来不及呢，看你改不改。"白霞说。

"考不上大学，我们三个不认你了，你看着办！"二姐说。

"不吃苦，哪有甜？"白娟说。

"傻弟弟，争口气，大姐就是咱们的榜样，你不想看看大世界吗？"两个姐姐说。

"你不想把阿达和阿妈领出去过过幸福的日子吗？"她俩继续说着。

白波被三个姐姐轮番批评，心情很不好，后悔这一学期没有认真学。

白波受教训，又被阿达听到了，阿达脸色漆黑，和谁不说话。

白灵请了一周假，在家里呆了三天，又要回去了，出发时阿达和阿妈默默跟在后面送了两里路。她给阿达几十块钱，给阿妈也是几十块，把弟妹领到镇上吃了一顿饭，给弟弟买了新书包，教训归教训，还得鼓励一下的，她身上没有几个钱了。

从镇上告别弟妹，带了阿妈做的馍馍和凉面，坐车进凤山县城，再到县城坐班车到南宁赶火车，又是两天半的奔波……

三十二

天蓝得无边无际，没有一丝风，没有一片云。

赵厅长带领专家团队向甘南而去，车在山丘上不紧不慢地奔跑，一个多小时，地势逐渐高峻，草坡青青，格桑花正开得娇艳，不时见牦牛在山坡草甸悠闲地吃草，对经过的车队冲起的土雾不惊不看，依然低头甘享天然的馈赠。有云雾在山头飘荡，天空依然蓝得原始、苍凉、深沉。这时如果有一曲洮河花儿，在山间草坡飘起多好，但没人会唱。

洮河又能看见了，被险峻的高山峡谷揪住细腰，她抖动身子，翻卷腾挪，但始终挣不脱峻岭峡谷的铁手，她发怒了，大发脾气，把身子撞向石壁，撞出千堆雪花，发出惊天的吼声。这是洮河的中游，是她进入黄河前最暴躁的一段，是她不甘束缚，勇敢撞向九座山峰，从峡谷不断跳下的一段。

秦教授和专家满意地笑了：要取水，这是最合适的地段；要发电，也是最合适的地段。利用天然的石山峡谷，把洮河截断造出平湖，早已不是难事，关键是怎样把大湖里的碧水引向黄土高原，要穿越高山峻岭、大河深沟、断层丛林，这才是考验。

赵厅长在这里已经来过十多次，他带领导师团队一弯一沟、一山一坡地慢走细看，王主任让专家看资料，审定资料，他们从上午一直钻山爬沟到下午太阳西斜。

返回岷县住宿，特意吃了岷县点心和手抓羊肉。晚饭后林东平约后贵生到洮河边散步，沿着岸边稀疏的林子走去，树林里采砂车碾出道道土路，树林部分被毁。他们走了好长的沙滩，采砂的工地不时可见，河滩上塑料瓶等垃圾不少。

"这么好的河，这么好的景，没有人珍惜。"林东平感叹地说。

"人们急功近利，这不是杀鸡取蛋吗？"后贵生也感叹地说。

"看样子该提醒当地政府好好保护这条母亲河了。"

"我现在在水利厅，有这个责任的，明天给王主任建议一下。"

"很好，绿色环保应是每一个公民的追求。"林东平说。

"你工作稳定了，该考虑找媳妇。"

"你还没找嫂子呢，我怎么先找？"后贵生老实地说。

"我还上学，工作没去向。不能错过机会，你长得黑，要早作打算，不能把年龄晃大了。"

"找了对象，就得结婚，不自由了。"

"工作、成家是两件大事不可马虎的。"

"有对象了，哪里住？不能像民工一样挖窑洞住吧？"

"工作没两天，怎么油嘴滑舌了？单位要房子，或者租房子。"

"我怎么敢向单位开口？我哪能租起房？"

"不能不结婚呀，瓜蛋。"

"赵厅长是咱们师兄，他会帮你的，只要把工作干好。"

"我明天开始好好存钱，准备给丈母娘上礼钱，你知道家里帮不上，我得靠自己。"

"日子会好起来的，加油！"

"听着洮河的水声，闻着洮河的气味，我心里就安宁。"林东平说，"以后只要有空，我就来看看洮河。"

"好啊，我陪老哥。"

云阳之舞

"在河边吹吹风，人生真快意。"林东平继续说。

"以后安家就选择河边。"后贵生建议。

"有这样的机会真不错的。"林东平回答。

说着话，走了回来，穿过岷州食品一条街。

"哎，你挣工资了，咋不请岷县特色小吃？"

"好，明天请吃蕨麻猪。"

"光我不行。"

"当然还有咱们老师。"

"瓜蛋，还有同事，还有专家，你能请起？"

"我预支一个月工资。"

"王主任点菜时不会提个建议？"

"哎呦，还是你脑子灵。"

吃早餐时后贵生建议王主任要蕨麻猪，大家笑他哪里有早上上这道菜的道理。被大家笑脸红了，后贵生只是嘿嘿地跟着笑。

"午饭或晚饭上。"王主任为后贵生圆场。

"这是我们岷县特产。"后贵生得意地大声说，又把同事逗笑了，同事都爱这个黑黑的单纯的兄弟。

早点是杏仁油茶、豆浆、油饼、包子、鸡蛋等，吃过早餐，专家乘车到以前勘探时设定路标的线路。怎么把水库里的水引出去呢？就是穿山打洞，距离最短，凭现代高科技完全能拿下来的。

又是爬山钻沟，七拐八弯来到豹子岭下。好一个豹子岭，突兀在空中，活脱脱一个老豹子，豹头昂起，两边的小沟里长着丛林，很像豹身的花纹。工作组抬着设备分头行动，林东平紧跟秦教授，一行人沿着小路徒步上去，山下往山上看人好像乌鸦般大小。工作线路长二十多里，这一头到那一头要两三个小时，林东平他们一组到了，慢慢等着那边的回话。经过调试设备，两边联系上了，大家紧张地工作，一丝一毫地检查、印证，等下午五点，验收结束，豹子岭的线路设计合理。

首战顺利，人们欢呼，就地喝水、抽烟休息一刻钟，趁山沟里光线明亮原路返回，到豹子岭下汇合时夕阳落山，等回到临时设置的大本营时天色渐暗。扫去身上的尘土，洗把热水脸，说着话开着玩笑等待开饭。开饭了，菜是城里带来的，凉菜照原样端上来，热菜烧热加工，汤是新做的。

"小后，你们岷县的蕨麻猪跑哪了？"大家哂笑后贵生。

"我看。怎么没有？"

大家更卖力地笑后贵生，笑得他手没地方放，只是揪头发。

"哎呀，我忘了安排，是我的错，下次到小后家吃吧，看来大家今天没口福的。"王主任说。

"小后，怎么样？"大家起哄。

劳动了十多个小时，大家吃法很好，吃得很香，吃得很快，十几个菜一扫而光，说实话，干这一行吃饭经常没规律，牙板要好，胃口要好，更重要的是能忍饥挨饿，发扬狼精神。

野外住宿，不像宾馆里，该减掉的要减掉，比如没办法洗澡，只能简单洗洗脚。吃完饭，年轻人没事干就喝酒玩耍，有人提议玩"开火车"的游戏。自己给自己选车站，通报车站名，谁记错或跟不上节奏就喝酒。先由王主任开，他的车站名是黄河。

"黄河的火车就要开。"

"开哪里？"大家有节奏地拍着桌子问。

"野狐桥。"王主任答。

"野狐桥的火车就要开。"后贵生接。

"开哪里？"问得急。

"豹子窝。"

"错了，是豹子岭。后贵生喝。"

后贵生喝一杯，又开。"野狐桥的火车就要开。"

"开哪里？"

"猫挖弯。"

"猫挖弯的火车就要开？"

"开哪里？"

"麻婆山。"

"喝酒喝酒，是麻婆娘山。"

"麻婆不是麻婆娘吗？"

"少一字，别赖，喝酒！"

"麻婆娘山的火车就要开。"

"开哪里？"疾风的节奏。

"猫，猫弯弯。"

"喝酒！"

大家纵情大笑，给夏夜的山野带来了活力。节奏越开越快，车站越来越古怪，气氛高涨，好多人喝了酒。林东平没喝上，因为他喝不成，十二分小心。

十一点，大家散去。林东平呼吸着山里熟悉的空气，听着很响的山风进入梦乡，他一夜睡得着实踏实。

三十三

天空照样很蓝，只不过多了几朵云彩。

省气象台天气预报说甘肃南部局部地方有雷雨。好长时间没下雨了，大家对下雨感到很遥远，听了预报带上雨具出发了，他们对野外雨天工作习以为常，旱情严重，大家心里烧着大火，都想尽快复查完毕，再招标破土动工，等这一天快半个世纪了。

水啊，寻水的路半步不能停；水啊，寻水的时间一刻不能停。

大家多带了食物，向深山老林进发，向崇山大沟进发。赵厅长熟悉目的地就是大名鼎鼎的老虎嘴，这个地方为何叫老虎嘴说法不一，当地老百姓听说解放前有老虎出没，但谁人没见过；可能是山太陡峭，峡谷幽深，环境恶劣，人们不敢深入，喻之老虎嘴吧。地名往往传递信息，赵厅长虽然进去过几回，但带着专家他丝毫不敢大意，仔细给专家做了介绍，让大家做好防范，他还特意分派得力的年轻人跟在专家周围，林东平、后贵生跟在秦教授左右，寸步不离。

在沟口看，山没说的那么凶险，走进去，越走越潮湿，越走越阴暗，沟连沟，有长沟有斜沟，洞连洞，暗洞迭出，隐于草木中，有的洞底暗河流着。水利厅来过的几位前面用棍子拨草带路，大家呼唤着，摸索前行，中午时分才走到头。

大家快架设备，二十里间展开工作。工作三个半小时，核实完毕，一切合理。大家刚喝水抽烟想缓一会，赵厅长发出指令快收设备。大家还没喘过气，突然冒出几股黑云，向老虎嘴扑过来，一会儿黑里透黄，再一会儿黑里透红，闪电在云间穿梭，怪云把老虎嘴团团围定，接着一声炸响，从天上连到地上，白亮亮的雨线铺天盖地砸向老虎嘴。大家扔下饮料，雨具来不及打开，不顾暴雨，赶快抢救设备，设备里的数据毁掉损失难以预料。

雨一个劲儿下，风一个劲儿卷。艰难的人雨大搏斗，一个小时的抢救，设备保住了，人衣服湿透，冷得浑身打颤。

山里万万不敢停留，趁天没黑得加快速度原路返回，雨中的路异常泥泞，异常打滑，比来时慢得多，年轻人搀扶专家依次往沟外往山下撤离。

离车还有五六里，天一下跌入黑洞，大家打起手电，前呼后唤走得更慢，更小心。秦教授突然失脚向下倒去，下边正好是一个暗洞，洞中暗河流动，深不可测。林东平跳下去，双脚叉在暗洞边，他接住秦教授顺势一个跳跃，倒在山坡，紧紧抱着秦教授。

同伴吓坏了，只是呆看。"快救人！"赵厅长喊一声。大家反应过来，卜去拖起秦教授，林东平自己站起来。

"我老秦命大，老天给我送了这位优秀的贴身保镖。哈哈哈，命不该绝，命不该绝。"

秦教授感染了大家，大家很感动但还很害怕。摸索一个多小

云阳之舞

时，到了车上，大雨早停了，山洪奔腾咆哮，大地震动，车不敢停留。

看不到路，司机打亮车灯，摸索向前，出了沟，上了坡，遇到比较平坦的地方，司机刚踩了一脚油门，听到前面一声怪响，赶快停车，大家下车仔细查看，前面山体滑坡，几步之外是悬崖。向工地留守人员打救援电话，一个小时，留守人员回电话："雨大路滑，实在上不了山。"

"回去吧，我们人都安全，在车上过夜。"赵厅长果断地给同事说。大家挤在车里，忍着寒冷和饥饿等待天明。半夜两点多，看见对面山上有车灯划亮山路。原来救援人员没回去，叫来一辆铲车，前面开路，经过四个小时的连续奋战硬冲上山来了。路打通了，送来衣服、热水、食物，两支人员欢呼相拥，情绪高涨。

为了解决百姓的吃水问题，水利工程人团结一致，忘我工作，让林东平、后贵生几个年轻人大受感动。

踏着曙光，赵厅长带着专家团队和设备回到住地，他让大家好好休息，恢复身体。"不休息了，我们不累，到小后家吃完蕨麻猪再睡。"不知谁调皮地把大家惹笑了，气氛又活跃起来。

"好啊，我结婚的时候，肯定请大家好好吃一顿岷县蕨麻猪肉。"

"你不会唱花儿，还要几年才能混个老婆？"大家哈哈大笑，林东平、后贵生笑得更泼。

躺在简易床上，林东平怎么睡不着，一想到秦教授遇险的一幕，他好后怕，不禁后背发凉。

"老百姓称夏天收庄稼是虎口夺食，老虎嘴的名字我懂了，就是这里爱发暴雨，以后施工尽量避开夏天。"秦教授第二天开专家讨论会时给赵厅长安排，与会人员很同意秦教授的发现。

"我这次没白来。有惊无险。"他风趣的话让大家很激动。会后，秦教授悄悄给林东平压底话："千万不能给你师娘说，不然我以后出不来了。"

秦教授他们遇险的日子，正是白灵和阿达弄冲突的日子，她人在家里，心里恍惚无端害怕，但家所在的山里没信号，没法和秦教授、林东平联系。

　　"喂，秦叔叔，一切顺利吧？"一到凤山县城，白灵就打电话。

　　"白灵啊，家里好吗？叔叔毫发无损，不要担心。"

　　"家里很好，事情都安排妥了，我已在回来的路上。"

　　"我知道你会办好家事，你已经不是当年那个小姑娘了。"

　　"谢谢叔叔，我怎么听出您有些疲劳？"

　　"是吗？你又没长穿山眼。"

　　白灵从叔叔的话里听出了疑问，要知道她已是记者啊。

　　"喂，东平，还好吗？秦叔叔身体没问题吗？"

　　"还好，就是路滑跌了一跤，被我扶住了，没跌倒。"林东平轻描淡写地说，但他还是后怕。

　　"一跤？还说没倒，你又在糊弄我。"

　　林东平想："老师头发花白了，不能再冒险了，他要替师娘一家负责，一定要让师娘知道。"

　　"喂，白灵，你不要紧张，是这样的。"

　　白灵咯咯咯地笑了，"你叫我什么？"

　　林东平才回味自己的话，是下意识的，难道他心里已经有了这只百灵鸟？

　　"让白灵告诉师娘很合适，老师只说我不要告诉师娘，没说我不要告诉白灵。"林东平为自己的设想得意。

　　"喂，白灵，你不要着急，听我慢慢说。"林东平详细说了秦教授遇险的细节。

　　"你可不要告诉师娘，老师不让我告诉的。"

　　"我自有办法，我是记者。"

　　林东平知道白灵人机灵，一定有办法的，通完话，他踏实了，心里的后怕消除了一大半。

三十四

还有一段线路没有核查，专家通过商讨决定雨季过了再进行。

一周的野外工作，人们已经很累了，大家收拾行装回金城，赵厅长邀请专家们到金城坐飞机回去，这正好，有顺车，到机场也方便。车队沿渭源县西北行进，两个半小时到达金城。水利厅王厅长先一天出差回来，正要到一线看望专家，赵厅长说大家正往金城来，王厅长就在黄河宾馆恭候专家。

专家下榻黄河宾馆，王厅长表示最大的欢迎，感谢专家不辞辛劳为引洮大事奉献智慧，省报的记者闻讯赶来做采访，赵厅长特意介绍了秦教授和林东平的事迹，记者在省报盛赞了秦教授和林东平的果敢精神。

第二天，王厅长、赵厅长、王主任等人一直把专家送到中川机场，等专家分别走进飞机，他们才坐车回去。

林东平第一次坐飞机，飞机起飞时他感觉上身拖了一阵双腿飞机就到空中了。透过窗口，看见下面的白云像北极的冰原，乡村一闪而过，山沟河流很清晰，县城夹在山间，楼房很小。飞机经过云时，有时会发出轰隆隆的声音，像手推石磨。

林东平正睁大眼睛看，"先生，您想要点什么？"空姐端来早餐让他选，他随便要了面包和奶茶，继续看窗外。

"旅客您好！航班就要到咸阳机场，请带好您的随身物品，谢谢合作。"

林东平陪秦教授在咸阳走出机场，白灵一袭白衣微笑着迎上来。

"秦叔叔回来了？"

"白灵，你怎么知道的？"

"我有千里眼啊。"

"还好吗，东平？"林东平报以微笑。

"秦叔叔，您累了吧？咱们打的回。"

"不用，坐大巴方便。"

三人挤上大巴，秦教授坐在前排，白灵和林东平坐在侧后。白灵看去，秦教授白发与黑发差不多一样多，眼角分明带有倦意，没有秦叔叔献爱心哪里有她白灵的今天，她不由心疼秦叔叔，怀疑他真有病了。

下了大巴，打的到了秦教授住的西城小区，他在前面慢慢走，林东平拿着行李和白灵跟在后边。经过草坪，草坪新雨后一片油绿，再到花园，月季开得正精神。穿过花园，一排垂柳，再过去就是秦教授住的楼，进单元门，上五楼，门早开了。

"师娘好！"

"阿姨好！"

"你们来了，快进来。"

白灵找拖鞋，秦夫人说："别换了。"

白灵说："我们从外边来，鞋上不干净。"

三人换上拖鞋，林东平的脚大鞋小，白灵偷笑。

"先吃点水果。"

"谢谢师母！"

"又到山里，累坏了吧？"

秦教授向夫人笑而不答。白灵麻利地泡了茶，说了一会儿，随秦夫人到厨房里收拾午饭。吃饭的时候，秦夫人说："好攒劲的小伙子。"

"是秦叔叔的爱徒。"

"是你招的研究生，老秦？"

秦教授得意地问："小伙子怎么样？"

"那还用说？"

白灵帮秦夫人涮碗。"有对象了吗？"

"家寒，没敢谈。"

云
阳
之
舞

"现在工作了，找对象是大事。我看这小伙不错。"

白灵欢笑。"阿姨，您以后一定不要让秦叔叔钻山进沟了。"

"爱了一辈子，我哪有办法？"

白灵把秦教授遇险林东平奋力相救的事说了，并让她看了甘肃报社同学拍来的新闻头条。秦夫人一惊，脸色很难看。

"阿姨，不要着急，慢慢说吧。"

秦教授要午休，白灵和林东平告别出来。

"到外面走走，如何？"

"哪儿？"

"公园，敢吗？"

林东平没言喘。"开个玩笑，看把你难为情的。"

"累了吧？走，到你们宿舍坐坐。"

林东平心里很乱，他感觉这个女孩在接近他。穿过一条街，再绕过一个人工湖，他们向学校大门走去。到了门口的那棵垂柳下，白灵站住了。

"不去坐坐了？"

"你从外地来，够累了，今天不打搅了，哪天给你洗尘，怎么样？"

"行，正想补补。"

白灵笑着走了，林东平回到宿舍打开窗子让房子里的闷气先散出去，然后接水洗了脚，再把地拖干净。

"喂，大，我妈干啥了？"林东平家最近刚安了座机。

"给猪倒食去了。"

"这几天还没滴雨？"

"雨丝都没。"

"干啥活？"

"土都晒焦了，人没事干，全缓着。"

"泉水能担上吗？"

"吃力，得半夜排队。"

"老虎嘴看样子雨多，别的地方不下，就那一块地方下，真奇怪。"打完电话，林东平想。

"现在舒舒服服地睡一下午。"林东平说完就睡着了，这一觉睡得铺天盖地，连梦都没。年轻人瞌睡重，四五个小时一马跑完，林东平还恋恋不舍地睡着，电话把他叫醒了。

"喂，你是——"

"哥，你在哪？家里来电话说二奶不行了。"

"噢，我刚到学校，我马上坐车先过去。"

"这会没车了，明天去。"

林东平忙给家里打电话。"怎么又打电话了？"妈妈接电话。

"妈，我二奶要过世了。"

"你等着，我叫你大。"

"喂，你二奶不好？"

"大，你赶紧坐火车，我宝鸡接你。要不一直坐到西安，我到西安接。"

"宝鸡近。"

"大，西安去太乐车多。"

早上六点半，林东平西安火车站接上大坐汽车前往太乐，下午太阳离山半人高时到了二奶家。二奶看着侄子侄孙眼角有笑意，就是说不出话来。

林西平大等不住林西平来，急得出出进进乱走。

"大伯，不要急，能赶上。"

晚上八点多，林西平打来电话："大，我到太白县城了，租不上车。"

"你等着，我来接。"

"大哥，我去接。"邻居说。

交夜的时候林西平来了，奶奶用神奇的力量等大孙子来后看了一眼，眼角流出泪来，长出半口气，脸色变黑，把另半口气留在嗓子里了。

林家人把他们的最后一位老人安葬在了秦岭的那块坡地，林西平爷爷的旁边。

"天这么旱，秦岭山上的水还白淌着。"林东平大在回去的路上说。

"秦岭南边水多，西安水不够，国家正考虑把秦岭南边的汉江水引到渭河。"

"那怎么引？"

"给秦岭打洞，就像要打洞引洮河水一样。"

"洮河水还能引吗？"

"能！"林东平肯定地说。

"啥时？"

"快了。"

家里天旱没农活，林东平带大到西安玩。

"这有啥看头。"看兵马俑时大说，林东平只是笑没多说啥。

白天看景点，晚上住宿舍，挺方便的，但刚两天，林东平大急着不呆了，他只好把大送上火车，还带了一塑料壶自来水。

三十五

林西平要回北京，林东平约他到母校见面。兄弟俩走在母校空荡荡的林荫路上，看到树下小草紧抱树根肆意地生长，真敬佩小草的生命力。这条路上他们不知道走过多少次，从大一走向大四，从幼稚走向成熟，而今兄弟俩开始了聚少离多的日子，走过操场每次比赛的情景出现在眼前，想起"黑白双煞"的名号，兄弟俩对视互笑，他们想起昔日的光荣。他们又走上那座小山，坐在熟悉的石头上看着校园，等待日落，等待夜幕拉下，等待看那点点灯火的意境。他们坐了好久，在夜的拥抱下走过静悄悄的校园，回到研究生楼。

"兄弟，安心上学，家里的事我跑动，我近更方便。"

"有哥在，我放心了。"

"导师有啥安排吗？"

"开了一长串书名，得赶紧看，不然功课就落下了。"

"凭兄弟的天资，能学过去。"

"南方人聪明得很，很难追上。"

"加油，咱们！"

"好的，一起努力。"

"我看看书名。"

"好的。"林西平从包里取出笔记本打开送过去。

"真多，我抄一份，咱门以后互通有无。"

"那当然，谁让是一家呢？"两人愉快地大笑。

"跟老师复查引洮线路有收获吗？"

"感慨良多，干这一行光有吃苦精神还不够，要有处理突发事件的灵敏。"林东平又详细说了秦教授遇险的情况。

"如果当时救不下老师，我这一辈字不会原谅自己，一定不会好受的。"

"哥，这已经幸运得很，假如你被撞进暗河或者你和老师都掉下去，这不把人难过死吗？事情从小处过了，你和老师命大，也是你身手不错。"

"好长时间一想起此事，我都害怕。"

"调整心态，一切已经过去了，以后野外干活多小心就是了。"

兄弟两人吃着水果，说了好多家事。因为有孝在身，第二天中午约秦教授和师母出来相见。

"老师、师母好！"林西平先迎出去。

"这是林西平。"秦教授介绍。

"啊呀，小伙子一个比一个俊。"秦夫人喜欢得不得了。

"那当然，我是谁？"秦教授扮鬼脸。

三人都笑了，给包厢里带来快活的空气。还没坐稳，秦夫人

云阳之舞

121

说："咋不叫白灵也过来。"

林东平拨通电话，林西平抢着接上："喂，白记者吗？记得我吗？"

"你是哪位？声音有点熟。"

"我是给你林东平电话的那位。"

"知道了，你和你哥在一起？啥时回来的？"

"电话说不清，快过来一起坐，老师和师母等着你。"

十几分钟，白灵风风火火赶来了，"秦叔叔好！阿姨好！"她说着话像军人一样敬礼，惹得大家大笑。

"灵灵顽皮。"秦夫人说。

"这更好了，今天是一家人团聚，你做我嫂了好吗？"林西平对白灵不见外。

"你哥什么态度你问了没？"

"我哥我包了，百分之一百二十的同意。"

"这顿饭更有意思吃了，是不是年轻人？"

"秦叔叔！"白灵看秦教授，"八字没一撇呢。"

"看样子露馅了，是不是灵灵？是不是东平？"

林东平只是笑，白灵笑着抱住秦夫人。"东平该买单吧？"秦夫人高兴地说。

"我替我哥买单，我在北京很少有机会和大家相聚。"

"谁工资大谁请。"

"不行，秦叔叔。"

"咋办？"

"为了欢乐，我们三个搞个游戏。"

白灵写了字，捏成纸团，让东平西平先选。打开纸，林西平是"1"，林东平是"2"，白灵的是"2"。"西平一份，东平二份，我二份，两个高足请教授，我请阿姨，不能违约。"

"当了记者点子多。"秦夫人笑着说。

白灵特意要了一瓶红酒，一人一杯。"为了老师、师母的健康，为了今天特殊的聚会，干杯！"林西平说。

"干杯！"大家喝一小口。

"为了东平舍身救我，干杯！"

"没有搀着老师走，学生失职，让老师受惊了。"

"那么窄的路，一个人走都困难，怎么搀？"

"后面完全可以搀。"

"有惊无险，干杯！"秦教授再次说。

"干杯！"大家再喝一小口。

"吃菜，吃着喝。"秦夫人关心地说。

吃了几个菜，秦教授说："我儿子在国外，我俩很孤独，想拜一个干女儿。"

"白灵。"林西平心直口快。

"很对！"林东平附议。

"怎么样，白灵？"秦夫人问。

"没有秦叔叔的帮助，我和妹妹早嫁到大山里了，哪有我们的现在？"白灵热泪如雨。

"好，灵灵，我原先不知道情况，曾对叔叔和你有意见，我向你道歉。"

"阿姨，您二老的大恩我这一辈子报答不尽，是我该向您道歉。"

"还不改口？"

"干爸、干妈，谢谢！"

"干杯！"大家一齐干杯。

"今天收了个好女儿，我请客！"

"今天的规矩不能破，我以后正式行拜见礼，干爸再请。"

"好！"四人大声说。

下午白灵去上班，林东平和林西平回宿舍。吃过晚饭，林东平白灵坐公交车送林西平到火车站。送完林西平，两人步行回来，一连走了几站路。

送走林西平，又分别白灵，林东平一下子感觉宿舍里空落落的，好久才入眠……

三十六

秦教授和秦夫人回到家里时为白灵答应做干女儿还有些激动，想睡一下，但没有睡意，索性躺在床上说话。

"老秦，我向你道歉吧！"

"好好的，这是哪里的话？"

"你知道有两年我对你很冷吗？"

"不是儿子远走异国他乡你思念所致吗？"

"不是的，你根本不知道。"

"那为啥？"

"为白灵啊。"

"白灵？啥意思？"

"这话说来也长了。"

"慢慢说，我今天有时间细细听，这几年忙，把你关心不够，有点冷落。"

"是我冷了你，不是你，你一辈子不是一直忙于搞科研吗？"

"嗯，这倒是真的。"

"你就是粗心，除了教学生搞研究。"

"人都有劣势的。"

"说说白灵到底咋了？"

"我第一次见白灵，感觉她充满朝气、阳光，很投我的胃口。"

"后来呢？"

"她在咱们家来的次数多了，我看她对你的眼色，我就有了疑心。"

"啊？"

"我怀疑她奔着你来。"

"她就是奔着我来的，不是我，她早不上学了。"

"对，后来我才从你的同事那儿知道了她的遭遇，我难过了好久。"

"人世间好人多嘛，多数人具有悲悯之心。"

"你知道吗？我偷偷跟踪你，发现你俩交往频繁，见面很亲密。"

"有这事？"

"我气炸了，想把儿子叫回来处理家事，但一想不合适，我很苦恼，想不出办法。"

"我只有和你保持距离，吃饭时都不想和你说话。"

"嗯，记起来，我以为你病了，要带你看大夫，你死活不去。"

"我把苦恼和仇恨装在心里，为了维持体面，为了儿子的前途。"

"你终于想起我的同事，去调查白灵的来历了吧？"

"我还没想起，偷偷托人调你的银行明细，发现月月有寄出的钱。"

"我坚信是你看上白灵的姿容，白灵想攀你这棵高树，寄钱已经铁证如山，我真想找你们的校长，但犹豫不决。"

"两年，两年啊，我快要崩溃了。我找白灵班主任，问清她的家庭地址，再找你们一块去过广西的同事证实，你的同事先叹气，不说话。"

"我更紧张了，更怀疑了，于是追问你的那个同事。"

"他怎么说的？"

"他像讲自己的故事一样才仔细说了白灵的阿达阿妈，贫苦的家庭，还有你们对白灵的解救。"

"我听完，头脑发热，差点晕倒，我为我的冲动后悔，为对你们交往的猜想耻辱，更为一个上过大学教育的女人这样干耻

云阳之舞

125

辱，那天我真不知道怎么走到家里的。"

"只怪我没有说情况，夫人，是我对不住你，是我没有很好珍惜咱们的感情。"

"夫人，你怀疑有道理，大学教授养小三的大有人在，这样的禽兽对社会造成恶劣影响。"

"老秦，真对不住你，你知道吗？"

"还有啥？"

"白灵给你送来从老家带来的土特产，被我轰走了。"

"啊，我说白灵有好一段没见，我打电话，她总说忙推脱。"

"知道了她的悲惨过去，我彻夜未眠，第二天买了礼品找她赎罪。"

"你猜她接受了没有？"

"这个——"

"白灵，就是白灵，她没说话，只是咯咯咯地笑，笑得眼角是泪水。"

"我更痛苦了，抱住白灵眼泪扑簌簌地流向她的头发。"

"我再三恳求她原谅我，请她到咱家吃饭，不为我，为你们，她含泪答应了。"

"是，我就搞不懂了，我说白灵又来过咱家几次，但眼里有阴影，我以为操劳的。哎，这娃娃很坚强，很懂事，把我和同事的资助悄悄捐给贫困山区的学生了。我们后来都知道了，但为了不给女孩难堪，就没说破，一直资助她到大学毕业。"

"我还知道你们为她的妹妹和弟弟争取了几笔社会资助。"

"她的妹妹学习不错，就是弟弟淘气，让她操心。"

"男娃嘛，调皮一点没事。"秦夫人心情一下舒畅了。

"人啊，太复杂。"秦教授不由感慨地说。

"是啊，我正是这样的人。"

秦教授搂住夫人，两人紧紧相拥，回忆他们的大学时代，相亲时代，共同筑巢的时代。

"做个好人，难啊。"秦夫人也感叹地说。

"这几年难为你了，夫人，儿子虽然是公费，但花费也是一笔。"

"儿子的事不要咱们操心，我要好好补偿灵灵，我让娃娃心灵无端又背负了一层煎熬，我心里是沉重的十字架。"

"这是爱的十字架，你说错了，是补偿干女儿，有了女儿，你还有啥心灵的重负？"

"对，今天我真的放下了。老秦，你说林东平怎么样？"

"啥怎么样？有本事的小伙，我的贴身保镖，不是他，我的老命这次丢了。"

"还说呢？不说我还不生气，以后我坚决不答应你再钻山进洞让我担心，否则，我真找你们的大校长大闹一场。"

"你别要我的命吧，这是我的职业，我的至爱。"

"这也是爱的十字架，我懂，不然为何嫁给你，但我以后就是不答应，不答应，看你把我怎么样？哎——林东平到底咋样，你还没回答呢？"

"很好啊。"

"我说男人就没女人敏感，我说林东平能否当咱们的干女婿？"

"年轻人的事别掺和为好，我让白灵努力攻占他的高地。"

"呵，那不是你最希望的？原来，老秦不是傻男人。"

秦教授得意地挤眼睛，秦夫人假装嗔怒。一缕暖融融的阳光照在他们的身上，照亮他们的卧室，照亮他们的人生大道……

三十七

林东平晚上睡着得迟，起来时上午十点了，刚要洗脸时白灵打电话。

"东平，今天晚上我请你，把时间安排好，别当逃兵。"

"恭敬不如从命。"

"哪儿见？"

"确定地方了再通知你，我还有个采访小任务。"

"我空着肚子等吧。"

"你能扛住就等着吧。"白灵咯咯咯地笑着。

"挂了，我要出去了。"

"拜拜！"林东平说。

林东平洗完脸，吃了晚上买的两个饼子，下楼去。还有两天就开学了，现在到哪里去呢？没目标，那就乱走。他出了楼门朝西走，天阴阴的，经过花园，垂柳的头发经过一个假期地疯长很乱，人工湖里的青蛙还叫出一半声，好像呼唤一场大雨的来临。林东平又回过头，朝东去，经过报告厅，昔日热闹的场面出现在脑海里，马上又会恢复热闹的，林东平心想。穿过教学楼群，不自觉到球场边，有几个年轻老师打球，他想加入，但腿没动，想到好弟弟不在，球场上很难找到一个默契的球友了。走着走着，他没发现又上了东边的小山，林东平对自己怪异的行为笑了。

大学时代远去了，同学像蒲公英一样飞向各自的地方，一个熟悉而新的生活快开始，其实早已开始，秦教授带他到一线去，把研究生的实践学习超前交给了他，他一定要刻苦学习，不能辜负老师们的培养。林东平在小山上坐了个把钟头，理清了思路，不再为弟弟的离去有失落感，他为弟弟感到自豪，为林家有他们兄弟俩感到自豪。

云散去，太阳出来，把热辣辣的利箭射向大地，又一个酷热的夏日。林东平下山来，食欲旺盛地让他走进饭馆，要了一碗便宜而实惠的面，再喝了一大碗面汤。知道家里供他生活费已很困难，所以他从不敢奢侈地放开口大吃一顿。回到宿舍，躺在床上进入浅睡眠。一会儿醒来，翻看抄写的书目，用笔做标记，进行归类整理，等图书馆开了，先借下这些书慢慢啃。整理完毕，又看了一阵专业书，望着窗外放松眼睛。

"东平，六点准时到鼓楼街，我在路口等你，你第一次约会不能迟到。"

林东平收拾完书本，洗把脸出门，只有三站路，他放开大步轻松地走着，不坐车既锻炼，又节约钱，还增加饭量。等他气宇轩昂地出现在鼓楼街时，白灵躲在一边看林东平，她偷偷地笑着，甜甜地笑着，看林大个子怎么表现。他到了街口不急不慌像棵树一样挺立在那，他看看手机，还有三分钟，还没有左右寻找的意思，白灵候不住了，悄悄走过去，刚要吓他一下，他转过身来，四目相对，一朵红云飞上白灵的脸，这已暴露她确实对林东平有感情，看来情感可以让人跳出职业的敏锐。

白灵伸出手拉林东平往街心的一家饭馆走去，你猜猜哪个饭馆，就是白灵精挑细选的"一家亲"饭馆。林东平看看饭馆名，读出了隐喻，心里升起暖意，他再看看白灵，一双内包高跟白皮鞋，弥补了身高的不足，女孩还是会掩饰的，林东平想。

"两位喝啥茶？"服务员问。

"清茶。"林东平说，因为清茶不要钱。

"不好意思，我带着茶。"白灵说着从小包里掏出茶，林东平一看是普洱茶。

"清茶蛮好的，怎么要让你多破费？"

"为林大专家接风，清茶怎么行啊？"

服务员泡完茶拿来菜谱和小本子让写上要点的菜名，招呼另一桌的茶水去了。

"白灵。我知道你挺不容易，吃点家常菜就美得很。"林东平不自觉带上老陕口音。

"我和你第一次单独进馆子，怎么不美美个吃一顿呢？"

林东平大笑，笑白灵也带有陕西口音。喝着茶等上菜，白灵问林东平的年龄，林东平报大两岁，白灵不信，因为他们是同一级上的大学。

"你看我这副老农民的脸，不就年龄老大了？"

云阳之舞

"你哪儿有农民的脸了？"

"我是黑白里的黑。"

"不对，早就是双白了，秦岭的水色不错的。"

"哈，我白？"

"你洗脸没看镜子吗？"

林东平不好意思说他没镜子照。吃着饭，林东平说了实际年龄，白灵说比她大半岁。

白灵要取瓶黄酒，林东平挡住了。"咱们都来自农村，不要额外花费了。"

"家里还是什么人？"白灵问。

"三个姐姐出嫁了，只有大和妈。"

"咱们太相似了，我也姊妹四个，不过我是老大。"

"老大吃的苦多。"

"我很幸运，遇着了秦叔叔这个大贵人，没吃多少苦，我的两个妹妹书也念得不错，就是弟弟贪玩。"

"你说错了，大贵人是干爸。我也最小，小的一般受苦少人贪玩，放心，他会转变的。"

"但愿吧。"

"我说的是事实，你们一家人基因是优秀的。"

"没有绝对的。"

"我和你敢打赌。"

"赌啥？"白灵问。

"以后告诉你。"

"等开学了，你忙了，我也要跑业务，"白灵顿了顿说，"咱们好好享受这难得的清静吧。"白灵像说给林东平，又像说给自己。

林东平意会，他知道白灵很累，要照顾弟妹，老大担子重。白灵爱笑，很阳光，内心的负荷全部被坚韧和顽强战胜了，林东平对这位农村女孩感到由衷的敬意，这是他愿意和白灵接触的原因，也是一种农村出身积淀的共同缘分吧。

走出饭馆，走过鼓楼大街，月上高楼，夜色很美，两个年轻的生命索性一路赏月，一路向东。白灵有林东平陪着，很有安全感，她很开心，脸上充满红晕，丢掉了工作的忙碌气息，是另外一个女孩，啊，情感真可以改变人的。

林东平受白灵的感染，也很兴奋，尽情享受着月色和夜风。走着走着，前面一个台子，白灵没注意脚拌了一下，林东平伸开胳臂托住，白灵顺势倒在他的怀里，她触到了温暖和幸福，就像船儿遇到了港湾，戈壁人遇到了绿洲；林东平也感受到了女孩特有的青春气息，温柔、芳香，富有活力。

两颗年轻的灵魂初次碰撞，一段人生的精彩开始演绎。林东平扶起白灵，两个人一直默默地走着。走过高楼，走过车站，走过桥梁。他一直把白灵送到单身宿舍，然后回到校园，此时，月色正通过树缝把校园照得斑斑驳驳，朦朦胧胧。

今夜好梦，好梦今夜。

三十八

秦教授和夫人经历一次误会，感觉关系更亲了，第二天起来很精神，秦夫人早早做了早点，坐在饭桌旁，秦夫人打开话匣子，像回巢的燕子越过千山万水，低语着一路的风雨和危险，久违的喜悦终于回到了秦夫人的脸上，粗心的秦教授也看出来了。

"老秦，咱们昨天给白灵说的是否唐突了？让娃娃不好推。"

"是有点不理智，但一高兴没控制住。"

"那找机会问清楚，不要给灵灵难堪和压力，千万不能的。"

"不过，我觉着白灵是真心的。"

"一定还要让她的家人同意，咱们先去看望一下，当着她父母的面把事情说清楚，不要给娃娃有后遗症。"

"老秦，我急得不得了，怎么问呢？"

"急了吃不了热豆腐，等几天慢慢商量吧。"秦教授接着说，"白灵是个重情义的女孩。"

"行，走，咱们到公园里转转。"秦夫人亲热地说。

"这确实是稀奇了，咱们好久没一起逛公园了。"

走出家属院，径直向公园一路走来。沿途柳枝弄绿柔如秀女的头发，牵动人的眼睛，绿叶上露珠清脆欲滴，鲜花招人，去公园的人很多，有的走着，有的慢跑，有的脚下带球，有的手牵小狗。走进公园，有打拳的，有练剑的，有耍棍的，有跳舞的，有站桩功的，安静之处还有读书的，有谈朋友的。人工湖面澄澈如洗，鸭妈妈带着子女轻轻游弋，围绕人工湖，有花白老人相依相伴伸腰挪步，有健壮青年虎步龙游激情说笑，还有老大妈三五成群，选择空地在草原歌曲中舞着人生的闲适。秦夫人发现公园原来这么风光，这么生机。

"按年龄咱们应该归哪一组？"她笑着对秦教授说。

"是啊，加入老人组嘛头发显黑，加入中年组嘛年龄又大。"

"咱们转一圈看看风景。"

"做生活的旁观者也是一种境界。"秦教授回答。

他们慢慢走着，慢慢看着，感觉平时有点土气的公园今天如此怡人。秦教授难得有时间逛公园，秦夫人难得好心情陪丈夫，对这一对大学教授夫妇来说，这是真的。转了一个多小时，微微有汗，眼前更亮，带着夏日早晨的气息和一身活力，两人往回走。

"家和让人精神，大度让人自省。"秦夫人想。

回到家，秦教授陪夫人侍弄花草，早阳把半个房子照得温暖、祥和。然后，他仔细研究学生赵厅长给的引洮资料，夫人在另一间房里看她喜欢的油画。

平凡而有趣的半日快要过去，秦夫人走进厨房做午饭，很细心，很投入，像年轻的时候为儿子为丈夫服务一样，说实话，这两年心情不好，她做饭就是应付，好在丈夫不挑食，吃啥都香。

秦教授听到厨房里的声音，放下资料，来给夫人帮忙。"老秦，你能好好吃就是帮大忙，先忙你的吧。"

秦夫人做了她上手的炒豆腐、回锅肉、炖鱼汤，主食是花卷，两个人吃不多，有两菜一汤足够。

"老秦，忙完没？"她哼着民歌，叫丈夫吃饭。她很喜欢民歌，喜欢边干活，边唱歌，歌声回荡在屋子里，回荡在夏日的暖风里，回荡在秦教授的心坎里。

"多吃点，做穿山甲瘦了，多补补。"她主动给丈夫夹菜。久违的温馨回归了，秦教授分明感受到了夫人的关心。

"好的，养肥了有力量当穿山甲。"

"老秦，给你说好了，快退休的人了，悠着点，不准你到一线去了，你出了事，我咋办？儿子咋办？"

"还有白灵咋办？"秦教授笑着说。

"对了，今天怎么没接到她的电话？"

"啥时做好的，叫她过来一块吃。"

"很好，不把你的宝贝学生叫一下吗？给白灵创造条件呀。"

"男的要主动，我不是把你硬追来了吗？"

"瞎说，你那时害羞得像花儿一样红。"

"我是秦刚，没那么没风度吧？"

"你说呢？"

"哈哈，咱们那时保守，现在时代变了，白灵不是你。"

吃完饭，秦教授主动要洗碗。"算了吧，你能洗净？还是我来吧。"

"我保证完成任务。"

"算了，我洗，我心情好了，干活是一种休息。"

"有劳夫人，啥时我请你大餐。"秦教授顽皮地敬了礼往厨房外走。

"光不能请我一个。"

"还有咱们的干女儿。"

云

阳

之

舞

133

"还有一个。"

晚上，白灵还没有打电话，秦夫人有点着急，买了食品和丈夫一块到报社去看她。白灵采访还没回来，两个人在门房耐心等着。天黑了，白灵骑着自行车急急忙忙来了。

"秦叔叔，阿姨！"白灵先看到了。

"灵灵，累着没？"

"干爸、干妈，我早习惯了。"

一股暖流遍布秦夫人全身，她上去搂住白灵，"干女儿，你真好，想死我了。"

白灵把秦教授夫妇让进宿舍，要倒茶，被秦夫人挡住了。秦教授试试白灵的床看看铺的薄厚，起身说："给灵灵再做一条褥子吧。走，外面吃大餐。"

三人趁着月色，向酒店走去。白灵知道秦叔叔和阿姨晚上吃得少，要了面食，秦叔叔想要几个菜被白灵拦住了。吃完饭又回到白灵宿舍。

"灵灵，你秦叔叔对你有话说。"秦夫人说完去上卫生间。

"白灵啊，我和你好好谈谈吧。"

"请说。"

"我和你阿姨很赞赏你，但做干女儿的确要你心里真正同意，我们不强迫，昨天有点突然，你好好想想，不急于回答。不同意没啥，不影响咱们的关系，一切在于缘分。你想好了再通知，好吗？"

"很好，我现在……"

"不要太急，想好再定夺。"

"我也是这么想的，灵灵。"秦夫人进来了。

白灵送出秦叔叔和阿姨时，泪光盈盈，只是晚上没人看见……

三十九

"喂，东平，你干啥呢？"

"我查资料，做作业。"

"中午陪我看看你老师行吗？"

"好啊。"

"校门口那棵老柳树下见。"

白灵等了林东平，一起看老师。

"教师节好，师母！"秦夫人开门时林东平说。

"谢谢两位，快进来。"

"我老师呢？"

"有事出去，还没回来，一会儿就来。"

一会儿秦教授来了，"我说今天一连呵声打喷嚏，原来你俩来看我，欢迎！"

"老师，节日愉快！"

"干爸，节日愉快！"

"同乐！"

"我给您二老买了一套衣服，别嫌啊。"

"太让你破费了。"

"今天是您的节日，还是我的节日。"

"你的？"

"嗯。"

"你是记者，哪有教师节？"

"是我最重要的节日之一，您猜猜吧。"

"我和你阿姨猜。"

"灵灵说今天也是她的节日，啥节日，老伴？"

"我猜到了，老秦智商咋变低了？"

"啊？"

"今天是我正式拜干爸干妈的日子，以后不叫叔叔阿姨了，有林东平作证。"

"灵灵！"秦教授拥抱白灵。

"干爸，干妈！"

"女儿！"

三个人相拥，林东平按下快门。

"灵灵，这事先要你阿达阿妈同意呀。"秦教授说。

"我问了阿达阿妈和弟弟妹妹，他们都同意。"

"但必须由我们拜访你们家人后决定，可以吗，灵灵？"秦夫人说。

"老师，师母，假期咱们跟白灵回去一趟，怎么样？"

"好得很，东平。"

"老师，今天让白灵亲自做一顿饭吧？"

"我想咱们下馆子吧？"

"还是家里吃温馨，今天由我掌厨，干妈指导。"

秦夫人好像回到了青年时代，像黄鹂一样在屋里唱歌、欢笑、出进，脸上荡着激情，宛若春水泛起涟漪，一波一波流向远方。

白灵长时没做过饭，手有点生，秦夫人给她打下手，帮她整菜、和面，她负责擀面、炒菜，炒的菜不如干妈的，擀的面有力道，吃起来很柔很香。四人热热闹闹、亲亲热热吃了干拌面，林东平帮白灵洗完锅，让秦教授夫妇午休。

走在路上，白灵不自觉挽住林东平的手，林东平第一次接触女性的手，一种细腻酥软的感觉传遍全身，脸色变红。挽着手走路，他起初不习惯，但走了几步慢慢适应了，心跳也平和了。白灵也是第一次握紧男孩的手，感觉有力、温热，她有点害羞，尤其遇到路人时，但生性活泼的她，比林东平要大胆，她握住手，仿佛握住生命的航向，大步跟着林东平。

"今天教师节，我把你们研究生和你们的老师采访一下怎么样?"

"还是改日吧。"

"我偏要采访。"

白灵一直跟到林东平宿舍里,她采访是假,陪林东平才是真。宿舍里,她和林东平的舍友打招呼。舍友说了几句,要回避,被他俩拦住了。

年轻人交流的号码就是年轻,几个年轻人说笑了一个中午,白灵去上班。她走后,舍友说:"林同学艳福不浅,有了美女相陪,爱情和事业要双丰收了。"

"哪里?才认识。"

舍友都一个"咦——"

"干啥的?"

"保密。"

"大男儿,还害羞,真不是道理。"

玩笑着,四个一块去上课。

"爸爸、妈妈,教师节快乐!"

"儿子,想死爸爸了。"刚吃完晚饭,接上儿子的电话。

"儿子,想瓜妈妈了。"秦夫人抢去手机。

"儿子,找上对象没?"

"妈妈,我博士毕业了再考虑。"

"哎呀,早一点,我们早想抱孙子了,着急得不得了。"

"哈哈,妈妈不要急吧,我肯定能给你找个漂亮的儿媳妇领回家。"

"快三十了,儿子。人有几个三十?"

"妈妈,我爸娶您不是三十了吗?"

"你不能学你爸啊。"

"妈妈,好妈妈,不要急,我明年工作定下来一定成家。"

"妈妈,让我爸说几句。"

"儿子,有啥喜事?"

云阳之舞

"爸爸，我到国内发展好，还是继续上博士后？"

"怎么对你学业有利就怎么选择，但不能忘了培养你的祖国。"

"爸爸，您说得很对，我学业结束了回国。"

"带上个洋媳妇也行。"

"妈妈呀，您又说了。爸爸，您身体好吗？要定期做体检，不可忽视。"

"老爸身体底子好得很，你不要担心，个人问题也要考虑，遇上合得来的坚决不要放过机会。"

"一定，爸爸。"

"成博士了，找对象不要眼太高，只要人好，本科生完全可以找的。"

"是，爸爸，但至少找个研究生更好吧？"

"女的学业高了，不会处理家务。"

"爸爸，您怎么传统呢？"

"儿子，光不要哄我们高兴啊。"秦教授接着说，"有一个好消息要告诉你，让你妈给你说吧。"

"妈妈，啥好事？"

"你爸卖关子，老头子啥喜事？"

"中午来了谁呀？"

"哦，你外边打拼，我们有点寂寞，想收个干女儿，怎么样，儿子？你同意吗？"

"好事情，但人品一定要不错，妈妈。"

"你应该有印象，就是你爸他们资助的白灵。"

"哦，白灵灵气得像名字，我接受这个妹妹，有她在近旁照顾爸爸妈妈，我可以在外面甩开膀子大干事业了。"

"傻儿子，过生活要紧，快找个好媳妇。"

"遵命，妈妈。"

"妈妈，我要上学了。"

"爸爸、妈妈身体健康，生活愉快！"

"再见，儿子！"

四十

极端天气，特大台风不断从太平洋向北向西移动，向中国内地逼近，北方出现百年不遇的大旱，南方却是百年不遇的大雨。

湖北、湖南、江西、安徽全部，江苏部分地区，河南大部分地区，暴雨持续两周，湖泊大江水势上涨迅速，部分地段出现险情。

据中央气象台预报，最近一周雨云还将在长江中下游地区摆动，部分地区会出现大暴雨、特大暴雨，将给防洪抢险带来严峻挑战。为了保证人民生命财产不受损失，中央特别关注暴雨动态，各地调集解放军和武警官兵前往受灾地区，支援抗洪救灾。

洪闹气氛异常紧张，抽调西安武警支队几百人驰援湖北一线，陕西报社派出随行记者参与报道，白灵积极报了名。报社领导组织报社记者开了短会，让出征记者告别家人并准备雨具等随身轻便物品，第三天出发。

白灵单身，准备东西简单，收拾好行李，第二天上午先去告别秦教授。

"秦叔叔，我要随军采访，您照顾好自己。"白灵见秦教授办公室有人，就没叫干爸。

"灵灵，千万注意安全。"

"我一定会保证自己安全，放心吧。"

"我走了。"

秦教授不忍，一直送出门。

"给我干妈说吗？"白灵悄悄问。

"先不要说了，她心小，爱操心。"

白灵买了秦夫人爱吃的几样水果去看她，去时秦夫人刚从公园转了一圈回来。

"干妈，早上好!"

"灵灵，你今天怎么有空?"

"路过，顺便就进来了。"

手拉手说了几句话，白灵起身辞别。女人敏感，但秦夫人这次没感应到白灵要出远门的一丝信息。

白灵在路上给同事打电话问事情再有没有变化，同事说没有。

"该告别小坏蛋了。"白灵想着，不由偷偷笑了。慢悠悠走到那棵柳树下，才电话约林东平。

"东平，忙吗? 出来一下，老地方。"

"老地方? 哪儿?"

"出校门，就知道了。"

林东平合上书本，出了校门，看见白灵在柳树下等着他。

"你怎么没上班?"

"你猜。"白灵给他一束柳枝。

"要出门?"

"嗯。"

"啥时?"

"明天。"

"哪里?"

"一会儿告诉你。"

"中午给你送行。"

"好啊。"

两个相伴而行，到长亭饭馆。要了一大一中面食、小菜，一人加一颗鸡蛋。林东平想要一盘牛肉，被白灵挡住了。吃了午饭，两人到公园去转，秋天的正午，太阳还毒，鸭子在树荫下正打着盹，公园里静悄悄的，他俩坐在长凳子上说着话。

"白灵，准备好没？今晚就出发。"报社带队的领导突然打来电话。

"好的。"

"这么急？"林东平问。

"情况紧急，支援湖北。"

"北方缺死水，南方闹水灾，老天太不公。"

"原来你也关注南方暴雨？"

"水利工程人，啥时不关注天气？"

"也是，专业习惯。"

"自从那天老师遇险，我更留意天气，每天几次收听天气预报已经是一种需要。"

"我到一线去，你担心吗？"

"没有我当保镖，你想能不担心吗？"

"你对我有啥感觉，东平？"

"你是我的影子。"

"天阴呢？"

"在身边，在这里。"林东平指心口。

"能保持多久？"

"你猜猜。"

"我猜不准，不敢猜。"

"放心猜，灵灵。"

"我不好说的。"

"大记者，也有害羞的时候？"

"哪个女娃娃不害羞？"

"一辈子，你放心去，安全第一。"

"能不能抱抱我？"白灵兴奋了。

林东平轻轻搂过白灵，像搂住一个小鸽子。像两座青山对视千年，突然相拥，持久、有力。两个人不说话，默默感受初恋的心跳，两颗年轻的心跳。

"时候不早了，我得走了。"

"再坐一会儿，让我仔细看看你。"

白灵脸色红润，犹如春花，很健康，林东平发现自己忘情了，深爱她了。

"吻我一下吧。"

林东平轻轻把嘴唇贴上白灵的嘴唇，湿润、细腻，有弹性。他刚松开，白灵回吻，嘴唇与嘴唇握手，脸与脸相拥，再舍不得离开。

白灵闭着眼睛，微微张开口。两只舌头不知啥时不由人地相拥，柔软、细绵；两支火苗缠在一起，探寻、吮吸。一股股华池之水纳入五脏六腑，柔情渗进三万八千个毛孔……

初恋的味道，青春的味道，纯洁的味道……

一声鸟鸣，让白灵先走出梦境。

"东平，我一辈子不会忘掉这个正午，这座公园。"

"一定照顾好自己。"

"这一吻，是最好的送别，给我力量，万一回不来，我生命没有遗憾。"

林东平听到这话，心里万般滋味，甜蜜而又苦涩；他把白灵送出公园，送上去报社的路，一直送到转折处。白灵带着笑挥一挥手坚决地走了，她将要上演一出艰苦的人生大剧。

林东平很不舍，但不再追赶，他知道记者的天职，知道白灵这次工作的特殊，也知道这次工作的危险，但他没有劝白灵别去，因为这不符合他和她的性格，他们来到这个世界，就是来承担责任的，国家有难，年轻人不冲在前头，这是何道理？

白灵的身影看不见了，林东平在那儿还站了好久。他回去的时候，心里着实空落，比送走林西平更厉害。他提出晚上送送白灵，白灵没答应，他想想也对，他和白灵的路刚开始，还不能公开；他不送，白灵可以轻松地走出去。说归说，他心里惦念着白灵，为她的前路有点担心，在白灵他们起飞的时间，不停地看着天上，只看到一线流云。

秦教授回家后，也牵挂着白灵，在同一时间站在窗口看着天上，同样什么也没看到。

"老秦，灵灵今天上午来看我，但没坐一阵子就匆忙走了，我一想似乎不太对。"

"有啥不对？她是工作路过还能呆半天？"秦教授搪塞夫人。

白灵上前线了，林东平急切关注着南方水灾的变化，不爱看电视的秦教授也盯着新闻报道。

这场水灾，牵动了秦教授和林东平的心，也牵动了万千人家的心……

四十一

飞机出陕西时，西安还是晴朗的，到河南上空，乌云不时出现在飞机下面，到湖北地界时黑云涌动，飞机好像大海上摸索前行的轮船，前面是惊涛巨浪，机长富有经验，沉着操控，飞机剧烈摆动，落地成功，滑翔一段，平稳停下，官兵一片欢呼，白灵敏捷地抢下镜头，发给林东平，林东平看着照片眼中有泪，他仔细观看，就是看不到白灵，他想着镜头外的白灵的样子：青春、快乐而富有活力。

坐车出了机场，大巴在积满水和泥的街道上慢慢向前，窗外雨还一个劲地下着，雨点不时打在车玻璃上，发出啪啪的声音。街上有一段没灯，白灵通过车灯推测，水已经漫进住户，看来灾情比报道的实际严重。

安排随行记者到临时住地后，车又带着官兵向受灾前线一路开去。报社的工作人员冒雨搬运行李，搬运完匆匆吃了点东西，仔细检查设备，检查完后，带队领导叫大家赶快休息，保持体力，好明天一早奔赴一线。

风刮高压电线的声音，雨敲打彩钢房的声音，在夜里更加清

云阳之舞

晰，雨还没有减弱的意思。记者们囫囵睡下，白灵听着雨声朦朦胧胧进入梦境。

五点半被叫醒，匆忙洗漱、吃饭、出发。一出门，真吓人，天空是灰暗的，地上是灰暗的，天像无边的大坝扯破一角，把源源不断的水送向人间，抬头是水，低头是水，到处是水，水向四面八方的低洼地流着，人在其中迷迷糊糊不辨道路。临时住地就像湖中的一叶扁舟，仿佛随波摇摆；又像围困的小洲，俯视四面水波。

记者人人一身红色雨衣，一双黑色长把雨鞋，再配一把蓝色大伞。因为道路几乎被冲毁，车再不能前行，他们带着照相机等轻便装备，在向导的带领下，一个跟一个蹚水前行。风雨中行进，十分费力，一阵风来，雨陡然加大力度，人几乎要被打倒。

他们的第一站，就是到大坝报道子弟兵的抗洪抢险工作。路上一个多小时与风雨的对抗，白灵他们的衣服进了水，贴在肉上冰凉冰凉的，好在他们都是经过挑选的年轻人，有体力有耐力。干记者这一行，体力是必须具备的，白灵来自山里，有坚实的吃苦功底，对环境适应很快，她性格活泼，热情地说热情地笑，强烈地感染着小分队。

他们来到大坝时，子弟兵经过连夜作战，不停地装沙袋、转沙袋，堵住了几道决口，刚刚排除险情就地休整，他们浑身的衣服抹着泥巴，脸上是手擦汗留下的痕迹，他们有的蹲在泥泞的地上吃着干粮，有的喝着饮料，有的躺着呼呼睡去……

白灵看着这些同龄人，看着这些弟弟们，脑海里响起《为了谁》的旋律，眼里冒出泪花。当记者们来到时，一声哨子，子弟兵忽地站起来，列队向记者行礼，拍手欢迎。军纪如此严明，动作如此敏捷，记者心中掀起阵阵波澜……

回到住地，白灵脚上起泡很疼，人也感到腰困，草草吃点东西向秦教授和林东平分别报了平安。

大暴雨，无情地抽打着江南大地，大地在洪流里震颤。白灵和两位队员，跟从子弟兵驾着冲锋舟转移住在低洼地方的群众，他们四处搜救，转移二十多人到安全的地方，她是和子弟兵在冲锋舟上吃的饼干，喝的凉水。

白灵他们回到住地时，天黑了，浑身汗臭，没法洗澡，难受，还得忍着。第二天还是排查有无遇险人员，一个村子一个村子喊话，群众都安全无恙，白灵他们天黑前回到住地。第三天雨势稳定，子弟兵坚守在大堤上。带队领导让队员们休息半天，可以进城洗漱、购物。白灵和伙伴前往城里，浴池大多由于水路受阻停业，只有两家，人多排不上队，超市里空空如也，白灵他们空手回来。

"白灵，还好吗？身体能受了吗？"

"东平，还行，就是几天没洗澡，难闻得很了。"

"自己能烧水吗？烧水擦一擦吧。"

白灵想办法弄了个铁盆子，好容易找来木柴烧起水来，这个她小时候常干。带队领导以为着火了，跑来看。

"好办法。"领导夸奖。大家轮流，烧水，擦去臭汗，舒服多了。

下午，天要晴就是没晴，第二天突然黑云滚滚，像妖魔一样笼罩大地，特大暴雨开始了。大街小巷变成河流，黑浪滚滚，到处是水的喧嚣声，一楼二楼冲进污水，掀翻的小车像火柴盒一样被卷走，跌入悬崖，跌入江河。

连续几天来，白灵他们要么和子弟兵修补大坝，要么救援百姓，哪里有险情，哪里有他们的身影。白灵白天忙得顾不上打电话，晚上和林东平就聊几句，她只能给秦教授发信轻描淡写地说几句，又不能说清自己在哪里，怕干妈知道了操心。

子弟兵和志愿者驾着冲锋舟一个小区一个小区的搜救群众，白灵协助救援人员，用绳子、梯子等接送群众，子弟兵背着老人小孩蹚过齐腰的深水……

十多天连续征战，体力透支，一名战士睡倒再没起来；为救

云阳之舞

落水妇女，一名志愿者被激流卷走。到处是感动，到处是温情，白灵为之哭泣，为之痛苦，她真正体验了什么是灾魔无情，人有大爱。

"地震可怕，火灾可怕，洪水也很可怕，人在自然面前的确渺小，正因为渺小，才更要上下团结，一致抗灾，这是人类的伟大。"白灵在日记里写到。

持续大暴雨，考验人的意志。白灵和同事，天天深入小区、单位采访，了解百姓的生活、情绪、诉求，积极解说、引导，传递着正能量，也曝光哄抬物价哄抢商品等丑恶行为，暴露人性的丑恶。

有三天，白灵突然和林东平没联系了，林东平很紧张，心里只往坏处想，操心得几个晚上没睡意。想去找秦教授，怕老师和师母悲伤，又不敢去，只得把一切独自扛着。

秦教授也是，连续没收到白灵的信息，很焦心，吃饭不香，睡觉做噩梦，白天持久站在窗口发呆，人明显消瘦了。

"老秦，这几天没啥事吗？"

"没有。"

"那你怎么脸色不对劲，爱在窗口发呆？"

"夫人，是工作不太顺利，我收的研究生学得不够卖力。"

"林东平不会吧？"

"林东平很棒。"

秦教授突然记起应该问问林东平。"东平，白灵最近和你联系过吗？"秦教授下午见了林东平问。林东平正迟疑，不知怎么说。

"怕三天没联系了吧？"

"是的，老师。"

"这白灵咋了？你师母反复过问。"

秦教授说完就走了，看到老师明显憔悴了，林东平心如刀割，但必须扛着。

四十二

儿子电话再次催秦教授夫妇做一次肠镜，这个年龄实在应该检查肛肠，不能忽视的。秦教授夫妇到西安唐都医院去检查，第一天取了清肠的泻药，大夫告诉两人半夜三点喝药，到检查时就能排空肠道。喝药一个小时后，不停地上厕所，到早晨七点半差不多排空了。九点做肠镜，秦夫人和秦教授分开同时做，秦夫人做完出来时，秦教授还在做，很难受，恶心极了，等做完了，大夫叫他把提取的东西交给生化室做化验，生化室预约三天后取结果。

秦教授到时去看结果，大夫留住他一定住院，不敢马虎。他诧异，以为夫人身体不好，根本没想自己身体有问题。院长是秦教授的熟人，给他说是肠癌早期，发现早，不要有思想负担。院长说自己完全可以做手术，但为了保证百分之百的成功想请北京和上海的一流专家联合做，就是要多出几万手术费。秦夫人一口答应，让院长请专家协助，她告诉院长对丈夫的病一定保密，以免同事来看望影响他休息。

为了不影响儿子的论文答辩，秦教授夫妇决定暂时向儿子隐瞒病情。秦教授住院了，林东平和同学轮流陪护，先做其他常规检查，等结果出来了专家会诊最终确定治疗方案。

各项检查结果符合手术条件，确定第三天手术。林东平很着急，一周没有白灵的消息了，一面又要操心老师的身体，感觉肩上有千斤担子。

秦教授对自身前途难料，还牵挂异国他乡的儿子和失联的白灵，心里负担空前。秦夫人十几天没接到白灵的电话，窦生疑虑，儿子不在身边一点帮不上忙，实为丈夫忧心，心情很幽暗。

这三个人虽然内心翻江倒海阴云弥漫，但表面一如平时，有说有笑，把什么都装在各自心里，怕给对方造成更大负担。生活

云阳之舞

煎熬着三人，三人被埋在忧思里。

生活就是这样，看起来碧蓝万里，突然会大风大雨，考验人的耐力，磨砺人的意志。思虑归思虑，三人积极配合着医生，手术前的工作有条不紊地进行着。

第二天早上刚吃过早饭，三人面对一位走进病房的女孩呆住了。她手捧鲜花，形容消瘦，脸色惨白，眼睛格外大。

"白灵！"秦夫人心疼地一把搂住她。

"干爸，干妈，我来迟了。"白灵眼角挂上珍珠。

"啥时回来的，灵灵？"

"干爸，早上的飞机，来了两个小时。"

"你怎么知道的？"林东平问。

"我先到家里，没人；找到办公室，没人；再找到研究生宿舍……"

"灵灵费心了，难为你了。"秦夫人说。

"赶快回家休息吧！"秦夫人给家里的钥匙。

"不，我不困，我要陪干爸。"

"听话，灵灵，回去睡一会儿。"秦夫人温柔地劝白灵。

"东平，送灵灵回去吧。"

"干爸，让我再坐一会儿，回去，我也睡不着的。"

"那坐着说话，说说你最近的经历。"秦教授说。白灵慢慢给大家说下去：

雨下得没天没地，临时住地周围黑水滚滚，半夜一两点，大家睡得迷迷糊糊，值班人员突然吹响哨子，尖厉的哨子声惊醒大家。浪涛正撞击住地下面的台阶，房子随时有崩塌的危险，记者们忙乱收拾设备，子弟兵派来冲锋舟，大家急忙往舟上搬东西，一批批往外撤离。

两个小时的奋战，白灵和队友坐上最后一艘舟，由于水大、天黑、东西重，冲锋舟转弯时一个倾斜，白灵掉进水里，口里呛进脏水……

等她醒过来时，她在临时医院，同事焦急地看着她。她后来知道一个会游泳的子弟兵跳水救起自己。在医院休整几天，白灵恢复体力，继续工作，为感谢救命之恩，她找寻那个救了她的同龄人，但部队已开向别处。自己落了水，手机没了，电话号码没了，没办法联系了。

暴雨终于过去，人类的抗争迎来蓝天与太阳。洪水慢慢退去，军民一起清理淤泥，开始重建家园。考虑到身体状况，白灵在第一批撤回来的人员里，其他同事还留守，做着最后的报道……

三人听完叙述，不禁潸然泪下，心中最疼的是林东平，哭得最厉害的是秦夫人，她才知道白灵经历了一场怎样的生死考验，之前她一点不知道。

下午同学来换林东平，林东平把白灵送回报社。白灵回来了，秦教授心里一颗石头落地，心情舒畅。第二天早上八点，秦教授微笑着被推进手术室，送行的是夫人、白灵、他的研究生、他的同事们。同事们怎么知道的，谁人不知道……

麻醉专家给秦教授施了全麻，麻醉时间到了，唐都医院院长和北京协和的专家、上海肿瘤医院的专家组成的精英团队，为这位常年奔波一线的国家顶级水利工程专家开始了手术。

时间一秒一秒滴在秦夫人和外面守候的人的心上。三个小时后，护理医生把挂着药瓶还在沉睡中的秦教授推出手术室，推向重症监护室，大家跟过去，等在外面。

五天后，秦教授被转到普通病房，只需两人看护，白灵和秦夫人一组，林东平和同学一组，同事们分成几组，大家组成看护接力，呵护着这位国宝级人物……

秦教授的儿子论文答辩完，心里着慌，很不踏实，急急赶飞机回国，经过十几个小时的飞行，到咸阳机场，再打车直奔家门。家里没人，打电话问秦夫人，又急忙赶到医院。

"爸，我回来了……"秦川哽咽。

云阳之舞

"回国就好，儿子。"秦教授气色不错。

"妈妈，我爸手术怎么没通知我啊？"

秦夫人没回答，看着儿子只是微笑，笑成一朵芙蓉花，温暖了病房……

四十三

秦教授恢复较好，再过一周能慢慢吃几口流食，他让秦川请同事吃饭表示谢意，但同事都说心意有了等他能上班了再一块庆贺，让他放宽心养身体，秦夫人、秦川、白灵、林东平四个轮流看护人手完全够了。学校领导来了几次，劝秦教授不要着急，安心养病。

两周后刀口逐渐长平，拆了线，留观了两天，打点滴的药换成口服的，背了一包药出院了。伺候病人很吃力，回到家，秦夫人困极了，好像自己也害了一场病，大睡了三天，身体才感觉是自己的。秦教授出院后，秦川、白灵、林东平三人松了一口气，趁机好好恢复一下体力。

秦夫人、白灵仔细给秦教授做容易消化又有营养的饭食，每天像喂养小孩一样细心，秦教授一个月后能慢慢在客厅里走动了，稍弯一下腰刀口感不到疼，秦教授情绪很好，微笑着和大家说几句。

秦川看到爸爸好起来，心里稍微踏实，他的假到了。

"大哥，你放心回去吧，有我呢。"林东平说。

"大哥，你不要操心，有我帮干妈做饭。"

"真感谢你俩，我虽然是独生子女，但收获了姊妹深情。"

说真的，一切是缘分，林东平、白灵和秦教授夫妇亲如一家人。

"哥，找个嫂子吧。"白灵说。

"行，妹子，我马上毕业了。"

"哥，还想再深造吗？"林东平问。

秦川看着爸爸没说话，"儿子，博士后想上就上，但一定先结婚吧。"

"对，你爸说得很在理。"

"爸，我想上完博士后再回国。"

"可以，继续上学也不影响成家的。"

"好的爸爸，我今年一定把个人问题解决了。"

"这样，你爸会好得更快，他还要主持你的婚礼呢。"

"我乐意，亲爱的妈妈。"

林东平白灵回去了，一家人又说着话。"爸爸、妈妈，我看白灵是个好妹子，林东平也是个好男孩。"

"我原计划当面和白灵父母商量的，但一时办不成了。"

"爸爸，不要急，可以把白灵父母接到西安。"

"不知道愿不愿来。"

"妈妈，咱们试一下。"

第二天一早，秦川和白灵单独见面。"好妹子，我们想把叔叔阿姨请到西安来玩一玩，你看行吗？"

"放假了我领来。"

"过几天，电话问一下叔叔阿姨来不。"

"好，哥。"

"期盼尽快收你为妹子。"

"谢谢哥！"

下午，白灵来看秦教授。"灵灵，秦川想走前和你阿达阿妈见个面，你问一下来吗？"

"好的，我回去就问，家里刚接上电话了。"

"阿达，身体好吗？"白灵晚上打电话。

"好着呢，你弟弟也乖了。"

"那好高兴哦。"

"我阿妈呢？让我和她说几句。"

云阳之舞

151

"阿妈，你好吗？好想你哦，我想带你到西安看看，来吗？"

"你问你阿达放我不？"

"和我阿达一块来。"

"你问你阿达来不。"

"阿达，我想带你和我阿妈来西安看一下，能来吗？"

"太远了，来不了。"

"有车呢，不要怕哦。"

"农活还没完，走不开哦。"

"那农活完了一定来哦。"

"没出过门，不敢走哦。"

"我让白娟他们把你和我阿妈送上火车，我车站接吧。"

"到时看。"

"阿达，一定来，不能变卦哦。"

"那就一定来。"

"阿达真好！"白灵咯咯咯地笑了，她知道阿达答应的事轻易不会改变。

"干爸，我刚问了我阿达，家里农活没完暂时走不开。"

"哦，我把这个忘了，是我粗心。"秦教授接电话。

"他答应活干完了来。"

"那很好。"

"就是我哥要走，等不住了。"

"不要紧，说不定他又可以回来。"

"干爸晚安！"白灵知道秦教授不宜多说话，就挂了电话。

秦川要请白灵、林东平吃饭，两人说外面吃没意思，不如家里做，大家一块吃香，他认真想了想也是，感谢两人如亲人一样照顾父亲。

"家事交给你俩了，好妹妹，好兄弟！"

"哥，安心去完成你的学业吧。"两人说。

秦川通过父母的口和自己的眼，认为林东平、白灵确实心地善良，人品不错，很赞赏两位的为人，有他俩帮助妈妈照顾爸爸，他很放心，踏踏实实地飞往国外去了。

林东平、白灵一有空就过来看望秦教授，帮秦夫人干着买菜做饭、擦地洗衣等家务，陪秦教授说说话、下下棋，尽量给秦教授夫妇创造宽松的生活环境。

十月下旬，赵厅长和后贵生得知秦教授做了手术，专程来看望。

"老师、师母，学生来迟了，真抱歉！"

"你们忙于引洮事务，实在添麻烦了。"秦教授说。

"再忙也能抽出时间，老师曾教导我们要知恩报恩的，我们看您确实迟了。"

"谈谈工程新情况。"

"过几天复查最后一段线，最快明年可以动工。"

"我身体不允许了，让林东平和同学去实习几天，让他们增长一点见识。"

"老师，好极了，我们人员紧张，他们几个正好可以帮大忙的。"

"你们老师就是偏爱学生。"秦夫人笑到。

"师母，老师不是偏爱学生，是偏爱引洮大事，是偏爱干旱地区的百姓。"后贵生说。

"贵生，就是顽皮嘛。"秦教授大笑。

"师弟风趣，同事都喜欢他。"

"东平，你们过来一趟。"

接到电话，林东平和同学来了。"赵厅长来了？"林东平和赵厅长握手。

"贵生好吗？"林东平用力捏后贵生的手，他感觉到后贵生的粗手很有力。赵厅长一一认识了秦教授新带的研究生。

"东平，领你师哥上馆子，家里小，不方便。"

"东平，饭我请，过几天要劳驾你们几个。"

云阳之舞

"赵厅长，我尽地主之谊。"

"东平，还是我来，我挣了几个月的工资了。"

"你的那点小钱怎么够请客？还是厅长我来吧！"

饭桌上，赵厅长与林东平几个相约十一月初在引洮线路上见。

四十四

十月三十日，赵厅长电话通知林东平他们几个十一月三日早上九点到云阳县火车站下车，白灵想随行采访，但想到照顾秦教授是大事，就再没向林东平说出口。

"注意安全！保重！"白灵拥别恋人。

"我们几个小伙子在一起，担心啥？回去吧。"林东平和同学走了。

到云阳县火车站下车时，赵厅长派出的车正好到了云阳。林东平带大家吃了云阳馇馇面向目的地野猪坡出发。

车由云阳县西边拐入渭源县，渭源县西边几十里连绵的山岭过去就是野猪坡。路程不远，但山大沟深，路在山上盘来盘去在沟里绕来绕去很不好走，司机小心翼翼地开着车。接近中午的时候车向临时住地奔跑，后面扬起阵阵灰尘，林东平看见一个高个子头戴红色安全帽一手叉腰潇洒地站在门前看着他们，刚下车，他向林东平笑着走来。

"西平，没想到是你！"兄弟拥抱，大笑。

"你怎么来了？"

"我和导师。"

"老师咋没来？"

"身体最近不好。"

"怎么了？"

"做了手术。"

"啥病？"

"肠癌初期。"

"啊？"

"恢复不错，回去时一块看看。"

"好的，哥。"

"欢迎四位！"赵厅长迎上来。

赵厅长做了简短地介绍，专家有北京来的，有广州来的，有四川来的，还有江苏和甘肃来的，他们是国家水利部和甘肃省委省政府联合邀请的。野猪坡到渭源县的这一段原始森林覆盖，暗洞密布，暗河奔流，地质复杂，夏天时而天晴，时而冰雹，很难深入。林东平从专家的交流中知道，这里雨季结束施工是最理想的，冬天远比雨季施工安全，效率要高。

趁中午阳光好，勘察人员马不停蹄分几路深入野猪坡。山下树叶正红得好看，而野猪坡除松柏青青外，其他树上早已没有一片叶子。林东平跟大家一路查看标记，一边详细记录，因为运用卫星定位系统，精度很高。

"看，有野猪！"谁喊了一声。对面山沟里，野猪一头跟一头懒洋洋地向丛林深处走去，领头的是毛色灰暗的大母猪，断后的是膘肥的大公猪，半大的猪崽子走在中间。野猪牙齿很厉害，能把铁锹咬穿，它们皮牢肉厚，着急从崖上滚下去，起来摇摇身子无事一样就跑了。走了又一段，看见高高的树上有两只狗熊晒太阳，夏天还有大蛇出入，人少了，谁敢深入这原始森林！

核查了十里，趁阳光还好收设备，回去时太阳落山了。第二天山势陡峭，海拔三千多米，山顶积雪皑皑，山坡冷风萧萧，大家在半山腰忙碌展开设备投入工作，下午四点多，山下阳光明媚，山上却黑云密布，下起鹅毛大雪，等收设备时大雪掩埋了群山、树林、道路，大家脸冻得通红，折了树当拐杖，深一脚浅一脚地往山下来，到山下时却风定天晴，大家领教了初冬野猪坡的神秘、多变。

云阳之舞

155

休息一天，野猪坡雪停了。第二天，集中拿下最后一段——河沟交叉山形多变的十里，到了渭源县的地界。渭源县，最后三十里，是秦岭和黄土高原的交汇地带，山势趋缓，丘陵遍布，坡度明显变小，气候稳定，山坳时见黄叶，大家就像在油画里游走，带着欣赏的精神工作，两天的活不重不累。

在城里千树万木黄叶飘飞的初冬，引洮工程线路复核宣告成功，专家对野猪坡迂回的一段进行了取直修正，使工程线路缩短了七八里。

专家们在渭水源头的冬日里欢呼、留影，这是陇中重要的历史时刻，陇中人吃上洮河水的日子已经不远了。

甘肃省省委书记亲自打电话感谢专家，祝贺引洮线路核查成功，赵厅长代表省水利厅现场对专家表示深情的感谢，诚邀大家在金城一游，林西平的导师王云阔教授急着要去西安看望秦刚教授，和林东平他们当天要到云阳县火车站。赵厅长带领水利厅的工作人员绕道把他们六人送到云阳县火车站后，返回金城，安排广州、四川、江苏的专家住宿、坐飞机回去等事宜。

王云阔教授和五位小伙子天亮时到了西安，急不可待打车直奔秦教授住的小区，敲门时白灵开了门，秦教授夫妇刚洗漱完毕。

"师哥！"

"师弟！"

两位头发花白的同学、教授、顶级专家热情相拥。

"老师，师母。"林西平深情地看着他俩。

秦教授看林西平人更白净，和哥哥林东平一样带着年轻人的刚性。秦夫人再次盛赞林家的好后生。

王云阔教授陪师弟住了一宿，秦教授让林西平留下陪他们。秦刚教授拜托师哥把林西平培养成博士，培养成专家。

"西平是块好料，你爱我也爱，我会为他找更合适的博导。"

"那我就放心了，我会到北京来看你们的。"

"欢迎，师弟！我会给你交出一个更别样的弟子。"

"是你的高足。"

"是咱们大家的，是咱们国家的。"

大学一流教授科研任务多，工作忙，投亲访友时间很难挤，王云阔教授要走了，秦刚教授一直把他送下楼，这是他出院以来第一次下楼，花园里的菊花还开得起劲，一股清新的香气向他扑来，生活多好啊，生命多么可贵啊！

秦教授坚持要把师哥送到机场，被师哥挡住了；要送出小区，也被师哥挡住了。"好好休养，我在北京等着你!"

秦教授送别师哥时十分难舍，他们已经多年没见，不知道下次啥时见面。他一直看着林家兄弟俩陪着王云阔教授走出小区，坐车而去。

林东平一直把王云阔教授和弟弟送到机场，看着他俩迈着稳健的脚步走过安检口，他心里充满无限快意……

林东平送走王云阔教授后，又回到秦教授家里，他知道老师惜别师兄心里激动，他来陪陪老师，让他情绪慢慢和缓下来。白灵下午没任务，也过来了，两个一直陪秦教授夫妇到天黑。

星河斗转，三个月过去，秦教授去复查，基本恢复正常，再过一段时间就可以上班，可以验收几位学生的读书工程了。

四十五

"阿达，家里农活完了吗？你和我阿妈来西安看看吧?"

"大活完了，小活不急。"

"现在买票容易，就让白娟把你和我阿妈送上到西安的车，可以吗?"

"那就来看看乖女儿。"阿达在电话那头笑，白灵在这头笑。

"阿达，你怎么舍得笑了?"

"我不是高兴吗?"

北方的腊月，凛冽的大风在原野上肆意地打滚、嘶鸣，而白灵感到心里热乎乎的，她的阿达阿妈第一次出山，而且要到古都长安来，这是阿达阿妈人生的一大飞跃。白灵想和林东平一块去接双亲，但怕阿达阿妈看不惯年轻人的行为，就没通知他。她早早地在火车站等着，她想阿达阿妈应该在哪里了，她闭上眼睛都能想得来沿途的车站什么样儿。她很兴奋，很急切，想象着阿达阿妈第一次和她在西安见面的情景。

车晚点了，具体时间不定，白灵想转一会儿，但不敢离开，怕接不上阿达阿妈，她一面啃着饼子一面耐心地等着列车到来。

一小时过去，车还没来；两小时过去，车还没来。白灵担心阿达阿妈第一次坐车，受不了，她想象着阿达阿妈晕车的情景，她甚至怀疑阿达阿妈错下了车站，那就麻烦大了。她喝着纯净水，没味道；吃着饼子，没味道。她开始害怕起来，万一阿达阿妈走丢了咋办？这样胡思乱想着过去一个多小时，车站广播说阿达阿妈乘坐的特快要到了，她异常兴奋，心突突跳得厉害，站到出站口目不转睛地盯着旅客出站的方向。

一会儿，车进站了，白灵又担心阿达阿妈不下车，她大眼睛紧盯着出站的人群。十几分钟过去，她看到阿达阿妈背着蛇皮袋子，跟着人群往外走，眼睛四处搜索着她。她一阵激动，眼睛似有泪水。

"阿达，阿妈!"白灵挤过人群跑过去。阿达阿妈看着女儿，忘了走路，把后面的人挡住了，她接过阿妈手中的行李，赶快带阿达阿妈往前走。

"阿达阿妈没晕车吗？累了吧？"

"比山上劳动轻松多了。"阿妈开心地笑着。

车站旅客如潮，阿达阿妈大睁眼睛观看。"那咱们不坐车了，转回去，行吗，阿达？"

"就怕你能走动不，我和你阿妈攒劲着呢。"

白灵带着阿达阿妈拐个弯，城墙出现在眼前。"阿达阿妈看看，这就是西安出名的城墙，哪天我带你们上去玩。"

"阿达阿妈，路比咱那里的怎么样?"

"黑黝黝的，又宽又长。"阿达说。

白灵大笑，很开心。"你再看，房子怎么样?"

"高，一头钻在天上。"阿妈说。

"这是高楼，有十几层高。"

"你住几楼?"

"八楼。"

"咋这么多车? 大的像房子，小的像蚂蚱。"

白灵明白阿妈说的是公交车和出租车，她咯咯咯地笑着给阿达阿妈介绍车。说说笑笑，三站半路不自觉就走完了。

吃完饭，阿达阿妈不困，白灵就领上看单位附近的夜景。

"晚上怎么样，阿达阿妈?"

阿达孩子一样一个劲儿地看，不说话。

"没想到西安这么好。"阿妈愉快地说。

"西安好玩的地方多得很，咱们慢慢玩。"

"那要多少钱? 外面看一下就好得很。"

"行行行，我的好阿达。"白灵开着玩笑。

阿达阿妈躺下就睡着了，从鼾声里听出睡得很香，一路坐车走路到底累了，醒来时太阳已经照到窗上。

"哎呀，睡过头了，没鸡鸣鸟叫起迟了。"阿达说着。

"好不容易缓几天，不上地起迟有啥呢，阿达?"

白灵带阿达阿妈到公园去转，游人很多，有跳舞的、有打球的、有练拳的，湖很大很大，里面是树的影子，高楼的影子，像照片一样好看。

"西安人才懒得很，早上不干活去?"

"阿妈，他们没地，你让他们干啥活?"

"那他们洋活?"

"城市人要不工作，要不做生意，过得很好。"

"阿达阿妈，中午咱们见个熟人好不好？"

"西安有熟人？"

"见不见啊？"

"熟人咋不见？"

白灵和阿达阿妈回去缓了一会儿，坐车又到一家亲饭馆来。服务员泡了茶，他们喝着，一会儿林东平和秦教授夫妇坐车来了。

"你好，兄弟！"秦教授伸出手。

"你好，秦老师！"

"你好，妹子！"秦教授又伸出手。

"你好，秦老师！"

"叔叔、阿姨好，你俩来了？"

"来了，小伙子你好！"

白灵、林东平招呼大家坐好。秦教授养病以来是第一次外面吃饭，白灵专门要了清淡的汤饭。

吃着饭秦教授说："来一趟不容易，来了就把西安好好认识一下，好好感受一下。"

秦教授又给林东平安排："东平抽空好好陪陪，给白灵帮帮忙。"

"好的，老师。"

晚上，白灵阿妈问白灵："这个小伙子是干啥的？"

"是秦教授的研究生。"

"小伙子很不错。"

"阿妈，他学习好，篮球打得很出名。"

"你们认识？"

"刚认识。"

阿妈看着女儿直笑，惹得白灵搂着阿妈笑。

"你们笑啥哦？"白灵和阿妈继续笑着不回答。

白灵和林东平空闲了就带白灵阿达阿妈出去转，有时白灵陪，有时林东平陪，有时两人一起陪。陪白灵阿达阿妈转了大雁塔、小雁塔、回民街、法门寺、华清池、兵马俑、不夜城、鼓楼、城墙等大大小小的风景点。

"吃食花色这么多，这么便宜，西安人真会吃。"回民街上阿达阿妈惊奇地说。

"晚上城墙上灯火明亮，城墙另外高大，阿达阿妈这辈子看了稀奇。"

"阿达阿妈，如果我弟弟妹妹也来西安上大学，咱们把家干脆搬到西安。"

"瓜娃娃，那多不容易呀！"

"就看他们三个的努力了。"

"阿达阿妈见世面了，回去一定让他们加油。"

看大雁塔音乐喷泉和不夜城时，熙熙攘攘的不知道有多少人，阿达问白灵："西安人晚上睡觉吗？"

"睡，已经习惯了晚睡，大城市的夜生活很丰富的。"

阿达阿妈想不通大城市的灯红酒绿，一般都市人也想不通，商业时代的速度快得让人很难跟上。

半个月，白灵阿达阿妈转够了西安，想回去了，考虑到年底买票不好买，还有弟妹快放假了，白灵就给阿达阿妈买了回去的票。

秦教授夫妇专门为白灵父母设宴送行，仍然在一家亲饭馆。

"兄弟，妹子，对西安感觉怎么样？"

"好得很，实在感谢秦老师把娃娃带出了大山，你们的大恩大德我一辈子报答不了，秦老师千万不要把我的愚蠢放在心上。"

"为人父母都一样，我在你的位置和你一样，或者还不到你呢。"

"秦老师大人大量，我实在很惭愧啊。"

"过去的已经过去了，你不要往心里记就好。"秦夫人安慰白灵阿达。

"你们的女儿很优秀。"秦教授说。

"是遇上了贵人。"白灵阿达真诚地说。

"另外几个都不错的。"

"就是把儿子有点娇惯。"白灵阿妈说。

"白灵说弟弟也进步了，这是好事，他们三个考出来，以后就可以把你们两个带出来享享福了。"秦教授说。

"这都是遇上了你这位大恩人，只怪我没见过世面，当初对你不好。"

"哈哈，咱们有缘。"

"我们都很喜欢白灵，想认成干女儿，咱们就成一家亲了，不急着答应，你们两个回去考虑一下，不答应也没啥的。"

"我本想上门来问，谁知道我做了手术，切了点肠子，来不了了。"秦教授继续说。

"你放心，我们会给你回话，你好好缓病吧。"

"你看这件事咋的？"白灵阿妈回去问白灵阿达。

"你舍得吗？"

"还是咱们的女儿，又多了一家亲戚。"

"秦老师做了啥手术？"

"阿达阿妈，很不好，是肠癌早期，手术后三年没事就应该彻底好了，现在大家很担心的。"

"你咋没说，应该早就看看秦老师的，咱们失礼厉害了。"

"秦老师收你为干女儿，你愿意吗？"阿达接着问。

"阿达阿妈，秦教授和阿姨对我很好，超出一般感情。"

"那就定了，明天我们去回拜。"

第二天，白灵和父母去看望秦教授夫妇。

"欢迎三位！"秦教授夫妇热情地说。

秦夫人泡了茶，秦教授亲自给白灵阿达阿妈削苹果皮。

"实在感谢你们对我女儿的爱护，我们一家人对你们感激不尽，我们愿意成为亲戚。"

"那实在感谢你们两个的大度。"秦教授激动地说。

"灵灵，叫东平过来。"

一会儿，林东平来了。"东平，今天是个很重要的日子，你给我们秦白两家作个见证吧。"

林东平明白："好的，老师!"在林东平的主持下，白灵先叩拜了父母，然后叩拜干爸干妈。

干妈做饭，白灵帮忙，一家人吃了一顿团圆饭。

白灵阿达阿妈高兴，白灵干爸干妈高兴。晚上，白灵、林东平、秦教授夫妇送白灵阿达阿妈上了火车。

四十六

秦教授回去后，连忙给秦川打了电话："儿子，白灵阿达阿妈来西安了。"

"结果咋样，爸爸?"

"你猜得来。"

"我有妹妹了。"

"那自然。"秦教授高兴地说。

"妈妈，我爸身体恢复咋样?"

"他高兴得没病了。"

"那等我回来，咱们到白灵老家把礼行了。"

"你爸等不住，今天咱们就成一家人了。"

"我找机会到广西拜访亲戚吧。"

"好啊，这才是孝顺的儿子。"秦教授抢着说。

"拜拜，上班去，儿子。"

"再见妈妈。"

"妈妈，督促我爸按时吃药。"秦川又打回来。

"死不了，儿子，再见!"秦教授又抢了。

"你成老顽童了。"

云阳之舞

"这是命，谁让咱们有了女儿。"

"是干的。"

"干的湿的，都是女儿。"

"看把你美的。"

送走阿达阿妈，白灵投入采访工作，下去的时间多了，林东平也尽心学业，两人都很忙，几天才见一次，但过得很充实。

年很快来了，林东平邀请白灵到云阳他家"采访"。"咱们认识才半年多，怎么敢进你家门？"白灵笑着说。

"那到你们家吧？"

"还是地下工作，我阿达阿妈还不知道，这怎么行？"白灵又是一个笑脸。

"那咋办？"

"这个年各过各的，听说你们云阳的水不好，我吃了就会变成老太婆，等有洮河水了，我进你们家，不迟吧？"

林东平不说话，把白灵搂住。"有好戏了？"白灵玩笑。

白灵和林东平去告别秦教授夫妇后，坐车回老家。白灵先坐上车南下，林东平等西去的列车，等了个把钟头，乘车西去。

过年的时候，林东平天天排队担泉水，庄里人不敢大洗，衣服能穿尽量不洗，实在脏得穿不出门了再洗，一家人轮流洗完脸，或者洗完衣服，把水澄清再给猪和食，人力单的几家，要么一个用茶壶轻轻地浇水另一个洗手脸，要么自己用口衔了水洗手脸，一口水就洗完，干旱地区人用水很有创造性，把对水利用到了极致。

下雪了，庄里人很高兴，等着吃雪水，但刚下白地面雪就停了，人们白欢喜一场。已经正月初八了，只下了很薄的两场雪，连路上车碾起的尘土没压住。林东平挑泉水时给乡亲们鼓劲："再坚持一段，引洮快开始了。"

"能成功吗？总不像一九五八年？"

"肯定能，现在技术成熟，靠机器钻山打洞，不靠蛮力。"

乡亲想象不来，林东平解释："就像瞎瞎（hāhá，就是鼹鼠）打洞，机器开进去往前钻，后面直接用钢筋水泥箍住了。"

"这么大的洞，有水装吗？"

"装一部分人畜吃水足够了。"

乡亲们还是想不来，有人心里说林东平吹死牛皮。林东平电话响了，是后贵生的。

"东平，告诉你好消息。"

"啥好消息你不要卖关子了，赶快说。"

"引洮前期工程四五月开工。"

"你们单位参加？"

"那当然，不然就不告诉你了。"后贵生嘿嘿地笑着。

林东平急切地问："你还想得美。引水隧洞哪些单位修建？"

"这是前期工程，主体工程要招标，有多个单位联合修建。"

林东平打开免提，乡亲们听到消息后兴高采烈对未来的生活充满希望。

"工程量大，难度高，得好几年，要耐心等待。"他怕乡亲们着急就说。

"等了几十年，几年算啥？只要入土前喝到洮河水这辈子没白活，值了。"

林东平没想到黄土儿女这么乐观，很受感动，他更爱家乡了，他一定要尽快掌握知识，投入到引洮一线去，这样，他学才没白上，才没辜负老师和乡亲们的培养和希望。当然，乡亲们还不知道他正读研，学的就是引水的专业。

引洮基础工程开工时间已确定，林东平晚上给秦教授电话说了后，自己激动的心早按捺不住，提前两天也就是正月十四回到西安。

正月十五，赵厅长和王厅长来看望秦教授，林东平、白灵正好也刚过来看望。

"秦教授，我们把九甸峡水电站建设的有关资料给您留一份，您有时间了审一下，以便及时指导我们的工作。"王厅长说。

"谢谢你们对我的信任,等我们看完了再回话。"

"十分感谢!"王厅长说。

"老师,您多注意休息,不要熬夜,有啥事就让东平代劳,他熟悉那边的环境。"

"好啊,但愿咱们能为引洮事业做点工作。"

"秦教授很谦虚,以人格魅力征服人心。"出门后王厅长对赵副厅长说。

"是啊,视学生如子,学生待之如父,这本是理想状态下的师生关系,但老师身上确实如此。"

"能遇到这样的教授,你幸运啊。"

"不是幸运,是幸福!"

客人走后,秦教授把资料交给林东平,说这是引洮人的心血凝成,让他当教材仔细钻研,拿不下来就和同学讨论,再拿不下和林西平交流,最后由秦教授把关,秦教授还不能确定,再联系国内专家共同讨论,秦教授说这是甘肃的一件大事,关乎陇中几百万老百姓的生活前景,也是中国水利工程建设的一件大事,可以为水利工程建设提供新的数据,必须做到科学、精准、实用。

林东平拿上资料,好像拿着沉甸甸的黄土,他准备花大量时间学习、钻研,一定给故乡交上一份圆满的答卷。为了陇中干旱地区人早日吃上洮河水,林东平废寝忘食日夜利用空闲时间,反复阅读材料,刻苦研读资料,他一面结合在野外实地考察的经验,仔细与资料印证,了解资料的优点,也尽力寻找不足,他认真记笔记,记录了厚厚的几本,他有疑问主动和上研的同学讨论,和其他教授交流,和林西平讨论,林西平不能确定再请教他的导师。

林东平花去两年的时间把内容整理得有条有理,然后请教秦教授,秦教授对林东平他们提出的问题也不完全掌握,他利用人脉和北京的师兄讨论,和陕西、四川、深圳、江苏、甘肃的专家反复讨论,为引洮工程进行积极而艰辛的准备。

四十七

西北的五月，云朵漂浮在蓝天上，就像大师画布上的画儿一样漂亮。

机器的轰鸣声唤醒了古老的渭水源头，引洮前期工程展开，从这里开始修建引洮专用公路，四乡八村的人跨过山坡梁峁步行几十里来看，现场礼炮阵阵，车声隆隆，人山人海，万头攒动，好一个五月，好一场建设盛事：这里开始了一场惊心动魄的人类改造自然的活动，人类为生存而不屈奋斗的伟大活动。

工程的第一步就是为大型机器进入开辟道路，铲车、挖掘机、推土机的铁臂铁嘴把山崖撕开道道口子，机器与山崖相碰的声音惊天动地，腾起的土雾直冲九霄，红色的机器后面吐出道道十几米宽的长龙。头戴黄色安全帽的工人，忘我劳作，汗流如洗，经过近一年的劳动，打通基础道路，大型装载车、印着砼字的搅拌车进进出出，工地职工宿舍开始修建，后贵生在监理组，头戴白色的安全帽出入工地。

"东平，你猜我在哪里？"

"天上吧？"

"嗯，对了，就在大山的额头上。"

"别胡说了，在干啥？"

"在九甸峡。"

"引洮工程开始了？"

"早开始了。"

"你坏蛋咋没说？"

"说了，你又来不了。"

"我可以早高兴呀！"

"工地上注意安全，兄弟！"

"我是白帽子，比黄帽子和蓝帽子安全多了。"

云
阳
之
舞

"监理也要深入一线，你没经验，安全第一。"

"工龄快两年了，没问题，你来了，我可以给你当技术顾问。"后贵生还是咧开嘴嘿嘿地笑着说。

"假期来吗？你看看白帽子进工地的神气吧。"

"根据工程进展多拍照片，这是一手资料，对我们很有用。"

"你不说我真忘了，还是读研人眼睛毒。"

"我不能来，但心早在洮河的峻岭里飞着。"

林东平很兴奋，与后贵生通完话就往家里打，没人接。

"大，家里好吗？干啥活？"晚饭后电话通了。

"种豆子，铺地膜。"

"我妈腿疼松了没？"

"能受住，庄稼人嘛。"

"大，叫我妈一块听。"

"东平，有喜事，谈上对象了？"

"妈，没有。"

"山里没水喝，女娃娃跑光了，庄里尽是光棍，你上大学总容易找上吗？"

"妈，大，引洮开工了，洮河水吃上了我就找上了。"

"那不三十几了？那不把妈操心死？"

"妈，你没听清引洮开工了？"

"哦，我一急没听清。这是大喜事。"

"大、妈，把这喜事说给庄里人。"

和家里通完电话，林东平又打给后贵生。"好兄弟，今天忘了说，工程有进展了及时通知我。"

"有求于我了，才叫好兄弟？"

"嘿嘿，你不是早忘了叫我大哥吗，老岷县？"

"大哥说得对，大哥大哥万岁！"

"工作了，怎么变油滑了？"

"九甸峡的山风吹的。"

林东平和后贵生通完话，又翻看资料，翻看笔记。

"东平，甘肃省报社的同学发来信息，说九甸峡工程开始了。"

"祝贺吧。"

"怎么祝贺？"

"让我吻八遍。"

"你胆子大，看我不收拾你！"

"哈哈，不是高兴吗？"

"我知道，出来吃烧烤祝贺吧！"

林东平出去和白灵相会，他虽吃饭了，但还是吃了好多，因为心情特好。吃完饭，两人牵手压马路消食，他要把白灵送到宿舍，但她还不愿让同事看见他们的交往，在拐弯处，他站着一直目送白灵走进单位，午夜时分，他不放心，怕白灵遇上坏人。白灵进单位门了，他兴冲冲踏上回学校的路。

林东平一睡下很快入眠，他梦见自己在九甸山上看着洮河，风吹在脸上如刀割，后贵生连月在野外工作，脸色黑如木炭，手背皲裂，手臂闪黑光，整个人像黑熊一样，一路陪着他，一路说怪话，突然后贵生不见了，一个美女款款走来，是白灵，她温柔的小手牵着他的大手，跟他到九甸峡采访工人，工人都在看他俩，有打口哨的，有乱喊乱说的，他很难为情，一会儿白灵变成了妈妈，担着清清的洮河水，笑呵呵地往家里走，门口突然遇到两个陌生人，一人一桶把水夺过去喝个精光，还抹着大嘴哈哈地笑着，妈妈睡在地上哭得很伤心，他大听到后拿着棍子跑出来，突然惊叫道："大哥，三弟，怎么是你们？"

林东平吓了一跳，醒了过来，他明白这是黄土儿女对水渴望的潜意识又在觉醒。"梦常常是反的，洮河水到云阳大有希望了。"林东平想罢，又甜甜地睡去，一直睡到天天起床的时候。

林东平每天打电话了解九甸峡水库的修建情况，他真希望马上放假好到九甸峡看看，结果一向饭量很好的他没胃口了。

云阳之舞

"东平，你身体没啥问题吗？怎么这个月瘦了？"白灵周末关切地问。

"没事。"林东平施展肌肉柔韧的胳臂给白灵看。

"别逞能，到医院看看吧。"

"到九甸峡转一圈就好了。"

"小坏蛋，原来想九甸峡了，你爱它超过爱我。"

"说对了，你是我的第二情人。"

白灵用拳头打林东平的背，他鼓足劲笑着让白灵打。

"这个假期陪我上九甸峡看看，如何？"

"看你的表现。"

"这个表现合格吗？"林东平在白灵额头轻轻一吻。

"不算，你真滑头。"

热恋中的女孩说不，往往是说是。

"好好准备采访题目，不然你怎么跟我啊？"

"女孩跟男朋友都要找理由吗？"

"不信，看你如何对付粗野的工人呢？"

"到时看本记者的手段。"

四十八

六月下旬气温已经升高，列车经陇海线向西穿过秦岭隧洞，经过天水时夏天的庄稼已收完，开始点种蔬菜，到云阳地界，小麦满川满川的黄，秋庄稼满川满山的绿。这一年三四月下了两场透雨，间歇还零星的下了几次，旱情比上上年明显减弱，庄稼抓住机会拼命疯长。黄土高原土层厚土质肥沃，只要不缺水，庄稼会长得很好。

白灵第一次到甘肃来，看着车窗外时而飘过的山梁、川地、沟渠，看着黄土高原上或黄或绿的庄稼，她感觉熟悉又陌生，中国的山区有很多的相似性，不同的是黄土高原比她老家的平均地势高。她睁大眼睛好奇地看着，想象着书上对古代丝绸之路的记录，但眼前根本没有骆驼。

"离河西走廊还远得很，离沙漠戈壁还远得很，咱们这次见不上的。"

"还是省省劲，为上九甸群山做准备吧。"

云阳站到了，白灵跟林东平出站时仔细向四周看着。

"云阳县火车站比我们老家的车站要大要阔气些。"

"是天水到金城之间最大的车站，是陇海线的交通枢纽。"林东平吹嘘了一阵。

吃绿绿的云阳烧鸡粉，白灵感觉口味还不错。吃完烧鸡粉，他两个坐上去渭源县的班车，摇摇晃晃两个小时，到了引洮专用公路，工地派司机等着，黑脸的后贵生也在车上，他是专门负责接林东平和白大记者的。专用公路虽然是土路，但很宽敞，司机加大马力，车后惊起的土雾拖着长长的尾巴在紧紧追赶……

到工地住地，白灵让后贵生领路直接和工程负责人见面。她要了解工程的进展，负责人告诉她，道路全部完成，用水用电工程进行了三分之二，所有工程预计明年四五月全部完成，她感谢负责人和工人的无私劳动。

白灵通过负责人联系到技术人员，在工地办公室分别采访了他们，了解工人的作息与生活、工作的难点和遇到的问题等等，她专心进行对话，林东平帮她录像。

"大哥，你装啥蒜？"后贵生偷偷问。

"没看到帮大忙吗？"

"不像，纯粹是掩人耳目的。"

"鬼精灵，是你嫂子，总行了吧？"

"这还像个秧歌。"

采访完技术人员，白灵戴上白色安全帽让戴红色安全帽的负责人陪她到现场采访工人，一路去的还有后贵生、技术员、林东平。

云
阳
之
舞

林东平才发现当记者就是要些手段，如果他和白灵直接去工地，不被工人起哄、欺负、笑死？白灵自自然然完成了采访工作，得意地看他一眼，又被跟在后面的后贵生偷偷看见了。

六月天气，海拔两千多米的地方谷风嗖嗖，掀动白灵的长裙，她感到有些凉意，而人们出力劳作，脸上是汗，还有脏手印。林东平他们感受到了劳动者的坚韧和奉献，由衷对他们表示敬意。

晚上负责人安排白灵住在洮阳县城，后贵生要和林东平好好说话也住在了城里。负责人在洮阳饭店为白灵和林东平接风，作陪的有后贵生等人。

吃完饭后贵生出去接电话再没进来，白灵要看洮河，林东平陪着她。在河边的一个湾里，白灵看到两个人背对他们而站，凭女人的直觉，她知道是后贵生和女朋友，她偷偷给林东平说了。

林东平在宾馆里等着后贵生，十一点多的时候后贵生哼着"哎——三月里桃花开，姑娘哪达来？四月里牡丹开，妹子洮河来。五月里荷花开，妹子妹子亲个嘴。哎——"进来了。

"呵，兄弟就这样为老哥行地主之谊？"

"嘿嘿。"

"老实交代和谁亲嘴？"

"胡唱的，我给人家带了件东西。"

"东西是你吧？"

"不是啊。"

"还狡辩，河湾里和你在一起的是谁？"

后贵生只有老实交代："是洮阳幼儿园的老师，刚见了几面的女朋友。"

"怎么认识的？"

"一天早上不上班，我在洮河边瞎转，听到谁在练声，声音像洮河水一样柔细、好听，一直往人心里甜，我忍不住，就学她唱了几句……"

"就认上茬了。"

"嗯。洮阳女儿说话软绵绵的好听得凶。"

"两地不方便，以后咋办？"

"金城私立幼儿园找个活干。"

"啥时结婚？"

"再了解一段时间看，反正我一直跑这儿。"

"那就给丈母娘准备礼钱吧。"

"大哥，那位记者真是嫂子？"

"你说呢？"

"像，又不像。"

"你说得对。"

白灵准备到金城看看舍友，顺便到刘家峡玩玩，林东平也想看看刘家峡水电站，于是告别后贵生等人坐车去永靖县。

半天时间的山路弄得晕乎乎的，到了刘家峡大坝前，白灵拍照片，林东平仔细看大坝结构，各有各的专业。

然后坐上游船往里而去，碧水万顷，船行在水上就像钻进碧玉里，就像航行在大海上，白灵激动得大声喊叫，声音全部被水波吸收了。正好对面一艘游船过来，她向他们招手喊叫，感染得全船的人也招手喊叫，对面船上的人也是这样。

刘家峡水库和大坝虽是上世纪五十年代开始的作品，但林东平感受到了中国水利工程人的智慧，心里为他们自豪；当然，他渴望九甸峡水库早日破土动工。

转到金城，白灵舍友请白灵和林东平吃金牛牛肉面，吃手抓羊肉，第二天上白塔山、南山，从北面南面先后看了金城全貌和母亲之河。金城玩了两天，坐班车回到云阳县城看了鼓楼，又坐顺车到了家。

"大、妈，我们回来了。"

"叔叔、阿姨，我是白灵。"

林东平大和妈为儿子带女朋友回来，高兴得仿佛年轻了几

云阳之舞

岁，赶快杀鸡做好吃的。

山里的鸡不是圈养，鸡自由活动，健康，肉瓷实；而鸡场里的鸡缺乏锻炼，肉经不起大煮，就像煮熟的洋芋一样没骨力。林东平家的鸡肉是好肉，可没好水煮，泉水碱重，煮出来失掉了两分真味。不过，白灵还是吃出了山里鸡肉的独特味道。

白灵用泉水洗脸，感到手干脸燥，她拿着擦脸油，能对付。呆了一天，让白灵不能适应的是吃不惯泉水，吃了饭喝了水，肚子咕咕噜噜，胀得难受，尽管上厕所。他给林东平说了，他说坚持两天就习惯了。第三天，还是那个样子，白灵尽管放屁，难为情得很。林东平带她到林子里活动，她在离开林东平的地方排空了肚子里的气，好受多了。

"我爷爷看上了这片林子，就在这里安了家。摘野杏子、野李子、野梨儿很方便；我爷爷年轻的时候，林子里有马鹿、野鸡、野兔、狐狸、獾子，可以打猎，有一种体型较小的野鸡爱'嘎啦嘎啦嘎啦'地叫，声音比歌唱家的高亢、好听，响遍沟前沟后山里山外，一直响在我儿时的梦里，如果运气好，你哪天能听到的；林子里还有狼哩，我爷爷说'二月二，狼下狼儿子，三月三引上山，四月四引到羊伙里试一试'，狼繁殖快、胆子大。靠山吃山，林子养活人很方便。我小时候，树木品种繁多，柠条、酸刺茂密，人不好进去，整个林子望不到边，一个人不敢进去，怕被野物袭击。现在连续大旱，树木死了许多，林子小多了，野生动物不知跑到哪里去了。"

"现在还不错的，环境清幽，你听那鸟声。"不知名的山鸟啼叫着，似乎在欢迎新主人。

"走，再往里走走。"

"好的。"白灵跟上来。

走着走着，一股激情从血管里奔涌，两个人不自觉地搂在一起，拥抱、轻吻，在树荫下草丛中蝴蝶般起舞、旋转，舞了个天荒地老……

吃了晚饭，白灵肚子又胀满气，差点熬不到回房子的时候，她在被窝里偷偷地一个劲地排气，白天她不敢多吃，只吃平时的一半。

"我要回去，实在不能适应这里的水。"

林东平把白灵送上去西安的火车，又坐班车到渭源县，坐顺路的工程车到了九甸峡。他不怕吃苦，在工地上帮助技术员设计、记录数据，检查施工的失误等等，一个暑假他是在工地上度过的，胳膊和脸明显黑了。

林东平明年暑假研究生毕业，工地负责人送别时他说假期一定来引洮工地劳动锻炼。

四十九

引洮的前期工程有条不紊地进行，工程包括专用公路、施工用电工程、施工用水工程、场内临时道路，导流隧洞工程、跨河交通工程等，四月下旬已进入尾声阶段。

与此同时，水利部紧锣密鼓地组织秦教授和其他全国的专家们反复讨论大坝修建的最佳设计方案，经过严密地论证，最后确定采用混凝土面板堆石坝的方案，这种方案造价低，施工快。150米以下的面板堆石坝技术已经成熟，九甸峡水电站的大坝设计133米高，所以专家建议运用面板堆石坝。甘肃电投九甸峡水利枢纽有限责任公司正为采用哪种方案举棋不定时，王厅长把秦教授等专家的施工建议传来了，公司负责人万分感谢，积极采纳。

林东平每天坚持晨练，五月六日早上他正跑步时接到后贵生的电话："大哥好！咱们老师提出的设计方案通过了。"

林东平回宿舍胡乱洗完脸，到餐厅三几口吃完早餐，兴冲冲地去秦教授的办公室，他忘了这个时间秦教授还没来，他到教室

云阳之舞

默默背英语单词，英语始终是他的弱科，八点半他又找秦教授，秦教授刚来，他大病后坚持走路上班，脸色红润，气色不错。

"早上好，老师！"

"早上好，东平！"

"老师，好消息，九甸峡水电站主体工程建设，采纳了您的方案。"

"是大家讨论的结果，不是我个人的。"

"是老师您出面联系教授们讨论确定的。"

"嗯，主要是水利部和甘肃省上领导牵头，国家政策好。我现在把好消息通知他们，让大家分享快乐！"

"谢谢您，老师！我回去了。"

"秦教授，谢谢您！引洮的龙头工程确定六月份开工。"林东平要走时，王厅长打来电话。

"祝贺！你们一线人员辛苦了！"秦教授说。

"有你们专家支持，我们就有了底气，希望您继续关注工程。"

"只要为干旱地区的百姓能出点力量，我们很乐意，预祝工程马到成功！"

"谢谢教授，您保重！"

秦教授接完电话得意地看着林东平，林东平和老师都沉浸在快乐中。

"东平，多到施工现场学学，能帮就大胆去帮。"

"为黄土儿女能改善生存条件，我一定铭记老师的教诲！"

"小伙子，为你的理想拼搏吧！"

"感谢老师对我的鼓励。"

"哦，我忘了没问，你和白灵交往没？"

"老师，正交往。"

"我阅人无数，看你们两个很般配。"

"很对，白灵情商很高，是个好女孩。"

"那好好交往，说不定你成为你师娘的干女婿。"

"我也很希望。"

"那努力吧，年轻人。"

"就是……"

"就是啥？"

"我回不去，我大我妈没人照顾，我纠结着。"

"好办，带过来，西安房子便宜，早做打算。"

"就怕住不惯。"

"秦岭水好喝，慢慢就习惯了。"

六月份，林东平兴致勃勃地到陕西水利工程有限公司去报到上班。新年过后的一天林东平正睡午觉，后贵生打来电话。

"九甸峡水库和引洮第一期工程正招标。"

"招标单位有哪些？"林东平关心地问。

"工程队实力雄厚，有山东的、四川的、江苏的、深圳的、陕西的，还有中铁的，单位多得很，我给你就说我记住的几个。"

"那好，有进展再通知我吧。"

"好的，我开会了，挂了。"

一连两天后贵生没来电话，林东平心如热锅上的蚂蚁实在着急，第二天晚上，他终于打来电话。"整整开了三天会，角逐激烈，设计单位、承建单位、监理单位三方最后完成签约。九甸峡水库主体工程由甘肃省水利水电勘测设计研究院设计，由甘肃电投九甸峡水利枢纽有限责任公司承建。"

"引洮隧洞、暗渠、渡槽等重大工程由山东的、陕西的、深圳的等水利工程队承建，还有中铁总局和下设的分局等铁路建设单位参加联建。"

"不知林西平他们参加不？不知道陕西水利工程有限公司参加不？"林东平心想。几天后得知陕西水利工程有限公司在招标中获胜，承建引洮一号隧洞——豹子岭隧洞，这把林东平高兴坏了，他卖力工作，主动向公司提出派他参加引洮工程建设。公司

云阳之舞

前几个月派出部分人员和设备开辟住地，他作为技术员随后续人员在冬天上工地。

焦急地等了几个月，林东平要上工地了，出发前兴致勃勃地去找白灵。

"灵，我要钻山去了。"

"想到风吹雨淋日晒，你会变成黑人，我真舍不得你去。"

"大丈夫学有所成就要有家国责任。"

"我懂，只是怀有私心。"

"我走了，你要照顾好自己。"

"我会的，你放心去吧。"

林东平和白灵去告别秦教授。"老师、师母，我要到引洮工地去，您二老要好好保重。"

"有何感想？"

"老师，我十分兴奋，所学可以放手实践了。"

"替我完成这一伟大的工程，我很想参与，身体受限。"

"老师，我一定好好工作，不负您的教导。"

"东平，一定注意安全。"秦夫人说，"你俩的事发展到哪一步了？"

"师母，我准备过年结婚，还没给白灵说出口。"

"灵子，你们相识四年了，该结婚了，你说呢？"

"干妈，我现在可以答应东平。"

"那喜上加喜，秦川也准备过年结婚。"秦教授说。

"东平，你去吧，事情我们帮白灵准备。"秦夫人说。

"谢谢干爸干妈！"林东平感激地说。

"好孩子。"秦教授不由搂住林东平。

"应该是好女婿。"秦夫人说。

"好女儿，好女婿。"

"干爸、干妈、灵灵，我把工资到时都寄过来。"

"我们还有点积蓄，可以拿出来。"秦夫人说。

"干妈，我哥留学花费大，留给他结婚吧。"

"儿女一样，父母一定要出点血嘛。"秦教授开玩笑。

"干爸干妈，我挣了四年工资，够了。"

"我准备礼钱，咱们旅游结婚怎么样？"

"新事新办，旅游结婚好，可以花钱出去看看嘛。"秦教授为林东平打气。

"让我哥我嫂子也旅游结婚，我们四个一块去热闹，还相互有个照应。"白灵提议。

"好主意，我和秦川商量，让他过了丈母娘的一关。"秦教授笑着说。

大家也笑了，情绪更加高涨，热烈讨论，认为旅游结婚省了请客待客的程序，节约时间，便捷，花钱还能开阔眼界，一举多得。

"灵灵，你要提前给你阿达阿妈说一下。"

"要不，咱们明天就去一趟广西？"

"你要为上工地做准备，时间紧迫，结婚时咱们再去。"

"这礼上大不通啊。"

"刚说新事新办，你又说礼。我阿达阿妈来西安后像变了人，对弟弟妹妹上学很支持，他们三个考上大学后，他俩很高兴，心劲很大，并且说干一天活不知道累。"

"人就是活个精神，你阿达阿妈就是这样。"秦夫人说。

"真是这样，村民对我们一家出了四个大学生很羡慕，他们说房子修得再好，不如出个大学生，我家还是旧房子，我阿达阿妈却精神得很。"

"这三个娃娃哪里上？你看我这脑筋。"秦夫人说。

"白娟广西师范大学毕业后申请到大山深处工作，白霞杭州电子科技大学上大四，白波南京农业大学上大三。"林东平说。

云阳之舞

179

五十

后续施工队员一部分人坐火车到云阳火车站下车，再坐汽车到九甸峡豹子岭隧洞工地，其他人跟随部分大型机器走公路。

林东平常年坐火车，觉着没意思，跟随车队走公路。他们是天不亮出发的，出西安再经宝鸡，进入隧洞，公路比火车路低，在隧洞之间的空隙看秦岭更加高，石山上是层层叠叠的松柏和枯草，也有人家瑟缩在闭塞的山里惊奇地看着过往的汽车。坐汽车经过隧洞比坐火车舒服，火车速度快，过隧洞对人耳朵冲击力强，人感觉很不适。林东平发现慢有慢的好处，过完隧洞到天水地界，和火车上看到的差不多，他干脆闭目大睡，把时间交给司机和汽车。

六点离开单位，到工地时已经下午，工地临时宿舍是一排排的蓝顶白墙的彩钢房，由打前站的同事修成，水电都已经接通，大灶也建好，施工人员能在这里生活、工作。

林东平在工地的第一顿饭是包菜粉条辣椒茄子馍馍菜，到处的大灶饭就是那个样子，林东平不挑饭，吃饱后躺在他的床上静静地感受着环境，集体宿舍人多、吵闹，烟味、汗味、脚臭味浓，地上烟头、污水随处是，卫生条件真不好。

晚上，林东平听着山风在山上俯冲到峡谷里向狼一样嚎叫着，四处游荡，一股没停又一股接上，人少了真不敢在这里住宿。这个季节，西安稍微温暖，云阳县气温明显低几度，九甸梁上白天冷风刺骨，晚上更加寒冷。

林东平紧裹被子，他克制自己想早入睡，但很难，外面山风吼叫，里面有人打呼噜，有人咬牙齿，有人说梦话，有人放响屁，不知什么时候，他睡着了，但有人起来撒尿，撒在脸盆里叮叮当当地响，还夹杂着放屁的声音，林东平想这人咋驴一样，但又想没办法文明的，因为外面的冷风让人怎么出去解手呢？环境就这样，人人得工作，得挣钱养家糊口，看样子上工地的第一课就是适应住宿环境。

前两天的工作是熟悉工作环境，项目部和安检处的负责人主持职工大会，将注意事项再三叮咛，要求上下班统一行动，守时守信，特别强调进入工地要穿工作服，戴安全帽，安全重于泰山，违反者轻则扣工资，重则赶出工地。最后膳食科的也讲，要求大家克服困难，发扬艰苦奋斗勤俭节约的劳动风尚，林东平听出就是让大家口放泼吃饭不要挑剔这个意思。

新职工必须要有师傅带一段时间，单位领导给林东平派的是安师傅，他为人粗疏，爱喝酒，酒量不大，喝醉了一句话能说两三个小时，人人叫他安泼烦；还爱抽烟，烟瘾很大，再硬的烟能抽住，再低劣的烟不嫌，工人又叫他安不嫌。但他技术过硬，领导想让他把林东平很快带出来，为工程挑大梁，因为单位研究生很少，林东平是研究生，是秦教授培养的最优秀的学生之一，单位领导对他抱有很大希望。

林东平曾跟秦教授多次到过一线，他对环境早熟知，第二天转了一圈就躺在床上看书。看了几页，电话响了，是山东号码。

"喂，你是哪位？"

"柳六宝。大哥，你在哪？"

"你在哪，六宝？"

"你们甘肃。"

"我在九甸峡，你啥时到这边的？"

"今天刚到。"

"你在哪里住，我好找你？"

"还是我找你。"

他正猜想柳六宝在哪，后贵生打来电话。"大哥，在工地等着，我就过来了。"

林东平正要找后贵生去看柳六宝，就等后贵生。二十多分钟，后贵生来了，还有一个人，林东平睁大眼一看赶忙跑出去。

"你咋早没给我打电话?"林东平轻轻擂柳六宝一拳。

"大哥!"柳六宝笑着抱住林东平,眼里是泪花。

"大男人还流泪?"后贵生嘿嘿地笑着。

林东平仔细看柳六宝,黑了、胖了、肚子微微挺起。他们刚在林东平的床上坐稳,林东平的电话又响了。

"喂,西平在哪?"

"你们项目部办公室。"

"啊呀,今天怎么了,遇上这么多喜事。"

三人向项目部而去,后贵生开着单位的车,他开车很野,林东平让开得慢一点。"又不是金城,开那么温柔干啥?"

新手开车就是冒,林东平再没说啥。一阵烟的时间,奔在镇子上,项目部就在这里。进了办公室,林西平端端正正地坐着,一看到他们,就迎过来。

"没想到在引洮工地见面吧?"林西平说。

后贵生和柳六宝三年多不见林西平,他更白净、更英俊了。

林东平看项目部的住宿条件比工地好,人少,位置低暖和,在镇子上生活方便。项目部主任说:"欢迎欢迎,你们老同学一定要为引洮贡献智慧啊。"

"我们是学习来的,主任多关照。"林东平说。

"一个是清华的在读博士生,一个是陕西名校的研究生,一个是山东工程队的技术员,一个是甘肃省水利厅派出的技术员,领导早了解你们的背景。"

"我们还缺乏经验,主任,但我们会尽力的。"

"相逢就是有缘,今天就在这里吃顿便饭,算为你们四个接风洗尘吧。"

"谢谢主任,我们几个还没一起看九甸峡里的长龙,想拍一张合影。"后贵生说。后贵生开车,朝九甸峡而去。车停在半山腰,他们向山顶攀登,林东平林西平在前,柳六宝在后面,他由于胖明显吃力,超过三千米高度,四位年轻人留住脚步,离顶峰还有几百米，山顶积雪明亮，冷风刺骨，看洮河被山夹在中间，像龙一样大发脾气腾转身姿，但山的铁钳丝毫不肯放松，龙只有咆哮怒吼。猎猎大风，吹乱他们的头发，他们要的就是这种挑战青春的效果。老同学在九甸峡峻岭相逢，是人生大快之事，面对洮河合影，背对洮河合影，这是对闪光人生的记录，也是对一段新的征程的记录。

坐在山坡放眼望去，对岸山峰比肩而立，云天茫茫，俯视工地，车小如蚁。林西平大声呼喊，声音只在耳边，他太爱山了，他心里给自己说等博士读完要上西藏，看看雪峰。

四位齐声呐喊，声音脆弱，消失在茫茫山河，山河如此俊美，只有水利工程人才可以与美零距离接触。恋恋不舍下山，回到车上，后贵生开车飞奔，到哪里去只有他知道。车到了洮河畔洮阳城，他约女朋友来见他的大学同学。

五个人，四男一女，在洮阳饭馆由后贵生做东，与老同学欢聚，后贵生开车不能喝酒，柳六宝就不喝了，大家以茶代酒为共同的理想——早日把洮河请上山，请到陇中干旱地区的千家万户——干杯。

妙曼青春再相逢，追梦的岁月让老同学相会洮河边，有洮河的波涛作证，有洮河的花儿作证：

哎……二月里花开红艳艳，有情人儿相会洮河畔。

哎……三月里花开赛牡丹，洮河你这情人快上山。

……

哎……十月里菊花烧火焰，云阳的锣鼓喧上天。

哎……腊月的梅花似朱丹，黄土的儿女笑开颜。

五十一

后贵生的女友一开嗓子，声音如丝如线萦绕在洮河上，和静静的水波相融合，大家听出了她嗓音的干净，这是纯粹的柔美，是做不出来的噪音。林东平他们四人不知道怎样从她细柔的噪音里挣脱开来的，也不知道谁先从洮阳城的热土上抬起脚先走的，应该不是后贵生，绝对不是他，因为引洮使他和洮河女儿牵手，他皮肤那样黑、那样粗，声音那样破、那样钝；她皮肤那样白、那样细，声音那样甜、那样柔。爱情不需要理由，往往是一种互补；缘分是一种不理性的感觉，超越一切缺陷。

等后贵生把老同学一个一个送到宿舍时，月亮在中天偷笑人间，把清辉洒向洮河，洒向工地，透过窗口轻柔地抚摸劳动汉子的睡姿、美梦和关山之情。

林东平来到工地的第三天就是十一月二十二日，这是个庄严的日子，十一点四十分，甘肃省委副书记宣布引洮工程全面开始，在场的还有定西市委书记，辖区几个县的县上领导。当时彩旗猎猎，礼炮齐鸣，彩球飘飞，锣鼓喧天，人山人海。整个工程汇集了国内的许多明星工程队，许多一流水利工程人。林西平所在的中铁总局承建老虎嘴隧洞，柳六宝所在的山东水利工程有限公司承建野猪坡隧洞，中铁十九局承建野狐崖隧洞。

后贵生当监理技术人员，坚守在九甸峡水库已经四年。前期基础工程四年前的夏天开建，为引洮工程拉开序幕，去年夏天九甸峡水利枢纽主体工程大坝、厂房、引水发电洞、泄洪洞、溢洪洞先后开始施工。

九甸峡水利枢纽工程是引洮的龙头工程，只有把龙头工程先修建好，引洮一期工程才能跟进，林东平、林西平、柳六宝所在的工程队承建的是引洮一期工程，属于引水主干渠，是开建工程里的重要部分。

此后的日子虽然寒风呼啸，或者雪花飘飞，而引洮工地车来车往，机器轰鸣，热火朝天，半个世纪的追梦工程全面启动，整个工程分段进行，各个工程队同时展开，这是一场伟大的合作，是一场科技对自然的改造。

后贵生更加高兴，有这么多工程队联手，解决家乡吃水困难问题的速度大大加快，还有三个老同学的来临打破了工地上寂寞的生活，说实话，四年的时间真不容易，山里吃菜不容易，洗澡不方便，冬天受严寒，夏天遭酷热，这些是可以克服的，因为选择了这个职业，他事先有思想准备，不管怎么说，有固定的工作，比打工飘来飘去强得多。但最大的挑战就是寂寞，长期困在山里更加想家，更加怀念大学时代，他寂寞了就跑进山里死命地乱吼花儿，他根据腔调自由填词，还真吼会了不少花儿，就是这花儿让他在洮河边获得爱情，他心里有了寄托，休假了就去和女友约会，唱歌、漫游充实了他的日子。但是工作要严格遵守时间，不休假不能去会友，现在好了，有三个同学来，住的不太远，他可以经常找他们，或者找柳六宝，或者找林家弟兄，或者约三个人玩，年轻人精力旺盛，总要有事干，闲下来他和同学在一起聊天、吃饭，了解班上其他同学的状况，寂寞因重逢彻底远去，他很开心，工作更有精神。他泡在同学群里，把女朋友有些疏远，打电话少了点。

"贵生，这几天怎么成老鼠的尾巴不见一点影子？你活着没？"女友有些意见。

"哈哈，是我不对，来了同学太高兴了。"

"那好，嫁给同学吧。"

"是几个男光棍，我向你负荆请罪好不好？"

"这把大学生的人不是丢了？"

"啥大学生，长期打工人，不，是打工仔。"

"说的比唱得好听。"

"那还是你唱得甜，把人的魂留住了。"

"魂丢山上被工地美女捡到了吧？"

后贵生笑，那边女朋友笑，他不打招呼，去见女友。三位同学来找他，扑了空。

"尕妹子呀你是神，啥时是我的人？""哥哥哥哥你莫急，心急豆腐吃不成。"后贵生回来时一个人装男女对唱。

"贵生，昨晚洮河里洗澡去了？"第二天晚饭后林东平打电话。

"没，去了一趟家。"

"骗鬼去吧，岷县那么远能跑到？今晚来我这儿说话。"

"向大哥敬礼！"

一下班，后贵生去找林东平，去时林西平、柳六宝也来了。

"贵生，我们来了把你的美事有影响吧？"

"大哥，走遍天下同学最大。"

"昨晚没跪搓板吗？"柳六宝笑问。

"男子汉大……"

"男子汉大豆腐。"林西平抢着说。

"贵生，说实话，谈得差不多亲事就定下吧，不要拖了，人家姑娘不放心。"

"对对个，后黑炭。"林西平柳六宝戏谑后贵生。

"休假了，把女朋友带上咱们到你家玩一趟。"

"大哥，我家破烂，人家洮河边长大的去吗？"

"她早不知道你的底细？"

"知道，但她家里人还不知道。"

"先让她告诉家人，你先拜访准丈人丈母娘。"

"我这么黑……"

"好歹是985毕业的，你自卑啥？"林西平插话。

"985还是本科，人家也是本科。"

"关键是女朋友喜欢，其他的不重要，胆子放大去。"林东平说。

"万一赶出来咋办？"

"有女朋友在，可能性不大。"林东平继续分析。

"万一赶了，你在门外跪上一天，你丈母娘就心疼了，女人心最软。"柳六宝开玩笑。四个人都笑了，说好让后贵生先去女朋友家。

工程有序进行着，爆破和钻车打钻都采用，爆破声不时打破群山的静寂。

有时钻洞进度快，一天几十米，有时很慢，一天几米甚至几厘米。施工选择冬天就是考虑夏秋遇雨多，停工多，影响大，特别怕遇到暴雨，不安全，冬天施工，天气奇寒，在洞中作业灰尘大，光线差，很艰苦，但工人们积极投入忘我工作，处处是沸腾而感人的劳动场景……

五十二

为了丰富职工的精神生活，工地设有乒乓球室、足球场、篮球场，林东平、林西平、柳六宝的到来为工地注入了活力，柳六宝个子小，爱打乒乓球，球技不错，加入乒乓球队，林东平林西平加入篮球队，超常的球技让职工惊叹，他俩给爱好者进行专业培训，大大提高了职工的球技。林家兄弟，很快成年轻人的核心，周末有空了带球员到附近单位去打球，打遍四方无敌手，当年的黑白双煞活跃在工地，引领着水利工程人。

他们四位老同学各自在自己的岗位上尽力工作着，各施工工程队按照自己的承包段位有序地进行着，不论艳阳高照还是冰天雪地，工程没有停止，因为利用高科技的防寒技术，严冬对工程质量影响不大，从十一月底到一月中旬，机器依然在鸣叫，工地依然繁忙。

开局成功，两个月的劳苦换来过年的喜悦，各工地都放寒假了。林东平、后贵生、柳六宝三位约林西平到云阳县城吃饭，林西平已上博第二年，专业学得出众，导师派他在工地现场主动历练，并帮助工程人员解决一些施工问题，过完年他要回清华上课，所以三位为林西平饯行。

林东平点了云阳的家常菜，还给柳六宝、后贵生要了云阳家园酒，林家兄弟喝茶，两位喝酒，他俩工作已养成吃菜爱喝酒的

云阳之舞

习惯，野外大多时段寒冷，吃饭喝点烧酒可以给身体加热，就像煤矿工人常年工作的地方潮湿，他们为了排身体受的湿气寒气，就依靠喝白酒。

云阳家园是本地酿的粮食酒，度数大，麹味重，但喝时不上头，喝了口不干，喝醉容易过，云阳有几家酿酒的，但云阳家园品质最好，是一款很走俏的酒，外地朋友喝过的常托人到云阳带。林东平特意让两个老同学尝尝，两人起初没喝出真味道，喝着喝着，越喝越爱喝，不觉喝完一瓶，林东平说不要喝了，两位兴头高涨，又喝完一瓶才感觉满足。

第二天，柳六宝和后贵生给他们一人卖了两箱子准备过年大喝，一个坐火车回去，一个坐班车回去。林东平林西平在云阳火车站接上白灵，一同上山。林西平要在林东平家住几天，看望大伯大妈和三个姐姐，中午的时候红红的太阳照亮了山坡，三人下班车再步行到家里。

"大伯、大妈，身体好吗?"

"叔叔阿姨，我又来了。"

"啊呀呀，快进屋坐。"林东平大高兴不是一般，他妈更是。

几个人亲热地说东说西，大半夜还不想睡。

"西平，找对象没?"林东平在被窝里问弟弟。

"我还没考虑。"

"不小了，遇上合适的就先谈着，谈对象也是人生历练，是不可缺的功课，一次难成功，要总结经验。"

"等毕业了再说，弟弟妹妹上大学得花大钱，家里没积蓄。"

"菜价不好吗?"

"这两年不好得很，年轻人不种地打工去了，有的地都撂荒了。"

"多可惜，那些地不缺水，种菜不歉收。"

"是啊，走进村看到地里半人高的杂草让人心里很不好受，现在的人算的是经济账，传统的种菜时代已经远去了。"

"云阳人打工能理解，太乐的人也离开土地真还没想到。"

"时代在变化，人们的价值观在变化，大都看重眼前利益。弟妹和咱们就像两代人，他们享受得多。"

"你的责任不小，但成家是大事不能推了。西平，我准备过年旅游结婚，你看怎样？"

"给大伯大妈说了吗？"

"明天才要说。"

第二天饭桌上林东平说起他结婚的事。"家里办热闹。"林东平妈说。

林东平说和秦川约定一块旅游结婚，白灵在场，林东平大和妈听了，再没说啥。

林东平和白灵陪弟弟分别看了三个姐姐，和姐姐、姐夫、外甥们说了许多家常话。他带林西平、白灵专门看了泉水，水量明显下降，三人又在林子里转了一圈，特意提前给爷爷奶奶送了纸钱，因为这个年林东平要出远门。白灵在林子里仔细听，没有"嘎啦嘎啦"的声音，问林东平，他笑着说："冬天怎么能听到呢？"

白灵吃了泉水和上次那样肚子只产气，难受得不得了，吓得不敢吃东西，只爱大睡，硬撑了三天，一点没轻松。

"是不是怀孕了？"三姐偷偷问林东平。"姐呀，我们一起还没住过，是泉水不适应，上次就是这样。"

林东平送白灵和弟弟坐火车时硬给他俩各买了两瓶云阳家园，让过年招待亲朋。

要在年前赶到西安，林东平妈赶做了两床大红缎子鸳鸯被，姐姐给合买了两套衣服，林东平拿上时眼里热热的，他工作了还要亲人照顾，老小永远享受得多，他想起了林西平，他是家里的老大，肩上的担子不轻，他对弟弟充满无限关心。

林东平还到工地上时，白灵在他单位找过两次，她明明知道林东平不在单位，还是去找，思念让人往往爱遗忘。白灵看到穿着一身藏蓝色新西装下面绿毛衣红衬衫的林东平手里提着大皮包

云阳之舞

走出车站时，欢笑着奔了过去。曾两个月没见，她心快想烂了，见面了，她不适应泉水又先回西安了。

坐公交到了她们的新居——白灵租的房子。房子里打扫得格外干净，火炉把房子烤得暖烘烘的。

放下行李，白灵搂住林东平的脖子狂吻，她太渴望了，等不及了。一阵激情过后，白灵咯咯咯地笑起来，脸上是红晕。她给林东平泡茶、端上水果，林东平脱去外套挂在衣架上，两人围着火炉坐在凳子上互相瞅着，好像总瞅不够；拉着手，说着话，好像总说不完。

过几天，他们南下结婚的日子就要开启，今晚相爱的人儿就要住在一起，她要把自己完全交给林东平，他也要把自己向白灵全部敞开。

过了今夜，他就是丈夫，她就是妻子。白灵特意做了林东平爱吃的饭菜，两个头对头慢慢吃了晚饭，收拾了餐具。

林东平把白灵轻轻抱在自己的腿上，白灵仰过头看着心爱的人儿。

"还记得那次公园里吗？"

"怎么不记得？"

"你给我力量，使我活着回来了。"

"还有你家的林子。"

"嗯，给我们生命，给我们营养。"

"在林子里，我们相拥，我们跳舞，总让我难忘。"

"我离去的日子，让你受苦了。"

"是你在寒风中在黑洞中辛苦了，我在西安甜甜地回忆着我们相识和相知的过程。"

"生命总有奇迹出现，灵，你猜猜奇迹在哪？"

"在今夜，今夜无眠，一场大戏就要开幕。"

"谁是导演？"

"你我是导演，也是演员，来吧，我已经等了好久。"

"来吧，日思夜想的精灵。"

林东平把白灵款款地放在床上，一层层解去衣服，玉一样的肌肤第一次出现在他的眼前，让他痴迷，他呆呆地看着，欣赏着他的维纳斯。

"来吧，我是你的大地。"

林东平也解去衣服，露出铁块一样的肌肉。白灵痴情地欣赏着，这就是她一生的保护神。

"灵，你说得好，今夜无眠，我是你的天空。"

"你是山，我是海，山和海永不分开。"

林东平探身下去搂住白灵，白灵双手搂住他的脖子，一边那样柔滑，一边那样苍劲，刚柔轻轻相遇，相拥，亲吻，上演了一场对原始沃野持久的耕耘……

五十三

秦川回来了，还有他的未婚妻，林东平和白灵去看望他俩，秦川热情地在楼下迎接林东平和白灵。

"大哥，回来了？"

"回来了，兄弟妹妹可好？"

"很好，大哥。"

"感谢妹妹和兄弟，我爸身体已经恢复！"

"大哥太客气了，干爸干妈对我们付出太多了。"白灵说。

"大哥真不要客气，干爸干妈对我们的人格影响太大了，我们报恩来不及呢。"

"一家人就不要太谦虚了。"秦川未婚妻刘敏端了刚洗的水果笑着说。

"对，应该像你嫂子说的。"秦川说。

"嫂子好！"白灵林东平齐声说。

"兄弟和妹子好！"

"嫂子长得真好！"白灵说。

"三十了，哪有你好！"

"都不错，都是美女。"秦川开玩笑。

"大哥怎么这样说妹妹？"

"本来是嘛，小美女。"刘敏搂着白灵的腰说，"记者妹妹就是长得好，我是男的早就把你娶回家了。"

刘敏笑，三人笑，笑的涟漪溢出屋子，向四周传播。

"怎么这么高兴？"秦教授早晨散完步进来说，他后面跟着微笑的秦夫人。

"干爸干妈早上好！"

"女儿女婿早上好！"

"爸爸，爱女儿女婿胜过儿子儿媳了。"刘敏笑道。

"你们都是秦家的宝贝，现在四宝全了，咱们开会商讨大事。"

"老秦，不要急，让大家吃点东西再说。"

大家坐下说着话。"生命确实让人敬畏，爸爸患大病身体康复，妹妹采访遇大难平安归来，我每次想到心里都很激动，我是搞生命科学的，我对生命万端崇敬了。"

"干爸康复我们高兴，哥哥嫂子回来我们高兴。"林东平插话。

"这话我爱听，我还要到九甸峡看看水库。"

"老秦，又来了？"秦夫人心里说。

"和你俩将一路南下，我十分高兴，这是咱们的缘分。"秦川说，"咱们商量一下路线，先到广西，再到杭州吧。"

"哥，先到杭州嫂子家，再到凤山县吧？"白灵说。

"哥，白灵说得对。"

"我们商量好了，不信问你嫂子。"

"我们神往桂林山水早了，先到广西吧？"

"这样不把亲家冷落吗？"秦教授笑着问。

"爸，我出门习惯了，我爸妈也习惯了，我和他们早说好了，约定十五游西湖就行了。"

"多开明多善良的父母。"秦夫人说。

"妈，秦川给我介绍了白灵的经历，让人钦佩，所以必须先到妹妹家才合适。"

"嫂子……"白灵十分感动。

白灵和林东平第一次到西安过除夕。白天给干爸干妈去拜年，晚上回到自己的小窝。同时向父母电话拜完年，然后给同事和朋友拜，午夜的礼炮叫醒农历大年初一的时候，他俩并排站在窗口，看西安城上空闪亮的烟花，如生活般令人神往的烟花。

正月初二，约定南下的日子到了，林东平、白灵、秦川、刘敏坐上南下的高铁。转车到凤山县时白娟在汽车站等着。白灵看到在山里教书一年多的妹妹黑了，并且脸上有冻起的疙瘩，只是眼睛还那样清澈。她心疼极了，一把搂住妹妹，珍珠不由滚落。

"姐姐，没事，山里教书很好。"

"白娟，辛苦你了，姐姐知道你是很懂报恩的孩子。"

镇上下了车，白霞白波两个等着。"姐姐姐夫大哥嫂子，欢迎你们！"白霞一脸喜悦。

"我俩要到城里接，我二姐不要。"白波说。

"白波长大了，姐姐高兴。"

"老弟大学要毕业了，自然成熟了。"白霞说。

"你们三个都让我欣慰。"

"咱们别只顾说话，快给客人带路。"白娟提醒。

年轻人带着朝气和活力向山上走去，白灵阿达阿妈到半坡相迎。

"阿达阿妈吉祥！"林东平向岳父岳母鞠躬。

"干爸干妈健康！"秦川和刘敏也是鞠躬。

云阳之舞

喜得两位不知道怎么说话，只是搓手笑，被白灵抢到镜头里了。

"姐，结婚还不忘采访？"白霞笑大姐。

油炸馍馍端上来了，猪骨头端上来了。年轻人饿了，不再谦虚，张开大口开始收割，两个老人欢喜地看着，一口没吃。

"干爸干妈，我替我爸我妈给二老拜年。"秦川一人给一个红包，两人不要。

"干爸干妈，我们一家原本到这里认白灵的，我爸得病了就没来成，你二老不要怪怨。"秦川说着硬塞到两人手里。

"阿达阿妈，感谢二老成全我和白灵。"林东平掏出红线绑在一起的两瓶云阳家园，两叠仍用红线绑住的礼金。

两位老人死活不收礼钱，秦川说："收了吧，这是给弟妹示范怎么孝敬老人的。"

白灵阿达接住礼钱，抽了八张，把其他的硬塞进女婿的口袋。林东平又抽出二十张送过去："阿达阿妈，给您二老买上一套衣服吧。"

阿达笑着接住了，林东平给弟妹每人一个大红包，刘敏也是。

四人准备在白灵家挤着住，白娟说女婿第一次拜年不能留宿，晚饭后安排四人到镇上住在她提前订的旅店。白娟很有心，怕四人住不好，就这么做了。旅店里，白娟白霞白波陪姐姐姐夫哥哥嫂子说话。

"白霞，研究生毕业了有啥打算？"林东平问。

"怕回不来了，因为所学专业小地方没办法工作。"

"留在杭州吧？我可以帮忙。"刘敏建议。

"对，我和你嫂子可能就在上海工作，离杭州近，方便照应。"

"谢谢哥哥嫂子，到时再说。"

"白波，怎么打算？"林东平问。

"不上研了，回来建设家乡，把山地变成梯田，是我的梦想。"

"老弟和二姐一样，二姐支持你！"

"白娟白波辛苦了，阿达阿妈就交给你俩了。"

"经济困难，我们帮助你们！"秦川说。林东平和白灵都赞成秦川的话。

"姐姐姐夫大哥嫂子，谢谢！我们工作了肯定能养活家人，你们几个安排好自己的事情吧。"

"你真是咱家的男子汉！"白灵说。

送走弟妹，新人分别入睡，第二天四人过去，全家人包饺子吃，晚上四人回到镇上。

按计划四人告别亲人开始广西的旅游。

"欢迎阿达阿妈弟妹到西安来玩！"林东平说。

"欢迎干爸干妈弟妹到杭州来玩！来西安玩！"秦川和夫人说。

五十四

告别亲人，四人两两手牵手坐车来到桂林。桂林，真是山秀美，水碧绿，洞神奇，冬天不减其美。远看，山突兀特立，互不依偎；近看，清水环抱绿山，青山长在水里。

林东平关注的是如此丰富的水，如何浇灌沃野；他还关注桥梁工程，如何给百姓带来方便。

白灵虽是广西人，也是第一次来，她惊奇人间有这么美的山水，山的倒影在绿水里，蓝天白云在绿水里，山是绿的，水是绿的，心是绿的，清风过处送来音乐般的缕缕清气。白灵从文学的角度关注桂林山水，她想上帝向人间派出仙女，或者仙女们结伴偷偷来玩，她们看到碧波荡漾，飘飘然忍不住去洗澡，岸上突然响起一曲曲壮美的歌声，仙女们害羞、着急，这一急就变成了青

云阳之舞

山，留在水里，永远受到绿水的爱抚。白灵想，桂林的柔水让天上少了许多仙女。

秦川看到这水，他想到的是生命，是水养育了山的绿色，养育了一方文化，水确实是生命的源头，生命这么充满活力，水的力量这么强大。

刘敏，从经济学的角度审视山水，水给广西带来了游客，带来了机遇，带来了繁荣，美不美一方水，富不富一方山。

四人兴趣各异，专业不同，视角不一，但对山水一样着迷，白天观景，晚上温存，在画里游，为漓江的绿水吸引，为肇庆的山岩吸引，或者坐车，或者乘船，越游越远，一直与灵渠零距离亲近，让林东平过足了看古代水利设施的瘾。四人游在哪儿住在哪儿，好在过年，人相对不是太多，住宿容易还不太贵。

"敏儿，你们啥时到杭州？"妈妈想女儿了。

四人发现在这里已经一周了，他们调转方向，赶往火车站，坐上去杭州的火车。旅游是欣喜的，旅游也是耗神的，他们一到车上就呼呼睡去，把铁床视为温床。到杭州下火车，刘敏父母在火车站等着女儿女婿和亲戚。

"爸爸妈妈，万福！"秦川问候。

"姨父姨娘，金安！"白灵林东平问候。

"你们好，年轻人！"老人热情还礼。

"爸妈，过年好！"刘敏挽住爸妈的胳臂。

"走，咱们回家。"

"爸，一辆车坐不下。"

"我开的是大车，宝贝。"

"谢谢爸爸！"

"可把你们等住了，女儿。"

"谢谢妈妈，咱们热热闹闹过几天年。"

说着话，就到了家，刘敏家就在西湖附近。进门后秦川给岳父岳母行礼，送礼物，老人也给女婿送礼物。白灵林东平给姨父姨母行礼，送礼物，老人也给亲戚送礼物。

女儿不在家，老人感到没有年的氛围，独生女来了，还带着海归女婿，带着亲戚，老人热情顿时高涨，把准备的过年食物一样一样端上来。

"妈，您和我爸没怎么吃吧？"

"嘿嘿，一块吃才香。"

"妈妈，太多了，其他的留着下顿吃。"秦川说。

"也好，多住几天，咱家宽敞，我给你们四个的房子早准备好了。"

"谢谢妈！"

"谢谢姨娘！"

吃完饭，刘敏爸爸给大家唱了一曲黄梅戏，年轻人鼓掌喝彩。

"你啊，脱不了孩子气。"夫人笑着说。

为了表示庆贺，刘敏提议大家跳舞，于是一场别开生面的家庭舞会开始。两对新人先跳华尔兹。新人分别和老人跳慢四。大家自由邀请对方。大家集体跳，先择自己最喜欢最熟悉的动作自由跳。老少笑着、跳着，把过年的气氛推向高潮。

天麻麻亮，林东平白灵起床、秦川刘敏起床，他们洗一把脸，就去看西湖。西湖的水美在水多山少，水白山远，绿树无穷；桂林的水美在有山有水，山水相依，永不相离。

林东平看着远山隐隐相连柔波细细相吻的西湖美景，想着沟坡遍布满目荒凉的陇中大地，想着如何把洮河水引过去，给陇中设置大片的鱼塘甚至风景之湖，给黄土高原带来翡翠，带来生机。

白灵第一次与西湖邂逅，她想着淡抹浓妆的诗意，想着白娘子和许仙的神奇爱情，想着西湖的文化气息。

刘敏从小看着西湖长大，没有了新奇感；秦川多次来过，也没有多少新的感受。

看来风景最钟情于初来乍到的观众，所以用尽浑身解数引逗他们，像初恋般热情。

刘敏建议大家绕湖跑步，她的中学时代就是在绕湖跑步中度过的。三人同意，他们慢慢跑着，看着，感受到了江南早春的气息，感受到了江南的氤氲之美。

四人在杭州住了几天，每天早晨起来沿西湖锻炼，刘敏带他们跑上断桥、跑过白堤，也跑过苏堤，跑完操回去吃早饭。或者吃过早餐又来领略西湖柔波渺渺，或者中午来邂逅西湖波光粼粼，或者晚上散步欣赏西湖晚霞落晖，短短的几天让他们观赏了苏堤春晓、曲苑风荷、花港观鱼、雷峰夕照、三潭印月等西湖代表之作。

林东平看了黄河水系的水，看了长江水系的水，还看了桂林的水，西湖的水，他在头脑中形成了对水完整的理解和崇拜，也对他后来扩展云阳板的打法有了启示……

正月十五秦川刘敏林东平白灵和两位老人在人潮如海画船悠悠的西湖好好逛了一天，晚上陪老人吃过元宵，连夜坐上西去的列车。

秦川和刘敏在上海投了简历，准备在上海发展，上海不成或者去苏州，或者来杭州，可以在杭州与西安两个家中往来，找工作对海归的博士不是困难的事，他们对未来充满信心。

第三天引洮工地复工，林东平要赶到豹子岭隧洞施工现场，他要把新婚的激情，江南秀水给他的精神滋润带在建设家乡的工作中去……

五十五

引洮工程又全面开始，机器的轰叫声出现在荒郊野外，出现在九甸峡和引洮主干渠，主干渠近两百公里，要打通十八个隧洞，十几个工程队同时开进，干得热火朝天。

林东平所在的豹子岭隧洞进行得顺利，到秋叶满山，层峦尽染的时候已经完成四分之一。后贵生他们参与的九甸峡水电站已经完成一半。

　　晚上下班后，林东平找后贵生，两人在山路上见面，他俩边走边聊。

　　"兄弟，谈得怎么样了？应该到结婚的时候了。"

　　"大哥，过年时我去上门，老丈人极为不高兴。"

　　"他咋说？"

　　"我一去，人家甩袖子走了。"

　　"啥原因？"

　　"嫌我没房子，人长得不行吧？"

　　"女朋友对你有没有变化？"

　　"她仍对我好。"

　　"这就对了，只要她好，柳暗花明事定成功，坚持下去。"

　　"好的，再有一年工程结束，老丈人不成就散伙，我找个吃黄河水长大的。"

　　"有志气。"

　　"大哥，你结婚没喘，女儿百岁一定要贺。"

　　"到时我请你们两个吃饭，此事不宜声张。"

　　"好的，大哥。"

　　"让家乡人吃上洮河水是咱们最大的事，不能因为私事影响同事的工作。"

　　"明白。大哥，你常年在工地，苦了嫂子。"

　　"引洮结束，我好好报答她。"

　　"你和嫂子都肚量大。"

　　"谁让咱们是干旱地区的人呢？兄弟，你的事不能松劲。"

　　"周末咱们再和她见个面。"

　　"好的，兄弟。"

　　为把洮河唤到主干渠，工人们心里像着了火，白天晚上加班

加点干，人三班倒轮换，机器不休息，但活必须干快干漂亮，一个月时间，人人忙得要扭断腰，跑断腿。

"贵生，你这段时间怎么没个影子？"

"工程到了关键阶段，日夜不停，人泡在工地。"

"别是什么原因吧？"

"你说的，我怎么会呢？"

后贵生趁空闲，拉着柳六宝、林东平去见女朋友，在洮河畔的一个饭馆里见面了。

"你看我给你带来啥？"后贵生先见女友，林东平柳六宝两个躲在后面。

"吃的我不喜欢，我需要你的人来。"

"是吗？再没啥？"

"你今天怎么怪兮兮的？"

"大仙请现身！"

两人一高一胖带着墨镜过来了，后贵生的女友吃一惊。两个摘掉墨镜，哈哈大笑。

"美女，还认识我们吗？"林东平问。

"咱们又见面了，欢迎！"

他们随便聊着，一会儿后贵生和柳六宝出去，让林东平单独问她。

"美女，你贵姓？"

"免贵，我叫陶荷花。"

"名字好听好记。洮河花儿，我们老同学怎么样？"

陶荷花害羞地不说话，林东平继续说："洮河花儿，我们老同学很憨厚，很欢乐，是不是？"

陶荷花点头。"这就说你真心爱着他，我以过来人的身份告诉妹子，你们认识三四年了，了解已深入了，应该把事办了，这样互相放心。"

陶荷花不说话。"有啥需要帮忙吗？"

"我爸不太同意。"

"爱是自由的，自己是上帝，妹子。"

"我爸很倔。"

"那你好好和贵生交往，我找叔叔谈谈。"

"谢谢大哥！"林东平已经想到办法了，就是让赵厅长出面做媒。

留下后贵生和陶荷花说话，林东平柳六宝趁着月色沿河边向远处走去。

月色正好，把洮河照得明暗分明，明的是水波，暗的是树影草影，一股清凉的潮气扑向行人，有时能听到鱼儿跳出水面的声音。

"洮河你这碧玉，你这美女，一定要润泽甘肃人干涩的眼睛。"林东平想着。

一路走来，林东平兴奋至极，感觉洮河如慈母般亲切，这月色，这洮河，深深地刻入人的骨髓，后贵生做对了，这里有年轻人值得留住的理由。

"喂，你们在哪？"后贵生打电话。

"洮河畔出美女，你继续醉卧花乡吧？"柳六宝开玩笑。

"只要你们的话没完，我们就走下去。"林东平也开句玩笑。

"去吧，你们老同学把脚走烂了。"

"今晚不知道林西平在干啥？"柳六宝在车上说。

"他最近筹划博士论文。"林东平说。

相同的月亮，不同的人儿，后贵生把柳六宝先送到，然后和林东平往回赶……

几天后，赵厅长来工地看望大家，林东平去看他。

"东平，工地习惯吗？"

"我是山里长大的，很适应，谢谢师哥。"

"有啥要求吗？"

"有，我正要向您说。"

云阳之舞

201

"啥事？"

"请您给后贵生做媒。"

"做媒？"

"正是。"

林东平把后贵生和陶荷花的事说给赵厅长听。"那我合适吗？不太懂洮河人家的礼仪。"

"这个不复杂，只要你出面给陶荷花爸说一次，事情准成。"

腊月二十三，赵厅长和后贵生去陶荷花家做客。陶荷花提前告诉她爸来的是厅长，不能怠慢。

"院子布置得好，老人家。"一进门赵厅长朗声夸奖。

进了主房，赵厅长硬把陶荷花爸让在沙发中间坐，他坐在偏面。

"越大的领导越没架子。"陶荷花爸心想。

"请抽烟。"

"好，老人家！"赵厅长大方地接过烟。"请抽这支。"赵厅长掏出自己的中华烟送给陶荷花爸，给他点燃，也给自己点燃。

陶荷花爸看赵厅长抽几块钱一盒的烟也很香，抽完一根又抽一根，他回头看看后贵生，对后贵生不那么生气了。

"老人家，我借花献佛，敬您两杯酒。"

陶荷花爸喝两杯，赵厅长喝一杯，一口喝干；陶荷花爸敬酒，赵厅长一口喝干，喝得很香。赵厅长划拳敬酒，主动给陶荷花爸带酒。

"老人家，您对引洮怎么看？"

"这是给老百姓办实事，反正洮河水用不完。"

"这次请了好多名牌大学的毕业生参加工程。"

"是吗？"

"里面有后贵生和他的同学林东平、林西平、柳六宝，还有我呀。"

"你？"

"对，我和三位是同一个学校同样的老师。"陶荷花爸又看后贵生，真有点顺眼了。

"贵生，给叔叔端酒。"

"叔叔，请喝酒!"陶荷花爸端过酒喝了。

"老人家，你听我说完再决定，行不?"

"嗯，行。""再有半年，工程结束，我们就回金城。贵生和荷花交往几年了，互相喜欢，亲事成了，我负责给荷花在金城幼儿园找工作，我们单位正在盖家属楼，只有结了婚的才有资格享受，老人家你说怎么办好?"

"那就看娃娃的。"洮河畔长大的是明眼人，他顺水把事情推给女儿。

后贵生出去叫进陶荷花。"荷花，当着大家的面你说爱不爱贵生。"

"喜欢。"

"你呢，贵生?"

"很喜欢。"

"那过年订婚，你俩行不行?"

"爸做决定吧。"

"你们自己定。"

"爸，就听赵厅长的，过年给妹妹和贵生订婚。"陶荷花大姐一直在外面听着，她赶紧走进来说，她很支持妹子，一直偷偷帮助妹子。

"好吧，赵厅长。"

陶荷花大姐笑着过去把妈妈叫过来。"贵生给你岳父再敬酒。"

"爸爸，喝酒。"陶荷花爸笑着一饮而尽。

"妈妈，喝酒。"陶荷花妈妈端起后贵生敬的酒就喝，她平时不喝酒的。

"少喝一点，剩下的我喝，老婆子。"

"今天高兴，我也喝一杯。"陶荷花大姐说。

云阳之舞

203

"大姐，喝酒。"

"好，妹夫。"她一口喝光。

"赵厅长请喝酒。"陶荷花敬酒。

"喝两杯，祝福你俩!"赵厅长说着，连喝两杯。

五十六

林东平想带白灵和女儿到云阳过年。

"我很担心，怕水吃不惯，尤其是宝宝。"

"咱们结婚在家里没过过年，我怕大和妈心里难受，还害怕亲戚议论。"

"那咱们大年的那天再去吧。"

林东平想争取早去一两天，想到自己一直在豹子岭隧洞干活，白灵生娃娃要男人跟前没男人，家属的字还是干妈签的，他心里很惭愧，白灵一个人带娃娃太辛苦了，他怎么再吭声?

腊月三十，林东平带着妻子女儿下火车坐汽车到山下下车，他背着行李抱着女儿走在前，白灵跟后，她生完娃才两个多月，身体虚胖，体力没恢复。他们慢慢上山，还有十里多山路，这对白灵是很大的考验，但林东平实在没办法，再没有车坐，坐摩托车风太大，对白灵和娃娃更不好，他只有心疼地带白灵慢慢走。

拐过大庄口，家出现在面前，连年少雨，山上草都没长全，就像驴身上的老毛没脱光，花花塔塔的。山坡黑色，树林黑色，没有一点生机。

大和妈迎下坡来。"媳妇生孩子身体还虚弱，你不该来的。"妈说林东平。

"大、妈，没事情，已经来了。"白灵笑着说，两个小时的山路让她很累很累了。

"哎呀，怕冷风吹了身子。"妈赶忙接过白灵的包。

坐在暖烘烘的土屋里，白灵很想吃烤洋芋。"洋芋是冷的，对你不好，过日子了再吃吧？"

"谢谢妈，我还不知道。"婆婆，心里很过意不去，她伺候儿媳四十天后就回来了：一是她没出过门真急了；二是她怕把老汉饿扁，因为他不爱做饭，常常一顿罐罐茶就顶一顿饭，时间长了身体怎能撑住？

一路肚子腾空了，又在奶娃娃，白灵很饿，奇迹般地吃了两碗饭，晚上睡时胃感觉舒舒服服的。

"生了娃，泉水能吃住了，奇怪不？"

"有可能消化快。"

正月初一晚上，胃稍微有些胀，能受住。初二，肚子里又是气胀，不敢吃饱。初三，满肚子气，雷一样开始吼，旁边坐的人能清楚听到，白灵很难为情；娃娃吃不饱奶，一个劲地哭，哭得满头出汗，她心疼得很。

宝宝，睫毛很长，眼睛好看，水灵灵的，像湖一样清澈，她身上带着桂林山水和西湖美景的灵气，她吃不饱，白灵不心疼吗？林东平这个大男人很爱娃，心里更疼，后悔没问妈妈就自作主张回来了。

"娃娃，没吃饱吧？冲点奶粉。"公公说。喂了奶粉，宝宝睡着了。

到初四送走姐姐姐夫外甥，肚子胀得如敲牛皮鼓，白灵很苦恼，半夜宝宝肚子拉了起来。这，该死的重金属超标的泉水，苦死人的泉水。

白灵怕极了，林东平怕极了，爷爷奶奶也怕极了。初五天不亮，林东平用架子车拉着白灵和女儿下山，后面跟着大和妈。到山下好容易挤上车，向云阳火车站奔去。坐火车，到西安，白灵林东平带宝宝去找儿科大夫。

"过敏体质，以后不要吃泉水了。"

"以后光喝的可以带纯净水，但吃饭不能不吃泉水。"白灵敏

云阳之舞

感地说，三次上婆家真让她怕了。

"灵，以后我一人去，你和宝宝别去了。"

"咱们去一次，就像逃难一样跑了，多可悲！啥时能吃上洮河水，林大技术员？"

"还要好几年。"

换了水，白灵肚子合适了，饭量上去了，奶水充盈了，宝宝笑了，毛茸茸的眼睛真好看。

"比她妈还好看，长大又一个美女。"干妈逗着宝宝说。

林东平记起后贵生的事，电话打过去。"贵生，在哪过年？"

"岷县。"

"订婚的事确定到哪天？"

"没好问赵厅长。"

"我问吧，先人！"林东平骂老同学，惹得白灵笑。

"赵厅长过年好，我给你先电话拜年。"

"师弟春节愉快！阖家幸福！"

"谢谢师兄，啥时到洮阳去一趟？"

"正月十二。"

"好的，我安排下面的，谢谢师兄。"

"喂，贵生，说好是正月十二。"

"好的，我给陶荷花说。"

"让赵厅长给她家里通知，你把东西准备好。"

"准备啥合适？"

"你大的额头！"林东平又笑骂。

"这是啥意思？"白灵问。

"就是他爸的头。"林东平解释了一句，白灵大笑，他又和后贵生说话。

"不会问问你先人？"

"我先人只会吃喝。"

"那也不错，把亲家喝翻得了。"

"到底准备啥？"

"两斤酒用红线绑住，两万元礼金用红线缠住，两条连体肉也用红线绑了，十二种干果，一样要一点，这是献的，给你丈人老哥丈母娘一人一套衣服。"

"好，完全能弄起。到时邀请老哥也去。"

"去的人包括媒人是双数，万一找不够人我就来，我不信你们后家找不够六个人，让我抛妻别女从西安赶来？"

"关键是我们后家人脸黑着出不了门，上不了台面。"

"黑个头，我来，不怕把你比扁了？"

"脸黑是我们后家的家产啊。"后贵生那边嘿嘿地笑。

"这是水色，不是遗传，黄种人没有这样的基因。"

"到底研究生，水平高。"后贵生还在嘿嘿地笑着。

林东平真拿后贵生没办法，知道这是他又在耍怪，事情已没问题，所以他在西安安心过几天年，给白灵洗锅抹灶让她好好恢复身体。

刘敏已是大肚子，快生产了，秦教授夫妇特别操心儿媳妇，毕竟是三十几生育，生育本来是撕心裂肺的痛苦事。

秦川和刘敏都是高级知识分子，自然懂得怎样孕育生命，秦教授夫妇本该放心，但天下父母心，谁能真正放下？

林东平和白灵带女儿不时过去看干爸干妈，给哥嫂做思想援助。就在后贵生他们到洮阳订婚的那一天，林东平、秦川、秦教授夫妇在妇产科外等候刘敏剖腹产手术结束。生育时母亲年龄小相对容易，白灵生宝宝时只有干爸干妈婆婆等着，时间短，还是顺产，大龄妇女，为安全起见，多采用剖腹，当然还要考虑婴儿的大小。

熬人的等待，让人害怕的等待，一个多小时，孩子来到世界，是个八斤男娃娃，手术轻，刘敏感觉轻快……

赵厅长和后贵生几个相约在洮阳城见面，后贵生和土气的父母、爷爷、姐姐姐夫五人早到了，后贵生停住车在路口等赵厅长。赵厅长是个热心人，接触的事情多，是十足的大忙人，他开车赶到洮阳时比后贵生晚到二十分钟。

"老人家，我迟到了，不要见怪。"

"不敢的，我们也是刚到。"后贵生大笑着说。

"那好，咱们走。"

一行人到了陶荷花家的门上，一家人早迎了出来。陶荷花爸看到后贵生还会开车，心里对女婿很爱了。

大家客气了一阵，进门坐定。吃过饭，酒过三巡，新人敬完酒，陶荷花爸划拳敬亲家，他赢得多，但亲家始终喝得很干。

"高粱面和辣椒面儿吃出看不出，这亲家虽然土气，但言谈和酒量没得说，怪不得人家的娃娃上的是重点大学。"陶荷花爸想自己以前对女婿耍二真不应该，还有点后悔了，他让女婿也喝，但女婿大方地说开车不能喝的。

是啊，生存条件限制人的精神风貌，陶荷花爸理解亲家。

五十七

柳丝吐绿柳花绽金，夏天说来就来了，厚厚的云朵漂浮在九甸峡的上空笑嘻嘻地看着施工人员，九甸峡水电枢纽工程进入收尾阶段，施工人员人人高兴，但还是一丝不苟地按程序工作，他们仔细检查，认真施工，越在最后越不敢马虎，千里大堤还怕蚁穴呢。

在这些工作人员中，后贵生最高兴，他在这里守候了八年，身上已经没有一点学生的痕迹，是个地地道道的一线技术人员，方脸黑里透红粗犷大气，眼角流露坚韧和刚毅，说话粗声大气，吼两声花儿破天破地震人耳朵，随手一抓七八十斤不在话下，他三十岁，成熟稳重。再过两个月工程结束了，他可以回到金城过城市生活，像小青年一样在黄河上坐汽艇冲浪，在滨河路牵女友压马路。

两个月时间，又是漫长的两个月。后贵生和陶荷花选定结婚的日子就是工程竣工的日子，他计划把自己的大事和引洮的大事结合在一起，做一个庄严的纪念。九甸峡水电站是甘肃最大的水电站，后贵生一工作就参加这样的工程，他感到自豪，没辜负父老和师友的希望；引洮是干旱地区人近一个世纪的渴望，他能在这个时候收获家庭，他感动自豪。何况他本身把自己的命运和引洮早就结合在了一起，洮河不上山就不结婚，这是先辈们的大志，但他们没实现，而他后贵生事业爱情得到圆满。他内心深处感谢洮河，引洮让他结缘洮河，让他牵手陶荷花，让他走向全面成熟。

　　后贵生还得和陶荷花去商量一件大事，就是婚房设在哪儿。一下班，后贵生开车和陶荷花约会，订了婚，他就大大方方去了，再不要林东平给他帮助。

　　"花，咱们既然选定特殊的结婚日子，婚房在哪布置？"

　　"选在老虎嘴、豹子岭吧，野猪坡更好玩。"陶荷花也非常熟悉这些地名，说着似真似假的玩话。

　　"花，不要开玩笑，我和你是认真的，时间紧张得很了。"

　　"老公，我是认真的，跟了钻山豹不到那里去哪里？"陶荷花逗引他。

　　"我比你大四岁，是老牛将要吃嫩草了，怎么让我的花在山里吹风呀？"

　　"老牛已经吃到花了，还说……"后贵生亲吻他的花儿，不让她把话说完。

　　"都说长得黑的人老实，这是谁说的？"后贵生放开陶荷花时她说。

　　"老实不等于瓜着，我亲你不是老老实实的吗？"

　　"花，干脆咱们在洮阳城租房子吧，我跑方便。"

　　"我问问我姐的意思。"陶荷花其实是问父母的意思。

　　"大姐对咱们很好，我直接电话问吧。"

云阳之舞

"别，我回去当面问。"

后贵生回去了，房子还没落实，过两天他找林东平讨主意。"大哥，要结婚了没房子，烦人得很。"

"谈对象是最好的时候，恋爱走向婚姻就是要经历痛苦。"

"你别说得高大上，房子咋办？"

"结婚时陶荷花能请多少假？"

"选在暑假。"

"租房子吧，要么租在兰州，要么租在洮阳，要么租在岷县。"

"岷县太远了。"

"还有不要租费的。"

"哪儿？"

"工人开始撤离，工地上不是有空房吗？"

"这太寒酸了，陶荷花肯定不答应。"

"工地上才热闹呢，这是前无古人的。"

"大哥，你怎么抬杠了。"

哈哈，哈哈哈，林东平放声大笑，房子的事让后贵生揪心得很。

"贵生，今晚过来一下。"几天后陶荷花叫他。

"想钻山豹了？"

"谁想你？"

后贵生又回到洮河边，"花，这么急招我？"

"看看你黑色褪了没？"

"这是水利工程人的风采，怎能褪啊？"

"缺点还成特色了？"

"那当然。"

"哈哈，想当初连我家门都不敢进。"

"那是岳父大人没发现小婿我的优点嘛。"

"哈哈，脸皮被风吹厚了。"

"不厚能攀上洮河花儿？"

"花，房子咋弄？"

"那是你的事。"

"林大哥说租房是一个方案。"

"第二方案呢？"

"不敢说，不能说。"

"说嘛。"

"工地上有空房子，工程结束咱们上兰州。"

"我爸说租房子划不来，我没懂，你们两个怎么想的差不多呀？"

"一个女婿半个儿嘛。"

"就是工地上太委屈你了，亲戚面上也不好看啊。"

"是你结婚还是谁结婚？"

"花，你真好，那真委屈你了。"

"我正好可以体验一下土豹子的生活。"

"丰富花儿的内容？耶——"

后贵生黑脸上有了泪水，紧紧搂住未婚妻。

三伏天，天气炎热难熬，而九甸峡山上天气凉爽，温度宜人，工程全部完成，所有工作人员看着蓄满绿水的大坝喜笑颜开地等着庄严的典礼仪式开幕。

十一点半，头戴红色安全帽的、戴黄色安全帽的、戴蓝色安全帽的、戴白色安全帽的建设者们列队出席，他们向陆续走上主席台的省市各级领导鼓掌、欢呼。

十二点整，主持大会的省上领导在话筒里大声说："我宣布九甸峡水电枢纽竣工庆祝大会现在开始！"

一声令下，礼炮齐鸣，彩球飞空，一万只鸽子飞向蓝天，飞向广袤的原野，铁人们激情呐喊，相互拥抱，有人眼含激动的泪水，有人在这里奋斗了四年，有人在这里奋斗了八年。是啊，等待是漫长的，等待这个时刻的到来已经半个世纪过去。

云阳之舞

211

十二点三十分，小车次第跑向山下，后面扬起风尘。送走领导，赵厅长又走上主席台拿起话筒。"朋友们，战友们，今天是令人激动的日子，九甸峡宏伟的工程已经结束，我们发扬了铁人精神，我们向甘肃父老交上了一份红色的答卷。谢谢朋友们，谢谢战友们！"

他顿了顿，又讲下去："我要告诉大家，在这里还有一场喜剧马上上演，在青山之坡，大坝之旁，有一对新人喜结连理，你们猜猜他俩是谁？"

台下欢呼："噢吆——噢吆——"

"男的就是咱们水利工程人后贵生先生，女的是洮阳幼儿园陶荷花女士，请新人登场。"

车门打开，后贵生手捧鲜花与陶荷花携手从人群背后走来，一左一右跟着身穿青色西装、白衬衣，打红领带的林西平、柳六宝。他们走上主席台，新人向大家行礼，林西平柳六宝向大家行礼。

"今天，洮河水经历几代人的努力终于上山了，洮河的精灵陶荷花也被接上山了，在这个特殊的婚礼现场，我们感谢这位洮河的女儿洮河的精灵对我们水利工程人不嫌不弃，一路携手而来，我们祝贺后贵生先生经过八年努力收获了事业和爱情。现在让我们以热烈的掌声，为两位新人送上诚挚的祝福，祝他俩携手走过风雨，走过人生。在这里，让我祝福新人生活愉快，也祝福大家身体健康！"

台下是风雨般的掌声。赵厅长走下主席台，组织几百人自由跳舞，为九甸峡建设竣工跳舞，为这对新人祝福跳舞，背对大山，面对绿水，在这独特的舞场上，男人们跳得忘情，跳得豪爽，跳得粗犷，演绎了一场惊天动地的建设大舞……

五十八

新房在工地的东面，几个年轻人选取紫气东来的意思，由林东平和柳六宝、林西平三个人花了三几个晚上精心布置的。

工地的年轻人多，闹新房的时候，他们把后贵生和陶荷花堵在新房里取笑欺负。

"黑后生怎么把你缠上的。"

"就那样。"

"那样就是把你先那个了？"

陶荷花知道上当了，羞得满脸血色，再不答话。

"你是洮河花儿，后贵生是岷县花儿，是不是花儿唱到一搭的？"

"对对个的。"后贵生得意地说。

"唱花儿，唱花儿。"

"哎嗨……哥哥我呀哎嗨哎哟没事干，转了洮河哎嗨哎哟三千六百遍。哎嗨……走来走去哎嗨哎哟只是看，没看到女娃娃呀哎嗨哎哟心不甘，哥哥我呀哎嗨哎哟心不甘。"后贵生用大号嗓子吼起来。

"哥哥你呀哎嗨哎哟心不甘！"年轻人诙谐地自由帮腔，气氛一下调了起来。

"哎……哥哥我呀哎嗨哎哟真心烦，转过洮河哎嗨哎哟九十九道湾。哎……走走停停哎嗨哎哟胡乱看，一朵花儿哎嗨哎哟开前边，惹得哥哥我呀哎嗨哎哟好眼馋。"

"哥哥你呀哎嗨哎哟好眼馋！"年轻人又怪声怪气地胡乱学唱。

"后黑炭，眼馋着亲上了没？"

"后贵生像老牛吼，让花儿唱。"一个年轻人插嘴。

"洮河花儿来一个，洮河花儿来一个！"

云阳之舞

陶荷花拘谨了一阵子，放开嗓子唱道:

"妹妹哩生在洮河边，洮河是妹的亲阿妈。妹妹爱在呀河边玩，一玩玩到二十八，二十哩嘛二十八欧耶……"

陶荷花一发音，声音像细丝又像蝴蝶一样飘来飘去，一直甜到年轻人的心里，把大家甜软了。

"二十八还没人抱过肯定着急了，躲开，我来抱。"一个年轻人说着扑上去乱抱，陶荷花躲开了。

"文明一点，不要干扰荷花唱花儿了。"林西平说。

"再唱，再唱!"

"妹妹哩家住洮河边，从小爱唱洮河花。河边天天唱花儿，哥哥悄悄呀来搭茬，哥哥哩嘛来搭茬欧耶……"

"就这样对上茬了，荷花?"说话的乱动手，洮河花被年轻人圈住躲不开，后贵生被搁在外面救不了她。林东平和柳六宝在圈外只是笑。

"哥们，手下留情，我还没过过手啊。"

"看贵生可怜不?"柳六宝说。

"花儿上山不容易，大家要爱惜，不能动粗。"林东平制止年轻人，林西平也上去帮助，救出了陶荷花。

洞房闹了两个小时，大部分年轻人回宿舍了，他们收拾东西，明天要回金城，工地只留少部分人看管，后贵生的同事坐了宴席大队人马下午已上金城了。还有少数年轻人对荷花的嗓音恋恋不舍，想多听几曲。

"不会编了，放过我吧。"

"荷花，洮河出美女，说话婉转好听，把你的姐妹给我们光棍一人介绍一个，好不好?"

"你们都是大学生是工程师，还能看上她们?"

"要看美女能不能看上我们，我们都黄瓜打驴了，还有的挑?"

"别哄人。"

"荷花，我看这事行，答应了。"林东平说。

"还是林哥知道我们想女人。"

"喝口水吧。"后贵生递过杯子。

陶荷花好容易才坐下来喝水休息，大家折腾得她够累了。

林西平让她再唱一曲，他是从北京特意过来看老虎嘴隧洞工程的，正好遇上老同学娶亲，就主动帮助布置婚房、购物娶亲等等。

"哥哥嘛长得黑是黑，妹妹心里呀着实爱。花儿传情嘛做大媒，山上来了洮河水。"陶荷花的声音颤悠悠如春花散落，听得大家如喝蜜茶。

"哥哥钻山就是黑，遇到花儿心里边爱。引洮工程做良媒，我和妹妹嘛亲上嘴。"后贵生破锣声接唱，惹得大家大笑不止。

"不听了，安床!"柳六宝喊道。

"对，安磨子。"一个本地口音的应答。

林东平和弟弟出来了，留下的年轻人用木板打着让后贵生先脱成精沟子，把两个新人捆在一起，衣服挂在门外，哈哈哈笑着散伙了……

为赶上竣工仪式的时间，是先把陶荷花接到工地成婚的，明天才要到洮阳城招待六桌娘家人，林东平林西平柳六宝三个老同学自然要去招待客人。

招呼完新亲戚，后贵生陶荷花回到新房来。他在工地作为留守人员，看护工地，看护九甸峡水电站的运行，他乐得和陶荷花一直住这里。

处在幸福中的人，日子过得就是快，后贵生和陶荷花的蜜月接近尾声时，引洮工地又传来一件大喜事，就是豹子岭隧洞工程也进入最后的攻坚阶段。

豹子岭和老虎嘴差不多，夏天气候变化不定，有时雷雨频繁发作，工人们为了早日结束工程，连夜加班加点，这些可敬的建设者们冒着黑暗、潮湿和尘埃，工作十分艰辛，午饭、晚饭都在洞里吃。

云阳之舞

林东平和同事日夜操劳在工地，同事让他邀请林西平过来把关技术，林西平就在两个工地来回跑动，当然有专车接送的。

"东平，你不要我和女儿了？"

"怎么会呢？"

"你几个月没来了？"

林东平一想快半年没回家了，白灵一个人没办法带女儿，就把女儿放在托幼所，九月份女儿要上幼儿园了，报名的事还没着落，谁接送女儿上下学，也没安排妥当。一面要工作，一面还要考虑家庭，大男儿就是肩上担子重。

"一个人带孩子，还要上班，真让你受苦了。"

"你的良心没被狗吃了，还有多长时间结束工程？"

"灵，再坚持一段时间，工程到了最关键的时间。"

"我知道你要说'引洮工程一结束我报答你'。"

"你是我肚子里的蛔虫。"林东平笑了。

"我还把你不了解？"白灵笑着挂了电话。

吃过晚饭，林东平想起跟大和妈商量女儿的接送问题。

"大，家里好吗？"

"庄稼人家，天天那样。"

"我一直在工地，给家里帮不上，你和我妈辛苦了。"

"没指望让你帮忙了，大学生呆在家里务农就麻烦了，我们苦一点不要紧，心里高兴。"

"大，让我妈接电话吧。"

"妈，不要拼命干活，按时吃饭休息。"

"习惯了，不要紧。"

"妈，身体要紧，你和我大真要注意身体。"

"吃饱睡足身上力量就来了，不要操心我两个。"

"妈，林水瑶就要上幼儿园了，没人接送，咋办呢？"

"我来，家里不行；你大来，不会做饭，还多一个遭人伺候的。"

"那你和我大都来。"

"地不种了？"

"能养活过。"

"你问你大怎么说。"

"大，你和我妈到西安送娃娃上学，行不行？"

"我们山里惯了，城里住不成，再一个西安这样大，我们连路不会走，给你和白灵倒添麻烦了。"

"大，怕闲了呆不住，我随便可以找上活，比如在公园里浇水除草、在小区搞搞卫生，这都是轻活，你和我妈保险干得很好。"

"大，我的工作是修路钻洞，照顾不上家，你和我妈七十岁的人了，不要种地了，苦不动了，该缓缓身体了。"

"大，你好好想想吧。"

过了几天林东平又和大在电话上商量。"大，我看城里的老人幸福得很。"

"乡村的人有吃有喝，顿顿还是精米细面，也幸福得很。"

"大，你看城里的大妈跳广场舞上瘾了，活得很精神，如果跳舞的有我妈我就高兴得凶了。"

"你妈苦得老天拔地的能跳成舞？那不成精了？"

"哈哈，大，现在的人要注意保养。"

"我和你妈吃了喝了睡足觉不是保养？"

"大，还是到西安来，不然你和我妈有个头疼感冒我照顾不上。"

"你一年在野外，到了西安也照顾不上，我在这里还有你姐姐姐夫哩。"

"我都太拖累我姐姐姐夫了，再不能了。"

"后人女子都一样。"

"大，来西安给我和白灵帮忙吧。我看城里老人很开心，送完孙子上学，在小区打牌，高高兴兴的，再不受种地的劳苦了，

云阳之舞

我每次看着他们就想着你和我妈啥时候能参加进去。"

"你不会把你丈人丈母娘接到西安，他们比咱们这里还要枯焦，让他们享享福也合适。"

"问过了，人家不来，家搬在新农村了，白波、白娟就在跟前，他们准备照看孙子了。"

"谁不爱孙子？"

"就是，但你不来。"

"东平，不是我不来，是咱们的根扎在这里。"

"大，咱们两头跑不行吗？"

"不行，门关了，你爷爷奶奶要来一趟，上哪儿去？你爷爷建这家很不容易啊。"

林东平不说话听大接着说："你奶奶胆子小，如果没有灯给她照亮路，她怎么能找到家呢？"

"儿子，不是我不来，实在是我放不下你爷爷你奶奶啊。"

林东平没想到大不是不爱孙子，不是不爱来西安，而是要为爷爷奶奶坚守乡村，他心里潮湿了。

"大，我懂了，就是心疼你和我妈，苦了一辈子，没享一天福。"

"你爷爷八十岁时还劳动，我和你妈怎么卖老呢？"

"大，我心里还是过意不去。"

"安排好你自己的家庭，我和你妈就是享福了，儿子。"

林东平在这边早已泪光点点了，他第二天找林西平时又说起大和妈。

"咱们林家长辈的骨子里是一种责任和坚守，这是我们小辈应该传承的。"林西平说。

"是的，这是我们的精神支柱，任何时候不能丢。"

后来，白灵再三问婆婆公公为什么不到西安来，但是他总是笑而不答，聪慧而机灵的白灵在这一点上想不到林东平这样做的原因。

五十九

为防止最后的塌方，林西平给豹子岭隧洞施工的建议是实施一角爆破，这种爆破先撕开了一个口子，与外连通，然后扩大，最后修缮加固，在大家欢呼胜利的时候，白灵正好带着女儿来工地，她按下快门，配上优美的文字，发给报社头条报道。豹子岭隧洞成功连接九甸峡水库，这是引洮工程建设的一大决定性胜利，为总干渠其他工程的成功打下了坚实的基础。

九甸峡碧玉般的流水，自由出入隧洞的大车，开心大笑的建设者们，让白灵心里波涛滚滚，她的笔下表达了对这些无私劳动者的深情和敬意，她理解了这些工程人终年别家抛妻的不易和伟大。作为林东平相知相守的妻子，她知道林东平追求的是什么，她知道水在林东平心中的重量，这次现场走访让她更理解了丈夫的责任和事业，所以她一如既往地支持丈夫，她把家庭重担默默地在肩上扛着。

豹子岭隧洞顺利完工，这是引洮工程接连传出的喜讯。林东平和同事们可以回到西安享受一番都市的繁华，回到家庭享受一段生活的温馨，是啊，四年的奋斗结出一树硕果，水利工程人真不容易啊。

大家以最大的热情和隧洞合影，和豹子岭合影，和九甸峡的山水合影，这是他们妙曼青春的见证，是他们晶莹汗水的见证，是他们为共和国人民奉献的见证。

林东平带着白灵和女儿前往洮阳，后贵生和陶荷花一路陪着他们一家人。后贵生把车停在洮河宾馆停车场，陪林东平订了一间房子，然后回到车上，开车到了洮河边。五人下车，滚滚流去的洮河荡漾在他们的眼前，他们久久凝望着，每个人与洮河有十足的缘分。陶荷花，是洮河孕育的花儿，有洮河水润泽的甜蜜的嗓子和柔滑的肌肤；后贵生因洮河而来到这里，享受了洮河花儿

的馨香，收获了一段壮美的人生；林东平因为渴望洮河水流过黄土地与引洮大业结缘，白灵因为采访建设者而两次来到洮河边，她还第一个瞥见了洮河花儿的爱情，他们的女儿林水瑶名字与母亲河有亲缘关系，寄托了黄土人对水的渴求。

他们在洮河边走着，后贵生想起和陶荷花相识相守的每一个细节，陶荷花也想起与黑黑的可爱的丈夫邂逅的过程，洮河是他俩的媒人，他俩从心里感谢仁慈的母亲河。

四个大人默默走着，但心里都感动着。后贵生就要回金城了，陶荷花也要接受黄河的滋润，两人要在金城打拼人生了。林东平也将要回西安，走向新的工作征程。他们对洮河有刻骨的记忆，有难舍的深情。

林东平白灵携手女儿住宿宾馆，陶荷花带后贵生住在娘家。

第二天，他们又到了岷县，县城四面山峰环抱，极具特色。林东平要让爱妻爱女看看洮河和迭藏河双手挽起的县城，看看民工住过的窑洞，看看古城遗址；后贵生要带陶荷花看望大山深处的老爹老妈和左邻右舍。林东平和后贵生又找到当年的旅馆，它还在那儿，从新修建，装潢漂亮，已经脱胎换骨。两家人各订一间房子，林东平抱着女儿，他们漫步来到洮河边，洮河水镜子般闪亮于心，垂柳依依，恢复态势的滩涂林子里群鸟欢歌，采砂毁林成为过去，和洮阳那边一样，经过近十年的治理，荒滩面积减少，城外的河岸围起石栏杆，一个个干净的水边公园出现在眼前。洮河公园，白天有人坐在石头椅子上吃着水果，欣赏着层层水泥河床上河水很有气势地向北流去；晚上听着闪烁缕缕灯光的百米宽的河水哗哗哗送出潮气和清凉。林东平和后贵生追忆往事，寻找当年的脚印，那是年轻的脚印，懵懂的脚印，也是开始求索的脚印啊。

他们走上一高地，鸟瞰全城，楼房林立，色彩绚烂，县城早已今非昔比，岷县正走向现代，洮河女儿正走向现代。逝者如斯夫不舍昼夜，洮河水到陇中的时间越来越短了，贫穷的陇原儿女将走上粮足水足的时代。

两家人共进午餐，将要开启一次别离。

"贵生，荷花，到了省城要好好工作，先把房子解决了。"

"大哥，谢谢！我已经拿出所有的工资预订了暖巢。"

"好样的，这次分别不知啥时见面。兄弟要保重。"

"想起大学四年，想起工地四年，想起你对我的次次帮助，我真舍不得和大哥分别啊。"

"好兄弟，分别是为重逢做铺垫，洮河通水的时候我会到现场。"

"那时我也要来，看看咱们的劳动成果。"

"一言为定。"

"我也要采访，一言为定。"

"我是洮河花神，要深情地唱洮河花儿。"

"不光是洮河花儿，还应有我们岷县花儿。"

"一样的，都是洮河孕育的花儿。"

午休一个小时，两家告别，后贵生带新婚的妻子向东爬山而去，林东平带妻子女儿打车向梅川而来，途中与缓缓绕过县城再折向北的洮河相遇几次。

林东平是第三次来古城遗址，这次来和前两次心情完全不一样。看着在风雨中倾圮的土墙，看着田埂上依稀可辨的住宿窑洞，今天他感到有几分自豪，因为拼人力的原始修建已经远去，科技时代的引洮工程已经开启几年，他还亲自参与其中，工程取得很大进展，全线通水指日可待。

白灵看着这些荒凉的残壁断墙，看着山上当年引洮的痕迹，她想象着当年劳动的艰辛，想象着农民工唱着夯歌打夯的悲苦："哎呀哎式夯——哎呀哎式夯——"，不唱歌夯打不到一起，活太苦，超出人力极限，这些农民工掉着眼泪唱着歌，掉眼泪唱歌在劳动史上不知还有多少呢？生产力落后的时代，人在自然面前更是渺小啊。

云阳之舞

站在山顶，面对微风，林东平想："这些引洮牺牲的英雄大可以放心了。"

夕阳的余晖照亮山峦、川塬，林东平、白灵、林水瑶背对引洮遗址向岷县城打的而来。

住宿洮阳，白灵和女儿喝水吃饭肚子舒服，她欢喜；住宿岷县，白灵和女儿吃饭喝水肚子依然舒服，她欢喜；一家人还要住一晚上，感受洮河水漫向肠胃，漫向血管，漫向肌肤，漫向美梦……

泡茶，茶香，不亚于秦岭之水；洗脸，水润，不输于秦岭之水；洗澡，水绵，不差于秦岭之水。

在洮河边生活三天，白灵啊，像只百灵鸟儿，活泼地飞出飞进，笑声不断，她对泉水的惧怕淡退，青春的活力重生。

"洮河水真好啊！"白灵对着岷县的云天大声说……

当夜幕又一次来临的时候，林东平在左白灵在右，手牵爱女向云阳火车站走去，从背影看，一家人极为兴奋，极为自信……

六十

豹子岭隧洞开通那一天，柳六宝、后贵生和林西平也在庆贺的队伍里，他们为豹子岭首战告捷而高兴，而白灵的突然现身让他们异常兴奋，活动一完，三人跑过来看望她们母女，他们都知道后贵生和林东平就要离开工地，几个人中午约定会餐，来送别林东平和后贵生。

"西平、六宝，我们就要走了，你们两个还要坚守，一定注意安全。"饭桌上林东平关心地说。

"放心吧，哥！我早习惯了。"

"有事一定打电话，我们就能赶过来。"

"好的，祝哥哥嫂嫂一路顺风。"林西平说着把侄女抱上玩耍，他很爱林水瑶，逗她开心地笑着。

"西平，六宝，快找个女人尝尝新鲜吧，年龄老大不小了。"后贵生说了句怪话，惹得陶荷花用拳头捶他。

"这该死的温柔，舒服极了，好好按摩吧。"后贵生咧开大嘴笑着说。

"贵生，结了婚面皮比锅底还厚了。"林东平也笑着说。

"大哥，他早就厚。"陶荷花笑着插一句。

"他以前胆小得像兔子，一直不敢上你家的大门。"

"大哥说得对。"后贵生害怕林东平揭他的老底赶快拾话来堵，林东平知道，只是笑。

"贵生，我还没顾上祝福你两口子，你就急了?"

"祝荷花贵生一路顺风，新婚继续蜜甜。"柳六宝抢着说。

"谢谢宝宝，我和夫人会来看你们的。上金城一定来，我请你们吃金城大碗牛肉面。"

"到处的牛肉面差不多，就是鸡精重而已，我们要吃大餐。"林西平说。

"林博士，一定请你们大餐，如果贵生做毛不请，我来请吧。"

"后夫人大方，为你鼓掌，为你点赞!"

"西平，贵生说对了你要尽快找个媳妇；六宝，你也是。"白灵说。

"好的，嫂子!"林西平回答。

"遵命，嫂子!"柳六宝答道。

"嫂子正等着吃喜糖喝喜酒哩，两位不能只抓工作啊。"

"你嫂子说的就是我要说的，你们两个要快点啊。"

老虎嘴地质复杂，沟里有沟，洞里套洞，暗河密布，老虎嘴隧洞是总干线上最长的隧洞，林西平上博士和博士毕业后在工地上一直跑动，查看数据，进行技术指导。由于工程难度大，技术员一直守在工地，工程队施工极为谨慎，进度很慢，还剩三分之一的工程。

云阳之舞

柳六宝所在的野猪坡隧洞，没有老虎嘴隧洞的长，但也是不敢马虎的，属于西秦岭和黄土高原的过渡带，南边是岩石层，北边是黄土层。进度虽然稍微快一点，但工程还有四分之一多一点。还有中铁十九局的野狐崖隧洞，在断层上，施工难度也不小。

这三个隧洞打通就意味着总干线完全成功，所以引洮工地施工依然紧张，任务艰巨。

同时开工的，豹子岭隧洞已打通，给其他点上的施工带来信心，也带来压力，豹子岭隧洞打通说明九甸峡水库的水已经完完全全能够引过来了，但这三个隧洞关系到全局，三个隧洞的技术人员、施工人员、安检人员日夜耗在工地。

林西平学历最高，理论上处于核心地位，柳六宝心灵手巧，技术上处于关键位置，吃过午饭，林西平和柳六宝匆匆前往各自工地，没顾上去洮阳、岷县陪陪林东平他们。

林东平后贵生知道他们二人所处工地的重要，也就不再啰嗦，没有邀请两位再次与洮河相见，和一段特殊的人生相遇。

豹子岭隧洞开通让林东平高兴，白灵和女儿吃洮河水肚子不胀让他高兴；但是他到底没有豹子胆把妻子女儿带到老家看看大和妈，过家门不入，他真遗憾。一家三口到达西安，好好休息了两天，去看望秦教授。

"干爸干妈好，工程结束了，我回来了。"

秦教授看着黑脸的林东平说："回来好好休息一段时间，工地几年太辛苦了。"

"为家乡办事情很高兴，一点不苦，就是让白灵一个人吃苦了。"

林东平给秦教授讲了修建豹子岭的具体细节，秦教授一字不落地听着，感到满意，认为引洮的成功向前大大迈出一步。

下午去单位，领导说休息一个月，好好伺候媳妇，这是重点工程，必须保质保量完成，让媳妇百分之百的满足，林东平笑着回来，心想领导会联系人心，疼爱一线人员，深得管理之术。

周末，林东平带妻子女儿去看望太乐的亲人，他们到达时已经下午四点。

　　"大伯大妈好！"白灵亲切问堂公公婆婆。

　　"好孩子，你们来了，坐车累了吧？赶紧坐下。"

　　"这是咱们家的第一个孙子，心疼，眼睛毛呵呵的就是心疼。"大妈说。

　　"谢谢大妈，叫大爷爷好。"

　　"大爷爷好。"

　　"口真乖。"

　　"叫大奶奶好。"

　　"大奶奶好。"

　　"哎，心疼，让奶奶抱抱。"

　　小孩能闻来亲人的气色，专家说这是血缘基因，林水瑶对亲人不见生，对其他人却很见生。

　　坐了一阵子，上二大家。二大二妈高兴地直夸白灵母女，二大二妈要留饭，大伯过来说全部到那边吃，已经准备好了，二大二妈跟过来一家人一起吃。白灵看到了林家弟兄妯娌之间的和睦。吃饭的过程中，林东平详细说了林西平的工作，问了其他弟弟妹妹的学习情况。

　　二大第二天一大早过来叫大家过去吃饭，七个人在二大家吃了早饭。二大知道林东平和林西平一样爱看山，就开车带白灵他们三个上山玩玩。

　　白灵看到秦岭巍峨，林木青青，清泉在石头上自由歌唱，很有境界，是一首名诗，一幅古画。山上下来，全家又在二大家吃午饭，白灵母女对秦岭水喝很习惯，肚子很舒坦。白灵要上班，二大开车去送。

　　"多俊的媳妇。"二妈望着林东平他们说。

　　"是啊，林家的好媳妇，这林西平啥时能结婚。"大妈带着感情说。

云
阳
之
舞

二大把三人送到宝鸡火车站，林西平白灵一再感谢二大让他回去，看二大开车走了他俩手牵女儿进了候车室。车上林东平给白灵说："秦岭依然青山秀水，而农村有几分荒凉，西平说得对，人们的观念大变了。"

"国家用尽全力改善农村人的生活条件，但年轻人离开了土地，这是值得研究的新课题。"

"西平，我刚回家看了一趟，正在火车上，大伯大妈二大二妈身体都好，你不要操心。"

"谢谢哥，有你在西安，家里我放心。"

六十一

农历四月，山下花事进入尾声，而野猪坡野桃树正点燃火焰，给冷寂带来温暖，不久高高低低的野杏树次第睁大眼睛，有白色的、有粉色的、有红色的，眨呀着山里的春色；再不久野梨树施展浑身热情，送出一树一树的洁白，香气缕缕濡漫空中，逗引野蜜蜂嗡嗡嘤嘤忙忙碌碌，山蜂喧喧闹闹飞去飞来；召唤早醒的蝶儿翩然起舞如痴如醉，山雀引伴鸣叫嘹亮山崖。花神们肆意赛笑，小兽们奔走逐欢，它们以青松为背景，以山峦为温床，以苍天为琼楼，在原始地带释放出春的气象，生的力量……

这一段是水利工程人最舒适的日子，不冷不热，天晴不雨，人们在忙碌中不时看几眼撩人的春色，听几声天籁之歌。这个时候人们精力旺盛，劳动热情高涨。

柳六宝所在的山东队，人人身高臂长，耐力超强，他们开着装载大车在洞里出进忙碌，像蜜蜂采蜜一样勤奋、筑巢一样细致、养子一样耐心。

等雨季来临的时候，等野杏子红遍山树的时候，工程进度顺利，野猪坡隧洞还有几千米就要通了。然而，正当人们忘情的时候打击一个一个来了。

工程进入秦岭北缘断裂区域，野猪坡隧洞出现连续塌方，而且是大面积塌方。

野狐崖隧洞出现大量渗水，一条碗口粗的管道在不断往外涌水，流水量能赶上定西市城区生活日供水量。后来掌子面突发岩溶管道型压力涌水，洞内一下子变成了河流，施工设备被淹没，工程被迫停工。

外面骄阳似火，而在距地面240多米的老虎嘴隧洞掌子面上，工程技术人员却冒着零下10摄氏度的寒冷在紧张施工。老虎嘴隧洞和区域性活动断裂带相遇，隧洞出现粉细含水疏松砂岩地层世界难题，先后用了国内所有的技术都失败了。

隧洞或者停工、或者返工、或者修补漏洞。人们再无心看野杏子红艳枝头，野梨野桃摇曳叶间。人类改造自然的道路从来不是一帆风顺的，胜利在望的时候常常最艰难，就像黎明到来时遭遇黑暗一样。几个月的付出是徒劳，工程人员普遍出现了灰心，技术人员一面查找资料，一面向专家求援。

引洮工程三个主要隧洞遭遇挫折，惊动省上和中央领导。半个世纪的艰辛论证、艰苦实践和代代黄土儿女的求水道路不能阻断。困难是严重的，但是人类生存的意志不能失败。

等待，等待，等待专家提供可行的建设方案；等待，等待，等待把出现的塌方——托起。水利工程人没了笑容，多了红眼，多了皱纹。

金城大学的水利工程教授推测野狐崖隧洞遭遇暗河，提出"边抽边堵"的方法，中铁人从只排水的梦境中惊醒，采用一边抽水，一边用水泥砂浆浇灌堵塞，一边用钢筋水泥固定的施工办法。施工人员开着橡皮艇进入隧洞抢险排水，渗水量逐渐减少，隧洞里一人高的黑水慢慢低下去，两个多月的努力，黑水全部排进山沟，开始清除淤泥。智慧接力让水利人战胜暗流，合作让笑容重新开放在野狐崖隧洞内。

等待，等待专家团队再次亲赴野猪坡隧洞。王云阔教授来

云阳之舞

了，秦刚教授来了，黄河远教授来了，楚江南教授来了，大江南北的教授来了。

野猪坡是秦岭北缘与黄土高原的连接地带，岩体破碎，且渗水量大，洞室极易塌方变形，遇上的是典型的湿陷性黄土。秦刚教授提出小步推进，边进边固定的施工理念，得到专家一致认可。柳六宝突然记起秦教授带他们在陕北黄土高原野外实践时说起过这种构想，可惜他学业不精，当时没深刻理解，过后也就忘了。

柳六宝看着快十年没见的秦教授已经头发白的多黑的少，以前笔挺的背明显弯曲，秦教授大病后苍老了许多，柳六宝突然心里一阵难过。

"老师，我是柳六宝。"

"六宝，你也在这里。"秦教授看到学生时满脸愉快。

"老师，我随工程队在这里快五年了。"

"好样的。"

"老师，我惭愧，这种设想您曾讲过的。"

"当时只是假设，思考不成熟，怎么能怪你呢？"

"让您亲自来，我心里不忍。"

"不是给咱们见面创造了条件吗？"秦教授豪爽地笑着说。

柳六宝在内心很敬佩秦教授，经历磨难还这样乐观，对学生如此爱护。山东工程队，一边开钻掘进，一边钢材支护，一边用砖衬砌，像蜘蛛结网一样，试了几厘米，很有效，工地出现一片喝彩。施工队员排队向专家鞠躬敬礼，表示感谢。专家们，一一招手微笑，向洞外走去。

初试成功，让山东队大为振奋，他们有了明确的方向，一点一点，一厘米一厘米，一分米一分米地推进。

专家们进了老虎嘴隧洞，洞内潮湿、黑暗，有明显的灰尘味，设备凌乱，地上狼藉，施工人员胡乱蹲坐休息，他们对问题早已束手无策。

"秦老师好！王老师好！"林西平迎上来。

"西平好！"

林西平给专家们简单介绍了情况，专家们仔细察看洞顶和洞底的岩石结构。

"怕遇上了流沙。"上海来的楚江南教授说。

"不止这个吧。"辽宁来的黄河远教授补充。

"走，咱们出去再商讨吧。"王云阔教授说。

专家们出洞，向工地办公室走去，林西平等技术人员跟着。

当夜幕来临，漫天星光的时候，山东队的队员特别放松，他们端着饭碗一边看着闪烁的星星，一边大口吃着饭菜，这是一个多月来的第一次露天看星星吃饭，人人高兴，他们才发现野猪坡的星空像女人含情的眼睛比城市的夜空好看多了，他们吃完饭，把饭碗往地上随手一放，说着调皮话，直等食堂大师傅收碗时才停了几分钟，之后又说下去，说着说着有人提议喝几杯，于是大家积极摆战场。

柳六宝不想喝，离开大家走到没人的地方，给林东平打电话："林哥，在干啥？"

"刚回到工地。"

"你在哪里的工地？"

"在汉水边。"

"在那里吹风吗？"

"我们协助中铁局为实现引汉济渭工程早日开工，在做最后的线路核查工作。"

"我说你咋没陪老师过来。"

"老师又来了？"

"和几位专家来的。"

通完话，林东平打电话给秦教授。"老师，您身体好吗？又到引洮工地去了？"

"工地遇到难题，受上级领导的派遣，王云阔教授也来了。"

云阳之舞

"老师注意身体吧。"

"东平不要担心，身体没问题了。"

六十二

专家们来到办公室，王云阔主持会议，专家们认真听了林西平和其他工程师的详细介绍后，经过认真讨论，初步估测遇到的问题。会后王云阔建议大家继续查找资料，深入反思，以便提出建设性的建议。

几天过去，专家开第二次研讨会汇总分析情况，认为是楚江南教授提出的含水疏松沙地质和黄河远教授认为的饱水疏松岩石的复合问题，是一种流动性地质。专家最后决定借鉴国内地铁掘进、大型煤矿深井冻结施工技术，由黄河远教授联系辽宁煤矿等工程队来支援。

辽宁的专家坐飞机到中川机场，赵厅长等人接上后直奔老虎嘴工地而来，林西平带领老虎嘴隧洞的技术员和辽宁来的工程师商讨确定实施冷冻法施工的具体方案，经过艰苦地选址和详细评估，最后确定具体位置。二十天后机器到位，辽宁东煤、沈阳极地等工程技术人员，在选定的位置开始施工。他们承担老虎嘴隧洞1号、2号竖井冻结施工，在海拔2360米的山区安营扎寨。数百名施工人员昼夜施工，数十台钻机连续作业，20多台冷冻机昼夜轰鸣，各施工现场，机声轰鸣，车水马龙。

有了明确的施工方向，三个隧洞的工程队员又焕发了生产活力，积极投入到各自的工作中。

当野桃泛红野梨飘香的时候，山东工程队终于把塌方全部撑起箍牢，大车恢复了正常出进，机器声、爆破声响在野猪坡。通过专家和工程人员的齐心合作，野猪坡隧洞建设取得一天推进几米的长足进步，老虎嘴隧洞也取得突破性进展。大雪纷飞的时候，野猪坡隧洞剩下不到五百米，老虎嘴隧洞剩下不到全程的四分之一。辛苦的工程人，带着胜利的笑容，走向过年的归途……

来年春光明媚的时候，各路工程人员怀着无比自信的心情回到引洮主干渠建设场地，战略决战的时候到了，工程冲刺的时候到了。

柳六宝他们经过百天的奋斗，打通了野猪坡隧洞。当山东男儿们看着"安全是最大的效益，质量是工程的生命"的标语时，一种莫名的骄傲和情绪涌上心头。六年，六年的时间，他们别乡离家在大西北来搞建设，他们为西部大开发平添了生趣。想到出门时还是小伙子，回去时已经是中年，看着他们的杰作，看着将把洮河从石山引向黄土大地，他们激动得眼圈都红了。

祖国母亲会记住这些建设英雄，黄土高原会记住这些时代英雄；洮河水会记住这些奉献者，甘肃人会记住这些艺术家。

要离去了，柳六宝去辞别林西平。"西平，我要回了，只留下你一人很孤单。"

"六宝，我和大山有血缘，建筑是我的生命，我怎么会孤单呢？"

"从大学到工地，我们相守十年，我真的舍不得走啊。"

"我也是，同学里咱们几个是最亲的，也是交往最长的。"

两人不说话了，波涛撞击彼此的胸膛。"六宝，快成个家吧，都过三十了。"

"我回去就和等了我五年的姑娘结婚，我答应不再离开她——想自己干。"

"我们工程人对家人亏欠多，转向也是人生选项。"

"你支持我了？那我就自己干，承包小工程。"

"我相信咱们重点大学毕业的学生能闯出一番天地，但包工程要有资金支撑，要承担风险，一定要谨慎。"

"谢谢，老同学。"

"有事随时联系，我给你尽力提供支持。"

云阳之舞

"嗯，好的。你要尽快找女朋友啊。"

"我是个理想主义者，我还有好多未尽的事情。"

"西平，我们还是做生活型的人吧。"

"会的，一定会的，但不是现在。"

柳六宝心里一震，想说什么，但一丝难过袭来，压迫他一时说不出话来。

野狐崖隧洞在柳六宝离开一月后也胜利完工，引洮的关键工程就剩下老虎嘴隧洞了。

东北人负责的1号、2号竖井不仅担负TBM掘进机的解困任务，同时还承担老虎嘴隧洞255米主洞的冻结施工任务。针对掉钻、塌孔、漏浆、卡钻、注浆难等施工难题，参建各方进行了一系列技术创新，攻坚克难。历经540多个昼夜的鏖战，攻克了含水疏松沙地层涌水涌沙地质难题，创造了国内大型水利工程在240多米以下首次进行隧洞冻结施工的历史记录，为确保老虎嘴隧洞贯通发挥了决定性作用。

老虎嘴，果然是老虎嘴。夏天暴雨频繁是一个原因，地质复杂才是最重要的原因，其他的工程队陆续撤出工地，老虎嘴的隧洞还剩下几百米。几百米，是发起总攻的时候了，林西平他们发扬铁人精神，发扬继续战斗的风格，在最后百天夜以继日地拼命攻坚，能钻就钻，能爆破就爆破，什么方式有效就用什么方式，在保证质量和安全的时候，工程大大加速，一分钟开出一辆装载车，取得整个工程的最高水平。

当野桃子又红透山间的时候，工程队向最后几米小心冲击。一声爆破响彻暑夏，老虎嘴终于打通一角，仍采用局部爆破的策略。工程人再用一天时间扩大掌子面，再用一天绣花洞口。

引洮工程这个最长的隧洞，难度最大的隧洞，耗时整整七年，画上圆满句号。

林西平和队友背对能开进火车的隧洞合影留恋，大家热情拥抱林西平，他们都知道林西平有更大的梦想，他将离他们而去，友情让他们是那样的难舍。

中国科学家利用聪明才智解决了世界难题，这是建筑上的骄傲，是智慧协作的壮举，为以后高难度的施工总结了宝贵的经验。

中华人民共和国会铭记这些科技人，陇中干旱地区的子孙永远会感谢这些工程人。

引洮工程从九甸峡到云阳县大阴梁再到会宁通渭交界的一线，主干渠全部完成。整个工程有导流洞、溢洪道、泄洪道，有许多暗渠、渡槽，更有18座隧洞。

引洮工程是甘肃的世纪圆梦工程，是甘肃最大的民生工程，动用了大量的人力、物力，是政策支持的结晶，是智慧接力的硕果。

引洮，西部大开发不朽的工程！引洮，史诗般的壮美工程！引洮，新时代为中华人民共和国献礼的工程！

江山才人代代出，科技惠民万万年。

"秦老师，老虎嘴隧洞打通了。"

"王老师，引洮主干渠完成了。"

"哥，老家快有水吃了。"

"贵生，我将要离开工地了。"

"六宝，我对九甸峡做最后的观赏。"

工程完成了，任务完成了，林西平在当年和林东平、柳六宝、后贵生合影的山上给恩师、给同学一一发出喜讯。

林西平肩上的重担终于落地了，他并没有选择立刻回去，他在山上一个人漫游，他看九甸峡水库，他看豹子岭隧洞，看老虎嘴隧洞，看野猪坡隧洞，看对峙的山峰，看山上的云烟，他喜欢一个人静静地看山，喜欢和它们久久地对视。

林西平站在人生的高地回望来时路，往事一一掠过他年轻的头脑，他现在像一只老虎一样雄视着他喜欢的王国，像一只天宇飞翔的苍鹰一样高贵而孤独，他心中有无限深情，有无限欲念，

云阳之舞

他是同学中实力最强的，是第一组就来引洮工地的，是最后一组才离开的。

林西平在山上漫游了两天后才下山，赶到云阳县城，再到已通面包车的大庄下车，步行上山去看望大伯和大妈，他们林家的另一个家园。

"大伯，大妈，我又来了。"

"我的娃，你怎么没说一声，我用摩托车接你。"

"几步路不需要接，给你二老一个惊喜。"

"你从哪达来？"

"从引洮工地。"

"大伯，大妈，引洮主干渠修成了，分干渠、蓄水池这些修起来又简单又方便，乡亲们马上有水吃了。"

"我的娃辛苦了，瘦了，黑了。"大妈搂住三十岁的侄儿，林西平感受到了母亲般的亲切。

"我明天告诉乡亲们好消息。"大伯激动地说。

林西平感到很温暖，很幸福，血缘之亲让他几次来看望林家的这两个老人。

六十三

林西平还有特殊的打算，没给大伯大妈说，没给大和妈说，没给弟弟妹妹说，说了他们不能理解，他以前只给林东平轻描淡写地提过。

林西平回到太乐家里陪大和妈干了几天农活，陪家人吃了几顿团圆香饭，也给放假回来的弟弟妹妹提出一些人生的规划，然后到西安找刚从汉水一线回来的哥哥。

兄弟见面自然高兴，两个说着话，白灵开始做饭。

"哥，引汉济渭工程啥时开工？"

"勘察线路结束，我个人认为明后年可以动工。"

"工程量、难度都要比引洮大得多吧？"

"是的，隧洞应是引洮的好几倍，不过有引洮的积淀技术上没悬念。"

"南水北调是世纪工程，是大手笔，而西线难度最大，要几代人接力才能完成。"

"现在母亲河断流越来越严重，渭河也有断流的危险，水利部在紧锣密鼓地筹划这一伟业。"

"一开工你又要远去，我嫂子肩上的担子更重了。"

"你哥我趁现在有机会包揽家务，就是为以后留路子的。"

"我嫂子辛苦了！"

"一个大记者计较起油米柴盐来，确实成家庭主妇了。"

"还不是支持你的野外瘾，我变得俗气了？"

"我从心里感谢夫人。"林东平滑稽地向白灵鞠了一躬。

三人都笑了，"快接林水瑶去。"

"哎呿，一高兴把时间没注意，还是当妈妈的操心。"

说着话，兄弟两个去乐乐幼儿园。"老师再见！"林水瑶说完跑过来，"爸爸好！大伯好！"

"宝贝，应该先问你大伯。"

"大伯好！爸爸好！"

"真可爱！"林西平一把抱过侄女往前走，林东平笑着跟在后边。

"大伯，放我下来，同学看见笑话呢。"林水瑶贴着他的耳朵说。

"好孩子，咱们林家的希望。"他笑着把侄女放下。兄弟俩手牵着林水瑶大步走，几乎占满路，过路人惊奇地看，他们三个尽管走，没让路的意思。

吃完饭，林东平给弟弟说："你给大伯大妈做做工作，不要种地来给我和白灵帮忙。"

"我试试，婆媳时间长了不好处的。"林西平悄悄给哥哥说。

云阳之舞

235

"哥，有件事。"

"啥事？"

"我想到西藏去考察。"

"多长时间？"

"一年。"

"定下没？"

"定下了。"

"你刚从引洮前线来，这太辛苦了。"

"哥，你知道我爱山爱水，什么苦能扛住。"

"婚事又迟了啊。"

"趁单身去，不去我一辈子不安宁，我的梦想是看看在西藏搞工程的最大可能。"

"兄弟，太苦你了。"

林西平笑笑。"要不要请示一下老师？"

"我怕秦老师偏爱我，不建议我去。"

"问问王教授呢？"

"回北京了问。"

林西平打算尽早参加适应训练，第二天一早坐火车回北京。送走林西平，林东平心里又一次波动，没想到弟弟真要深入雪山，他心疼弟弟，不知道为什么在所有林家姊妹中，他最爱林西平。

"西平要到西藏考察一年。"林东平给白灵说。

"你没劝劝他吗？成家现在是最重要的事。"

"几年前他就有这个想法，你知道他思维缜密很有主见，他说要趁单身看看青藏高原的群山。我很不忍，但不能劝阻的。"

"你们兄弟有缘分，大学形影不离，又从事同样的职业，你们两个最亲，他走了，你不放心，还感到心里空落。是不是这样？"

"你到底是我的知音，夫人。"

"你的知音是西平，你们兄弟俩太像了，他要去雪域高原，你要去汉水岸边。相会是缘分，相别也是缘分，等待吧。"

"对，只有等待，人生有许多等待。"

"咱们离太乐近，就多看看吧，这也是咱们的家。"

"云阳的家，我们不敢去，去太乐的家我欢喜！"

"等待，等待洮河的水姑娘看望云阳了咱们在云阳相聚。"

"等待留守云阳的日子不长了。"

"说到洮河水就把你美的，林水瑶爷爷奶奶怎么不来看孙子呢？"

"大概不想儿子吧。哦，白波工作喜欢吗？"

"你还说？他说姐夫是他的坐标。"

"哪个姐夫？"

"你还装？他也当豹子，高高兴兴地奔赴在地头指导推土机推梯田，还美其名曰'美化家园''振兴乡村'。"

"小舅子成男子汉了，又多了条豹子，你和豹子有缘。"

"我是猎豹，你是猎物。"林东平继续说。

"我才是猎豹，你是猎物。"白灵说。

"一家子豹子。"

"土豹子。"

"不管怎么土都是豹子，灵。"

"咋了，今天你真怪。"

"我和西平性格真像，我在思考洮河引过来水不够用咋办。"

"不够吗？"

"可能性极大，光人畜饮水没问题，农业用水、生态用水、工业用水应该不够。"

"花了代价，水不够用咋办？"

"引汉济渭启发我，应该引白济洮。"

"啥意思？"

"引白龙江的水再到洮河。"

"为啥不先和专家讨论？"

"引洮一期工程就花费了大量资金，还有二期工程等着，再引白龙江国家暂时拿不出钱，搞工程得按照轻重缓急一步一步来。"

"我知道你的梦了？"

"什么？"

"让白龙在洮河游泳。"

"一辈子渴望。"

"西平的梦是啥？"

"猜不来。"

"我也是。"

"博士就是比研究生高。"

"你也上博吧？"

"你欺负我，博不是人人上的。"

"研究生也不是人人上的。"

"哎呀，记者的嘴巴子。"

说着话，家里打来电话。"喂，大，我在西安，你说吧。"

"西平见了吗？"

"今天上北京了。"

"前两天到咱家来了一趟。"

"昨天来找我，他没说来看你和我妈。"

"这娃娃很有礼貌，你动员他早点结婚，过三十了。"

"行，大，我妈身体舒服吗？"

"没问题，就是想孙子。"

"那就来西安吧？"

"你们租房子，还来不成。"

挂了电话，又和白灵说话。

"娃他大，我看学驾照吧。"白灵笑着说。

"先买房子。"

"房子租着住，先买车，回家方便。"

"你学驾照吧?"

"我一个女的才不学，我要享受。"

"真的，我学驾照，后贵生人家开车几年了。"

"贵生脸黑，心里亮堂得很。"

林东平和白灵从来没有说这么多家庭琐事，结婚几年，激情淡退，越来越物质化是人之常情吧。

六十四

一辆黑色轿车爬上坡向大庄而来，地里干活的人正想谁的车，来找谁的，车停了，下来一个戴墨镜的男人，个子不高，微胖。

"老乡忙得好吗?"

"好，很好。"

"请问林东平家咋走?"

"顺大路过去，拐个弯就看见了，是独庄。"

"谢谢!"

那人开车上山了，车停在庄下面的一块闲地里。他下车仔细向上看着，山上一片树林，树林下来是一个土庄，庄左前方有一条小路直通碱沟，碱滩上长着碧绿而茂盛的野菜，叶子尖尖的，当地人叫月牙菜，用水多洗几遍去掉碱气，煮熟，凉拌，是上好的凉菜。

地块陡峭，大小不等，形状不一。来人边看边向上，走进麦场，场里是几个草垛，上面的颜色发黑，看样子有好些年了。再往里走，一个驴圈，槽头拴着两头驴，一黑一灰，黑的高，灰的低，黑的是草驴，灰的是骟驴，它们毛色透亮，浑身干净，精神地吃着麦草，发出很响的声音。再过去是一个羊圈，曾经养过羊，还有一丝膻味，现在放着农具。

来到门上敲门，没人回应，主人不在，应该到地里忙庄稼去了。来人点支烟，蹲在碌碡上等待。

"这是谁的车？走错路了吧？"男主人说着。

"车锁着，人呢？"走进场院，与来人相遇。

"你是林叔吗？"来人摘掉眼镜。

"你是？"

"我是林东平同学。"

"同学？"

"对，叔叔阿姨，我是岷县的……"

"哦，是贵生吗？东平常说起。快进屋吧。"

"谢谢叔叔阿姨！"后贵生提着烧鸡和水果。

"自家人，还拿啥东西？"后贵生被让进门。

"叔叔阿姨，早应该来看看，来迟了，不要嫌啊。"

"啊呀，怎么嫌呢？"

"对，我和东平、西平就像亲弟兄，你二老就是我的亲人。"

后贵生进门打量着院子，大门右边是厨房，厨房对面是一排三间的房子，主房就在中间，这些房子都是土木结构的。他进了主房坐定，阿姨提来电壶泡了茶。

"口渴了吧，快喝点茶。"阿姨说着到厨房里做饭。

"叔叔刚下地，先喝吧。"

"贵生不要客气，就像家里一样就好。"

叔叔递烟，后贵生接住，也给叔叔敬上一支金城烟。

"叔叔种地真辛苦。"

"庄稼人下苦是世下的。"

"叔叔，家里有多少地？"

"薄山陡屲的地很多，要二十几亩。"

"叔叔，我是来了解各个村子的土地的。"

"有新政策吗？"

"地还是自己种，准备到夏收完了组织推土机推地。"

"那是祖辈想望的，农业社修过梯田，就是太窄了，太少了。"

"叔叔，为了保持水土不流失，把四十度以下的地要推平，比原来的宽。"

"农户出钱吗？"

"这是国家的扶贫政策，免费推，地推平了种容易。"

"啊呀，这好得很。"后贵生和叔叔都欢笑。

"先从哪里推？"

"先要选地方，不受村社乡镇地域限制，连片推，从山上往山下推。"

"贵生当官了？"

"叔叔，我在水利厅办公室，是个小小的办事人员。"

"东平说你们几个在引洮工地干得长。"

"干了好几年。现在洮河水快来了，上面的领导想着把地推平了，就能变些水地。"

"有了水地，就不怕老天爷了。"

"就是的，叔叔。"

"你大你妈好吗？"

"不种地了，在兰州帮我领孩子。"

吃过饭，叔叔拿出云阳家园酒，后贵生要开车，没喝。

"叔叔阿姨，东平不在，你们要照顾好自己。"

"没问题的。"阿姨笑着说。

"叔叔阿姨，我带你们到云阳城转一圈吧。"

"嘿嘿，我们身上脏，就把车坐出怪味了。"

"啊呀呀，叔叔，看你说的，我爸我妈比你们二老土气多了，我们庄里基本没人了，条件远远不如这里，那里山大沟深，地又小又陡，推土机进不去推，吃水也得从十几里外驴驮人背，大姑娘一年都不洗澡。快上车吧。"

后贵生一路说话，一路带叔叔阿姨玩，看了云阳县城的鼓楼，看了巴巴峰、云阳塔等等，好好个转了大半天。后贵生送叔叔阿姨回去，吃了晚饭，住在林东平的房子里。

云阳之舞

241

"大哥，你猜我到哪？"躺在炕上时后贵生问。

"金城吧？"

"不对。"声音拖得很长。

"岷县吧？"林东平估计老同学又在耍怪。

"不对。"声音又拐起弯儿。

"洮阳吧？"

"更不对。"

"哪里？"

"云阳！"回答简短干脆。

"县城吗？出差？"

"出差，但在山上。"

"山上多了，到底在哪？"

"一片林子下的那个独庄。"

"哎呀，啥时到的？"

"一天了。"

"吃饭了吗？"

"吃了，睡你的大炕。"

"两年不见，你在这里干啥？"

"你不回家，白灵不回家，我替你们看咱们的老人。"

"哈哈，你卖啥药？"

"别急了，我告诉你，省水利厅组织人员做调研，要搞若干个万亩梯田，发展特色农业。"

"你和谁在一起。"

"我包云阳县，没到农业局，先开车实地了解。"

"好事情。"

"当然！我水利工程人摇身一变成水利保护人。"

"你有猪八戒的本事了。"

"不敢不敢，猪悟能是三变。把地整平了，就可以留住水土，还母亲河以纯洁，还可能留住年轻人，乡愁也就有了安放之处。"

"士别三日啊，这么善言。"

"胡吹而已。我以后多跑云阳，替你尽尽孝，不枉咱们认识一场。"

"谢谢兄弟。"

"就住在我家，就是水不好喝。"

"我是金刚身，不怕酒，还怕水？"

后贵生两个月时间在云阳，他开车把全县的地貌弄熟了，和水保局、土地局、农业局几家单位接洽的时候，对土地如数家珍，让下面吃惊，他们一点不敢糊弄，确定了几个万亩梯田点，做了第一个五年规划，然后由下面这些单位主持招标，开始了机器开辟水平梯田的大时代。他和同事不定期下来督察，看工程的进度与质量。

农闲时间，大规模实行推地作业，依据地貌特点，推出的水平梯田围绕山头像龙盘旋，很有动态感，左一弯右一弯，护佑着村落，美化了山乡。

推地时推开了田间路，完成的梯田里或者连片药材，或者连片洋芋，或者连片玉米，夏秋季节，风景优美，引来画家写生、省电台、中央电视台的记者采风、做节目。

后贵生在林东平家住过多次，像一家人一样实在。林东平感慨，秦川在杭州照顾刘敏父母，他和白灵在西安照顾干爸干妈，而后贵生在云阳期间照顾他的大和妈。

生命往往是错峰，往往是巧合，正是这错峰和巧合，突显了人间大爱与真情，你能不热爱生命吗？

六十五

林东平利用空闲报考驾照，他学习一贯踏实，对他来说理论课很简单，很快过了理论课，一有时间就跟师傅练车，师傅对他很好，格外操心辅导，时间不长他能熟练开车，像让车、倒桩、上坡半步启动这些完成得很漂亮，他拿上驾照证本后请师傅吃饭，叫他的安泼烦师傅作陪，师傅敬师傅，安泼烦把自己先敬醉了，惹得教练师傅哈哈大笑，笑林东平为啥拜这样没起色的师傅，人行业不同，性格不同，思维不同，这很有道理的。

林东平借了教练的车，先把教练送到门口，再把安泼烦师傅扛到他家，安破烦老婆开门时惊奇安泼烦在徒弟的肩膀上那样乖，就像小孩熟睡在大人的怀抱里。安破烦老婆让林东平喝杯水再走，他说迟了不打搅了，就下楼来。

开车到租住的楼房下——他已经搬过三次家了，大城市租房住很泼烦的——他把车喇叭打响，惹得白灵和林水瑶咯咯咯地笑着下楼迎接他，他用绅士的动作邀请妻子女儿上车。

"能行吗？"白灵怀疑。

"教练师傅说了，我是他最优秀的学生。"

"爸爸，别吹。"

"坐上试试吧，小乖乖。"

林东平开车带家人赏西安的夜景，他稳稳地掌控方向盘，就像在球场上运球一样得心应手地把握节奏。白灵还是担心，怕分散林东平开车的注意力，她默默地看着窗外，女儿看窗外的间歇，一会儿看看妈妈，一会儿看看爸爸，妈妈咋不说话，她感到很奇怪。

睡在被窝里，白灵搂住林东平亲切地说："明天买车！"

"这么急？"

"技术要日日新。"

林东平开车的目标是送女儿上学，送白灵上班，回云阳老家看望大和妈，买了车他继续刻苦勤练，因为路况变化多端，高速路上大车多，开车时刻得操心，所以他一点不敢马虎。当然新手能上高速路还要时间限制，他不急不躁，认真练着车，等待着时间。

一年过后，林东平开车回老家，带着妻子和女儿，还有几塑料桶自来水。七个小时后他下了高速，走上回家的便道，他知道随时会出现三轮车和摩托车，农用车司机没有交通安全意识，想加速就加速，想急转就急转，并且常常在路口猛奔出来。

林东平开车一个多小时到了家，把车停在麦场里，推地时顺便把路推宽了，推平了，车直接能到门口了。大和妈跑出来了，大拿着一段红绸子被面绑在车头上，表示庆贺。

吃西安带来的水，白灵和女儿肚子没有不适，一家人欢欢乐乐住了几天。

"要是洮河水能到门上，咱们就可以经常团圆。"林东平妈说。

"妈，大有希望了，你不要急。"白灵安慰婆婆。

土庄被梯田拥抱着，梯田装扮了山形，山形装饰了家园。林东平领女儿和妻子到梯田里玩，到山上玩，到林子里玩。到了林子深处，白灵忍不住哈哈大笑，她想起那次疯狂的跳舞，一朵红云飞上脸，她青春依旧，风采依旧，本来还年轻嘛。

盼望吃上洮河水的是婆婆，盼望吃上洮河水的还有白灵，白灵来自山里，她血管里有爱山的基因，结婚多年，她只来过三次婆婆家就把她彻底整怕了，亲戚不知道，以为她架子大，林东平管不住她，其实给他们说了，他们绝对不相信，还会说她娇气，她心里藏着苦恼。

有了车，带了水，白灵和女儿开开心心地在家里玩了几天，享受了山风的弹琴，空气的温柔，大家的温馨。

水完了，林东平也不敢冒险，大家都不舍，林水瑶尤其对爷爷奶奶恋恋不舍，对狗呀鸡呀毛驴呀不舍。林东平开车回西安，高速走了个来回，他把西安到云阳老家的路况摸熟了，只要有功夫，他可以回来了，一家人高兴不是一般。

日子过得飞快，林东平从离开豹子岭隧洞快四年了。

"老哥，引洮主干渠将要全面试水，你来参加庆贺吧。"

"贵生，你没哄我吧？"

"这是我们多年的梦，我咋敢骗人呢？"

"这是天大的喜讯，组织个特殊的庆贺吧？"

云
阳
之
舞

245

"怎么组织?"

"到时你就知道了。"

林东平特意请了半个月假,开车到了云阳县,联系县委宣传部和县文化局商量准备搞一场浩大的通水庆贺仪式。

云阳县从各单位抽调了八百个精干的小伙子,由林东平负责教云阳板打法,每天训练六个小时,上午三小时,下午三小时,一共训练了两周。

激动人心的日子到了,一段一段打开闸门,洮河的水按捺不住激情激荡着从九甸峡水库汹涌到豹子岭隧洞、经过老虎嘴隧洞、野猪坡隧洞、野狐崖隧洞,流过其他隧洞,所有的渡槽、所有的暗渠,吵吵嚷嚷、挤挤挨挨,摔着跤、唱着歌,经过崇山峻岭千河万沟,二十几个小时的奔波,喧嚣着终于到了大阴梁,大阴梁开闸,水库里响起了汩汩的水声。

各线路报告管道没问题,水流完全达标,洮河试水成功,引洮一期工程取得重大胜利。

礼炮鸣空,鞭炮连连,定西市和云阳县的负责领导讲完话后,林东平排练的云阳大舞闪亮上场。

东南西北各两面大鼓,八位鼓手穿白色黄边衣服,中间一面大鼓设置在两米高台,林东平同样穿白色黄边演出衣服挺立台上。

"咚!"林东平指挥。

"咚!"八鼓呼应。

"咚咚!"

"咚咚!"八鼓再次呼应。

一百六十个穿黄衣服的小伙子手拿云阳板呐喊着进来绕林东平跑一圈站定。

"咚咚咚——"林东平发指令。

"咚咚咚——"八鼓呼应。

一百六十个穿白色衣服的小伙子拿云阳板从西面呐喊着跑上

来列阵，每行四十人；一百六十个穿绿色衣服的小伙子拿云阳板从东面呐喊着跑上来列阵，每行四十人；一百六十个穿黑色衣服的小伙子拿云阳板从北面呐喊着跑上来列阵，每行四十人；一百六十个穿红色衣服的小伙子拿云阳板从南面呐喊着跑上来列阵，每行四十人。四队人马同时上场，同时摆阵。

"咚咚咚——咚咚咚——"九鼓齐鸣，鼓声响彻山峦，响彻北川。

穿黄衣服的一圈开始挥舞云阳板，一阵朝外，一阵朝内（指挥台），一阵朝苍天，一阵朝大地，打出龙舞中土的气势。

其他四队每二十人一个方向，变成八卦阵型，同时开展云阳大舞，一会白色的两组、绿色的两组、红色的两组、黑色的两组，云阳板相对而打，一会云阳板相背而打，一会儿八面同时和黄色的相对而打，一会又相背而打，一会集体向大地"咔咔"献出敬意，一会集体向天宇"嚓嚓"献出敬意。

林东平在台上用鼓声和肢体动作指挥，八卦阵上打一遍按顺时针反向换一个位置，中间的一组按逆时针围绕林东平旋转。八面云阳手，时合时分，时上时下，像猛虎归山、火烧燎原；时静时动，时快时慢，如蛟龙翻江、长风追月。

还有四面大旗，西边是虎旗、东边是龙旗、南边是朱雀旗，北边是玄武旗，分别在大鼓后左右摇摆衬托造势。整个队形是菱形里套着八边形，八边形里装着一个圆，圆里有个圆台，林东平就在台上。

阵型变化如草原奔马，如蓝天飞云；色彩流动如江河滚滚，如仙女凌空。

好一场云阳大舞，舞得刚猛如山，柔细如雨。

好一场云阳大舞，把人类对水的崇拜模拟得淋漓尽致。

好一场云阳大舞，把人类对水的求索演绎得艺术传神。

正当几千人沉浸在龙腾虎跃之舞时，一辆吊车从人墙后面悄悄开来，伸出长臂，从半空掉下两个仙童模样的孩子，一男一

云阳之舞

247

女，手拿彩带，缓缓落在林东平的肩上。女孩在左肩，男孩在右肩。林东平放下鼓槌举手握住两个精灵的腿，在指挥台上转了三圈。

观众齐声如潮般喝彩，白灵以职业的敏锐，拍下了激动人心的一刻。女孩就是林东平和白灵的女儿林水瑶，男孩就是后贵生和陶荷花的儿子后圆梦。

"嗨嗨嗨——嗨嗨嗨——"

八百男儿大声呐喊着退场，声音响彻黄昏，响彻群山，响彻北国……

六十六

观看庆典的有十里八乡得到消息的民众，有的步行来，有的骑着摩托车来，有的开着三轮车来，有的开着小车来，凭借的工具不同，但心情一样，都是一样的笑脸，都是一样的兴奋。他们看八百人打云阳板像军人练操和刺杀，很震撼；再看到两个小孩从天而下，感到万分吃惊。人们回家后一直议论，好长时间还在激动中。

林东平开车回家看望大和妈，像任何事没有发生一般陪老人安静地吃了晚饭，第二天就到云阳县城把爷爷二爷的一对云阳板和二爷给他的云阳图捐给了县博物馆。云阳县后来申请云阳板获得省级非物质文化遗产和国家级非物质文化遗产。

当天看庆典的有大庄里林东平的熟人，他们才发现他们庄里出了个大人物，参加引洮工程建设，参加云阳板指挥，从天飞下的女孩就是他的女儿，男孩是他同学的儿子。远近认识林东平或者认识林东平大、妈、姐、姐夫的人都把林东平说得像神一样，说林东平不但当工地技术员，而且负责了整个引洮工程的设计，是一个大名鼎鼎的工程师，对下一步引洮进村的具体线路绝对有权确定。不论林东平大、妈、姐、姐夫怎么说林东平只是一个技术员，但村民就是不信，还说林东平家人和亲戚怕人们托他们办事情，鬼着不说实话。你看，淳朴的农村人就这样认真。

一年后，云阳县城吃上了洮河水，云阳县城的饮食如烧鸡粉、饸饹面、大肉面、擀面皮、醪糟、腊肉、牛肉、羊肉、腌驴肉比以前更香了，擀面皮、醪糟、腌肉远销北京上海广州深圳；云阳县的道地中药材本来出名，有了好水，外地药厂走向云阳，几个药厂生产的红芪口服液、黄芪党参药膳、颗粒中药等等，大批量走向全国；云阳家园酒味更醇美，流行云阳全县乃至金城、西安。好水，是最大的手艺，或者说能弥补手艺的不足，云阳人真明白了这个。

又是一年，林东平所在的大庄里也吃上了洮河水，再没人上山下沟挑泉水了。有了足够的人畜用水，大庄里人集体养牛，一家三五头、五六头不等，牛一头卖一两万，比驴值钱得多，有的还务起了果园、菜园，经济明显好了，大庄人有余钱修房子、买小车，而林东平家还是两头毛驴，是云阳县没有吃上洮河水的几户人家之一。

"老哥老嫂子，你儿子干得那样大咋不往家里引水？"庄里人说，东平大和妈心里窝火，不说话。

"大领导清廉，怕人说闲话影响他的前途。"林东平大和妈咋接话呢？

"东平，咋这么长没打过电话？都好着哩吗？"

"大，我又在工地，往渭河引汉江，工程大，任务重，就没顾上打电话。我妈好着哩吗？"林东平在四十度高温、90%高湿度的洞里施工，艰苦难以想象，除了不断地涌水，还有频繁的岩爆十分危险，为防止飞石伤人，林东平他们头戴钢盔，身穿防弹衣工作，谁知道水利工程人工作环境的危险？这个情况不能给大和妈说，也不能给白灵说，否则他们不操心死啊？

"好着哩。就是只咱们家没水吃。"

"大，给咱家引水要花几十万，划不来，有那钱还不如咱们

云阳之舞

249

搬到西安。"

"劳动惯了，离开地我和你妈坐不住。"

"能坐住，西安的老人打牌下棋开心得很。"

"人家领着退休金。"

"大，有的也没退休金。"

"大庄里的谁在城里去了，后人媳妇子不给花搅去捡破烂，过的不是人的日子，可怜死了。"

"大，我一个挣大工资的怎么让你和我妈受委屈呢？"

"你妈和媳妇子能住扎吗？"

"白灵高兴都来不及呢，能！绝对能住在一起！水瑶想爷爷奶奶得很。"

"万一住不扎呢？"

"肯定能住成，真的不行，我给你和我妈点房子住，能点起的。"

"说得轻松，让我们败坏媳妇后人的名声？"

林东平大没洮河水吃，心里不暖和，人前抬不起头。

"泉水吃到七十几了，你气短啥？"林东平妈说，但她心里很不暖和。

"你养的能干后人，清廉得很，咱们不搬家，他偏不引水。把后人养大了。"

过了几天，三个姐姐回娘家商量，轮流给林东平打电话。

"他舅舅，咱大和妈没心劲得很，不知咋了？"

"没引上水。"

"你也知道没水吃，不会走个后门？妈四十岁养你，大家白疼了！"

"大姐，我真没那本事。"

"你研究生白上了？给别人办事利索，给家里人就装大？"三姐说话不饶人。

"三姐，你要理解我。"

"谁理解大和妈?"

"再说，只给咱家引水就要三几十万，这是天文数字啊。"

"就是让你给领导说，你不是和赵厅长熟吗?"

"熟，赵厅长没管钱。"

"不说算了，我们把大和妈领到我们家去，看你在庄里怎么抬起头?"

"二姐，你不要着急，水迟早会引上的。"

"工程结束了，人早撤了，猴年马月引。你哥在，大、妈就不指望你了!"

"暂时的，还有引洮二期工程哩。"

"你念了书，就会骗我们，鬼才信!"大姐把电话挂了。

大姐比他大十岁，二姐大八岁，都从没给他说过重话，林东平不由想起得脑膜炎五岁死掉的哥哥，难受了半天，吃晚饭没味道，给家打电话。

"水瑶，想爸爸没?"

"想，天天想。"

"听话，乖，我休假就回来了。让你妈妈接。"

"白灵，家里好吗?"

"好，就是母女孤单。"

"受苦了!"

"爸爸也受苦。"女儿插了一句。

"宝贝，写作业去，我和你爸说几句。"

"有啥心事?"

"你咋知道。"

"我嗅到了。"

"就是老家里没接上洮河水，大、妈、姐姐都不高兴，对我意见大。"

"谁让你不引呢? 我也有意见，看公公婆婆都不敢去。"白灵开玩笑。

林东平默不作声。"你不会给水务局的说一声,是一句话的事。"
"不是那回事。"
"我知道你讲原则。"
挂了电话,林东平暗自想:"原来,白灵也有意见。"
林东平心里很乱,大、妈、姐姐共同供给自己上学,但自己给亲人什么还没帮上,他想给林西平打电话诉苦,拨了前面几个号,又停手,弟弟还……

六十七

一年前,林西平到北京向王云阔教授谈起西藏之梦,王教授很支持。

"青藏高原空气稀薄,没有好身体不能适应,你一定先要保证身体安全,不可冒险。"

"老师放心,一定。"

"不要强来,不适应早回来。"

"嗯,老师。"

"我向西藏大学介绍一下,你可以一边工作,一边考察。"

"谢谢老师,您对学生太关心了。"

"你是秦教授的高足,也是我的学生,现在是国家的人才,论私论公我要你一定保证安全,国家的大建设等着你们挑大梁呢。"

"明白,再次感谢老师厚爱!"

林西平为了看看沿途风光,坐火车向拉萨去,金城换乘高原列车,经过长途跋涉,过唐古拉山口时,顾客都吸氧,林西平体质强健,吸氧很少。到拉萨时他感觉情况不错,但知识告诉他要保持慢慢走路,要有个适应过程。

西藏大学校长热情地接待了林西平,林西平以支教老师的身份到了西藏大学的课堂,一边工作,一边考察,他感觉很好,很自然地适应了高海拔的生活。教书让他认识了藏族学生，这是他考察的向导和助手，他明白了王教授让他这么做的深意。

林西平双脚触摸到拉萨的土地，虽然还没看到雪山，但西藏的蓝天蓝得一尘不染，像圣者的心灵，让他崇拜。他做了规划，先到四五千米的高度看雪山，下一步到六千米高度再看，他还准备要到边防站去考察，了解边防战士的生活状况。

两周适应了拉萨的环境，由藏族司机开车，走上四五千米的高度，雪山皑皑，强烈震撼着林西平的心灵，当阳光在雪峰走过时，雪峰金光闪闪更加闪亮，更加温暖，更加迷人，强烈吸引着他的眼睛。啊，日思夜想的雪山，梦魂一样的雪山。

"不来西藏，不看这么美的雪山，就白当工程人了。"林西平乐开了花，在心里给自己说。

林西平在西藏生活了三个月，完全适应了，他通过西藏大学联系到了军区的飞机送他到更高的地方，他在飞机上看到雪峰波涛般汹涌时，对他的震撼真难以用语言形容，祖国西部的水资源太丰富了，如果有技术引向大沙漠，是真正的造福子孙万代，这需要代代科学家的努力。

下飞机，再坐军车，沿途遇见不少蓝格晶晶的湖泊，美女的明目一样含情，一样吸引人，他不断下车提取湖水，回到西藏大学，他主持化验了从湖泊采样的水，发现水虽然纯清，但好多湖水重金属超标，长期直接饮用对人身体有害。

边防战士生活非常艰苦，常年驻守高海拔地区，对身体是严峻挑战，冷风呼啸，气候干燥，大山险峻，山崖嶒峻，道路曲折，大雪封山前军车进入都不容易，每年十月大雪纷飞，哨所与外断绝，战士吃不上新鲜蔬菜，自己用炊具融雪来饮用，气压低做饭耗时大，还要承受孤寂的考验，但他们以果敢和担当守候着祖国的西部边陲。为了改善战士的生活条件，林西平多次到边防站考察，了解战士的饮水情况，从内心深处敬佩这些时代最可爱的人，他用平生所学协助军队工程人员优化了部分道路和进化水

云阳之舞

的设备，给边防战士解决了一些实际问题。

但是，林西平来西藏的主要目标是看雅鲁藏布江，如何把雅
鲁藏布江的水实现北调注入黄河或者长江源头，这才是林西平的
最大梦想。

雅鲁藏布江的五大支流之一就是拉萨河，在拉萨市到拉萨河
很方便。

林西平教学很认真，就像他的老师一样，用人格、用知识赢
得学生的尊敬，学生乐意陪他到野外考察，他利用周末或者其他
空闲，带学生深入野外实践，他把从老师那里学来的实践方式用
到了自己的学生身上，使实践精神有了传承，带动了西藏大学，
他很欣慰。

林西平还学会了骑马，和藏族学生骑着马，足迹遍布拉萨河
谷，他仔细考察了拉萨河到雅鲁藏布江的一线，他很自豪地对自
己说："来西藏，来对了。"三个月时间考察完拉萨河谷，向其
他的支流进发，一年时间，他和学生考察完了雅鲁藏布江的五大
支流。

依照时间该回去了，但林东平又选择留下。因为他才踏入雅
鲁藏布江大拐弯，他着迷于雅鲁藏布江大峡谷，这里蕴藏着丰富
的水力资源，还有无尽的野生资源，如何在保证环保的情况下在
这里修建巨型水力发电站，并把大坝里的水引到沙漠或者注入长
江，确保南水北调西线取水后长江流域各水电站的发电水量稳
定，这是南水北调最大的课题，也是最高端的课题，作为一个顶
级水利工程人，他推迟结婚就是为了趁年轻身体能适应深入研究
这个大课题。

当然，林西平深深懂得这个课题要实现的困难，比如要打通
喜马拉雅山的技术、克服雪山崩塌的技术，研究出能承受高落差
引水重量的特殊材料的管道，还有巨大的经济问题、人力问题，
对高原施工人员身体的保护技术，对未来环境影响的科学预测等
等，这是非常复杂的综合问题。但林西平热衷于这个课题的研究，

一代人不行，还有下一代，他要为后来人准备材料，积累数据。

　　林西平克服严寒的侵袭，克服五六千米高度严重的高原反应，忍受晚上休息时的头疼和难以入眠，他在雅鲁藏布江一线来来去去坚持了几个月，以惊人的毅力完成了他的调查。

　　半年后，林西平带着详实的资料飞往北京，向他的研究生导师、博士生导师汇报工作。导师十分敬佩这位学生，感谢这位学生。

　　"祖国培养了我，我甘愿为祖国奉献青春。"这是林西平对导师的回答。

六十八

　　北京的师友劝林西平尽快解决个人问题，林西平说还有一件事完成后一定成家。他坐飞机来西安看望哥哥嫂子侄女。

　　"水瑶，让大伯抱抱。"林西平说着走向侄女。

　　"你不是我大伯。"上小学的林水瑶噘着嘴说。

　　"我是啊。"

　　"你是藏民。"

　　白灵看着满脸高原红，被紫外线弄伤眼角的林西平，她不由泪如流泉，一年半不见，林西平黑多了，这哪儿是当年"黑白双煞"中的"白"啊？林东平长年在野外工作，也比他白多了。

　　"水瑶，就是你大伯。"

　　"不是，身上有膻味，声音也不像。"

　　"就是你大伯，他去西藏变成这样的。"

　　"嫂子——"

　　"快进屋吧。"

　　林西平坐下后给侄女说："好水瑶，我是吃七分熟的牛羊肉身上才带膻味的，我是为抵抗高原的严寒逼迫自己喝青稞酒把嗓子喝沙哑的，你明白吗？"

　　林水瑶眨着眼睛看林西平，还是不懂。

"乖侄女,我早抱过你几次哩,快叫你爸爸回家来吧。"

"爸爸,你赶快回家来,家里来了一个人说是我大伯。"

一会儿,林东平开车过来了。"兄弟,你受苦了!"说着和弟弟相拥。

林东平仔细看弟弟,粗糙的红脸,一双眼睛深沉而刚毅,透露出饱经风霜的成熟和高贵。弟弟外表变了,内心依然没变,只有他能感受到。

"哥哥,你看我这个样子,把水瑶吓了。"

"水瑶,过来,这就是你那个大伯。"

林水瑶跑过来说:"大伯,你怎么变成这个样子?你会演戏吗?"

孩子的话,让白灵更加难过,因为她是个感情丰富而内心十分善良的人。林水瑶慢慢坐在林西平的腿上,林西平搂着她给她讲西藏的蓝天白云、雪山森林、草原牦牛。

"大伯,我没认出你,你见怪我吗?"

"孩子,怎么能怪你呢?你长大就懂大伯了。"

吃完饭,林东平开车和林西平到母校去转,车停在校门外。走进校门,花枝招展的女同学、衣冠楚楚的男学生惊奇地打量着他们两个,谁知道他们就是有名的黑白双煞呢?

走过操场,兄弟俩寻找那坐小山,已经推掉修成楼房了,他俩转身走出校门。林东平开车到城墙边停下车,两人拾级而上,到城墙上,他们深情地看着街灯如昼,车辆如河。

"西安好美。"林西平好久没看西安的夜景了。

是啊,都市是美好的,谁知道背后有不少人为了它的繁荣默默奋斗着。兄弟两个想起那次几个小时的徒步,他们明白生命是一场远征,他们已走过许多高山大河,但前路依旧漫漫,他们还要不停地追赶……

"回家吧,兄弟!"

回到家里,白灵煮好咖啡。"谢谢嫂子!"

"别客气，西平。"

"过几天回太乐看看吗？我送你。"

"心里蛮想，但我这个样子不能去。"

"西平，再不要出去了，一定成个家。"

"快了，嫂子。"

"西平，弟妹差不多完成学业，你今年必须……"

"再等三几个月，一定结婚。"西平笑着打断哥哥的话。

西安呆了两天，林西平要坐飞机去海南。

"到海南有啥事？"白灵担心地悄悄问。

"去约会。"林西平愉快地回答。

送走林西平，一家三口人进门。"东平，你猜西平干啥去了？"

"没说，我不知道。"

"他说约会，是不是太理想化了？"

"是有大事情，但肯定不是与女朋友约会，我了解我的弟弟。"

"不也是我的吗？"

林东平笑了，但心里为弟弟着急。林西平到哪里去了？只有他自己知道，他继续走上追梦的道路。

清晨，一艘军舰悬挂五星红旗驶离海南港口，向苍茫的大海乘风破浪。这艘军舰上有文工团的演员，他们是去慰问南海守礁的边防战士的。和文工团演员一起去的还有十几位嘉宾，是南海舰队特邀的。

南海，地理位置特殊，中国近海中面积最大、水最深的海区，是南下进入印度洋的门户；南海渔业发达，油气和海洋矿产资源丰富；属于热带和亚热带气候，热带海洋性气候显著，春秋短，夏季长，冬无冰雪，四季温和，空气湿润，雨量充沛。特别是中部和南部海区，终年高温高湿，长夏无冬，季节变化很小。

军舰起初在雾气蒙蒙的大海上航行，能见度较低，两三个小时，潮湿的海风由东南吹散雾气，军舰飞速前进，但始终被无边

云阳之舞

的大海托举在掌心，远看画着弧线。向南，能见度变高，军舰路过三沙，小憩半小时，继续向南，海水越来越深，天空越来越远，气温越来越高。昨天他们还在温带，今天他们已经在热带；昨天他们在内陆，今天已在深海。他们大多人第一次与大海相遇，特别好奇与兴奋，一路看着波涛，看着海鸟，看着相向的船只，情绪很好。

夜来了，旅客吃过晚饭入室休息，大家一时兴奋睡不着，有人悄悄来到甲板上感受夜风，热带的夜风除了潮湿没有清凉感，他们看着黑色的大海上似有鱼类的鳞光，黑色的夜空星星闪烁垂向大海。

两天的时间，到了最南边的岛屿，看到可爱的守边战士正手持钢枪站岗，演员们情绪空前激动，就在军舰上给战士们表演节目，深情慰问。就这样一个岛礁一个岛礁拜访，一个岛礁一个岛礁演出，由南往北慰问，每走近岛礁演员情绪如潮。

半月过去，演员们回到海南，酷热的天气让他们很难受，一到陆上就去泡澡放松身体。演员回来了，谁没发现那十几位嘉宾去哪了，只有他们自己知道，只有祖国知道。嘉宾不是旅游的，也不是搞服务的，他们是为秘密任务而上的军舰，每到一个岛礁，留下两个，只不过穿着军装上岛。

南海资源丰富，近海国家疯狂抢夺，域外国家虎视眈眈，南海表面风平浪静，但暗流涌动，为了给边疆战士创造适宜而安全的坚守环境，上级派出专家团队勘察南海岛礁的扩充建设线路。

这十几个特殊客人，秘密地选择地方，搜集数据，充实资料。他们都是国内顶尖的人才，在这里要生活三几个月，并且与亲友不再联系。林西平就在他们中间，因为他有在青藏雪域工作的经历，经验丰富，沉着冷静，担任最前沿岛礁上的分队队长。南海游弋外国军舰，为了防止其对岛礁的觊觎，我们的军舰在周边巡航岛礁，林西平他们悄悄地配合着军舰，进入各自的角色，默默为南海岛礁大规模建设做着前期基础工作。

林东平送走林西平后只收到一条短信："哥嫂，我安全抵达，勿念！"弟弟没打电话，林东平感到意外，但此后与他失联，就像那次白灵参加抗洪采访，白灵只是失联一周，但林西平一个月过了，没消息；两个月过了，还没消息；三个月过了，还没消息。

林东平和白灵怀疑弟弟出了大事，但不敢往家里说，两人天天焦虑地等待林西平主动联系……

六十九

林西平一回到海南就给长乐家里打了电话。"大，我出差几个月，没顾上问，你和我妈都好吗？"

"好几个月没音讯，把人操心死了，家里都好，你好就好。"

通完话又打给白灵。"嫂子，在家吗？"

"西平，这么长没来信，谁把你领走了？好着没？"

"好着哩，接受了一项特殊任务。"

"是不是醉卧花乡了？祝贺！"

"我还没有那福分。"

林东平刚进门走过来接上电话。"喂，兄弟你把人吓死了，是啥任务？"

"哥，让你们牵挂了，不好意思。任务暂时保密，以后你会知道的。"

"安全比啥重要，回来就好。"

"哥，绝对安全，你和嫂子放心，水瑶乖吗？我闲了来看你们三位。"

"很听话。先好好休息几天。"

"好的，再见！"

林西平又一一问了弟弟妹妹，报了平安。

他确实想休息了，在海上五个月已经很累了。在宾馆洗了热水澡，他惬意地仰面朝上躺在席梦思床上享受着，但心情依旧激动，没有睡意，往事如昨。

当大海托出朝阳或夕阳沉入大海时，迎光的一边是无边的血色，背光的一边是无边的金色；当月亮朗照大海的时候，受光处银波荡漾，最远处有安静的暗色：光像神魔一样演绎着美丽和变幻。林西平天天兴奋地看着大海，久久难忘它的壮美和神秘，日出日落让他感受到了火样的激情和力量，潮起潮落让他顿悟生命的涌动和恒久。

林西平连续三个月在岛上工作，天气潮湿濡热，衣服渗出盐碱，身上冒出臭汗，洗澡极为不便。热带气候，三天一场雨，天气闷热，还不时遇上风暴或者雷雨，实在难受，他体会到了守岛官兵的艰辛，三个月的勘察结束，专家对修建方式很快确定，认为在高科技下人工造岛没有南水北调西线工程的难度，向高层提出施工越快越好的建议。高层回复很快，林西平十分欣喜，请求主动延长两个月，参加吹沙填岛的工作。林西平回到三沙休整了几天，和工程人员一起前往岛礁开始了艰苦而震撼世人的工程作业。

林西平在雪山上经受了严寒与缺氧的煎熬，面色变得很黑，又在南海接受烈火般的炼狱，面色变得赤红，热与冷的锤炼让他脸上身上脱了一层又一层的皮，经历让这位秦岭山区出生的子弟获得金刚之躯，他早已成为一个能挑起祖国建设大梁的工程师。

两年后，林东平家里迎来大喜。引洮惠民工程不落下一户人家，脱贫工程不落下一户人家。云阳县水务局专门组织为住地偏远的人家引洮河水，大庄人上山把消息传给林东平家里。

"林哥，大好事，公家就要给你们家免费引水了。"

"这确实是一件让人高兴的事。"

几天后水务局的工作人员上山确定引水线路，林东平大和妈赶紧把他们迎进家门泡茶递烟，留他们吃饭。

"叔叔，这是公事，我们不能打搅你们。"

"给我们私人引水，吃饭是应该的。"

"谢谢叔叔，我们喝口水就好得很。"

"家里的泉水不好喝，对不住你们。"

"阿姨，不要这么说，正因为没好水吃才给你们引水的。"

"谢谢你们，你们的大恩我们永世不忘。"

"叔叔阿姨，我们受不住。要感谢就感谢好时代吧。"

"感谢时代，感谢社会，也感谢你们。"

"也应该感谢你们的儿子，我们才知道你儿子给引洮工程出了大力。"

"东平学的是工程专业，干工地是应该的，不能谢他，应该感谢培养过他的所有老师和学校。"

送走水务局工作人员，林东平大连夜给后人打电话。

"东平，摊上好事了。"

"大，咋了？"林东平有点紧张。

"公家要给咱家引水了。"

"大，真的？"

"明后天就挖渠。"

"线路太长了，咱们家没劳力，我回来帮忙吧？"

"你在哪里？"

"在引水工地，在汉中。"

"划不来，包给别人，或叫人帮工。"

第二天，水务局的工作人员来指导给林东平家引水。"叔叔，是这，民工干一天付一天的工资，看有人干吗？"

正说着话，庄里人带着铁锹镢头等工具来了，他们是来义务帮工的。

"各位乡亲，劳动是有报酬的，给你们发工钱。"

"我们邻里邻居的，不要钱。"

"必须算工钱，不然我们交不起差的。"

"你们把我们庄里人看扁了，我们收了钱人会翻祖宗的，挣这点钱我们心里不安稳。"

"那咋办？"

"要么我们免费挖，要么你们另雇人。"

"好好，我请示领导。"

年轻人向水务局领导汇报："喂，王局，老百姓不要钱，要义务帮工，咋办？"

"那就满足百姓的愿望吧，我们办事就是要让百姓满意、高兴。"

就这样定了，庄里人一齐呵声干起来，林东平的姐姐姐夫赶来帮忙，两天的时间就挖开了渠。林东平大买了烟给庄里人发，他们高兴地抽着烟、说着话、干着活，让林东平大和妈特别感动。水务局的人指导架管子，第三天刚架好管子，天黑了。

明天要试水，林东平家是云阳县最后一家通水的，他大和妈的那个高兴啊谁也比不上。

林东平大吃完饭兴奋得睡不着，就往后人媳妇子打电话。

"东平，管子已接好了，明天试水，试完水再埋管子。"

"这么快就挖开了？"

"庄里人主动来帮忙，死活不要工钱。"

"我到西安了，明天正好休息，我上来感谢庄里人。"

"还有水务局的人也要感谢。"

"对，应该感谢所有的好心人，下苦人。"

"那更好。"

白灵一直在旁边听，挂完电话，她高兴得跳起来。

"你咋神经了？"

"我不怕到婆婆家混饭了。"

"还有吗？"

"不好说。"

"老夫老妻了，有啥不好说的。"

"真不好说嘛。"

"到底咋了？神神秘秘的。"

"睡时给你说。"

"水瑶，想过爸爸没？"

"想。"

"哪里想了？"

"这里。"林水瑶指着自己的心说。

"想看爷爷奶奶吗？"

"想，不敢去。"

"为啥？"林东平明知故问。

"我妈说我俩是过敏体质，吃不成泉水。"

"你妈现在不怕了。"

"为啥？"

"你问你妈妈。"

"妈妈，为啥？"

"你问你爸爸。"

"到底咋了？我还要写作业哩。"

"咱们家有洮河水了。"林东平和白灵一起高声说。

"耶！"三个人手拍到一起，异常兴奋。

林东平接着电话问林西平："弟弟，你在哪？家里好吗？"

"好，大哥你在哪？"

"我在西安，明天回云阳。"

"大伯大妈都好吗？"

"都很高兴，明天通水，再不吃泉水了。"

"我也来庆贺！"

"你不要来了，以后咱们相聚。"

"我高兴，要回来看看，还要到九甸峡一带看看。"

"九甸峡已通油路，成了著名的旅游景点。"

"对，这就更有理由来了。"

"怎么过来？"

"坐飞机到金城，让后贵生开车把我送过来。"

"那咱们在云阳老家相会。"

林西平也要来，林东平比任何时候高兴，他已经好久没见弟弟了，连夜去超市买了烟酒糖果和其他东西。刚睡下，他想起白灵没说完的话，就问她说啥。

"给你再生个胖娃娃。"

"谁给咱带？"

"断奶了，放在云阳老家。"

"谢谢，老婆！"

"应该谢谢洮河水神。"

第二天五点半，林东平早早起来开车，往云阳而来。车上白灵和林水瑶像猫一样兴奋，互相抱着说话、欢乐，没管专心开车的林东平。

城东下了高速，林东平给大和妈打电话："大，我到云阳了，西平和后贵生也来，我等他们一起来。"

"西平，你到金城没？"

"我过定西了，后贵生和陶荷花还有后圆梦也在。"

"我在高速路口等你们。"

"好的。"

林东平顺便带女儿和妻子绕鼓楼转了一圈，绕环城路转了一圈，让两位感受云阳县的发展变化，等他开车到城西高速路口时后贵生的车到了。

"圆梦弟——"

"水瑶姐——"

"娃娃就是爱娃娃。"白灵说。

"孩童无忌，咱们随便敢拥抱吗？"陶荷花笑着说。

"咋不敢？"后贵生转身又问林东平，"我忘了，你们庄子叫啥名字？"

"云渭山庄。"

"有诗意的名字。"陶荷花说。

"云阳县内，渭水北岸，大山之巅。"林东平说。

"西平先去九甸峡兜一圈还是……"后贵生问。

"水瑶定。"

"先去九甸峡。"

两辆车一先一后在柏油马路上奔驰，快两个小时，碧玉般的水像美人的眼睛，柔柔地出现在他们的面前。

"洮河，我们又见面了。"五个大人的声音夹着一个奶声奶气的声音。

"洮河，圆梦来了。"一个高八度的男孩的嗓音。

让游客为他们拍了照，两辆车掉头飞上柏油马路，飞向云渭山庄……

七十

林东平家里人很多，有帮忙的村里人，有看通水凑热闹的村里人，还有县水务局的两个工作人员。人们都聚集在林东平门前的麦场上，等待林东平到来，已经是下午四点了，但大家都耐心地等着，他们都知道林东平为引洮出了大力，要他亲自为家里打开水龙头的水。

"来了，来了，车上山来了。"

"哎快看，后面还有一辆。"

村民们欢呼雀跃地说着。两辆车先后停在麦场上，林东平他们下车，村民们欢笑着围上来。

"各位爷爷奶奶叔叔阿姨兄弟姐妹们，大家辛苦了，我专门赶回来是感谢大家的，请进屋喝水吃烟吧！"

"场里就很好，人多屋里坐不下，不进去了。"

"辛苦你们两个了，谢谢！"林东平过去和水务局的工作人员握手。

云阳之舞

"不辛苦，久仰大名，今日一见，我们十分高兴。"

"过奖了，咱们是同行，干着一样的活。"林东平谦虚地说。

林西平、后贵生给大家发林东平带来的烟，陶荷花和白灵给女的发饮料。

"你看这两个媳妇攒劲不？"一个老婆婆说。

"还有两个心疼娃娃，和电视上的一模一样。"

"对对个的，和咱们山上人就是不一样，咱们太土了。"一个年轻的媳妇接话。

"阿姨们，姐妹们，谢谢大家，让大家久等了。"白灵说。

"你听这声音多好听。"另一个老婆婆说。

"好听，声音像林子里的鸟一样脆。"一个中年妇人说。

"请试水吧。"一个工作人员对林东平说。

"让村里的老人试。"林东平说。

"王家爸，你来开水吧。"林东平大对那个胡须花白的老人说。

"给你们家试水，还是让东平试吧，咱们不就是专门等他的？"

"王爷爷，还是你来吧，就当是代替我爷爷的。"

"好娃娃，我不能，让你大来。"

"王爷爷，我爷爷没等住洮河水来，你就来吧。"

老人是林东平爷爷的好朋友，他猛想到去世的好朋友不觉眼睛一热。

"老哥，就当我替你开自来水，你在地下看着吧。"

老人颤抖着手去拧水龙头，当一股清凉的洮河水喷薄而出的时候，乡亲们点燃了庆贺的鞭炮，鞭炮声响彻山里山外，响彻厚地高天。

林东平大、妈激动得满脸通红，他们七十多岁时吃上了洮河水；白灵激动得闪烁泪花，她三十多岁时，可以在云渭山庄这个家自由住下去了。

"快埋管子，光不要吃烟了。"谁喊了一声。

乡亲们纷纷拿起铁锹干活，林东平感动极了，突然想起车里的酒，奔过去打开车后备箱，拿出酒和杯子，依据年龄辈分给乡亲们敬酒。

乡亲们一面喝着酒，一面欢笑着埋水管子。夕阳照亮山坳的时候，乡亲们干完活，用粗手擦一把汗憨笑着告别林家人。乡亲们就是这样实在，一顿饭不吃，照样愉快地帮工，林东平、后贵生开车把老人送往大庄他们的门上。

"实在太辛苦了，吃个便饭再回。"林东平回到家留水务局的工作人员吃晚饭。

"不了，感谢你为家乡父老的付出。"他们给林东平说。

"咱们是同行，真不要见外，留下陪陪我的兄弟，他们才是引洮中干得最多的。"

林西平、后贵生也一起挽留，才留住两位。吃饭时，林东平给两位介绍了林西平和后贵生，还有陶荷花和白灵。林东平已经很高了，身边还有这样的高人，让两位着实吃惊不小。

"洮河水引来改变了云阳的水质，原先管子里的水白沫子多氯气味大，难吃得很，六楼还常停水，得下楼提水吃，现在修到三十层的楼房都不缺水。"水务局的一个工作人员给林东平他们说。天黑时，工作人员开车回去，一路还说着林东平他们几个。

林东平家是云阳县吃上洮河水的最后一家，也是定西、白银、兰州三个市里最后通水的几户人家之一。林东平家吃上洮河水，标志着引洮一期工程圆满结束，解决了陇中干旱地区三百多万人的吃水问题。

送走水务局的同行，林东平进屋时林水瑶和后圆梦两个睡着了，两个娃娃陪大人跑了一天，早累了。他和大、妈，还有林西平、后贵生、陶荷花、白灵几个东西南北地说着话。

"大、妈。我有个想法。"

"啥？"妈妈问。

"我给咱们弄个喷灌，可以变几亩水地。"

"人有水吃就好得很，浇地太浪费了。"林东平大心疼的还是水。

"大，我还要给咱家弄洗澡的和水冲厕所。"

"别胡折腾。"

"大，箍个水泥池子，把洗澡的水和冲厕所的水存起来，抽到地里，还是好肥料，一点不浪费水。"

"好办法，农村刚完成了农电改造，电线粗完全能带起机器。我以后看叔叔就可以和城里人一样洗澡了。"后贵生笑着说，也惹笑了大家。

"大伯大妈，我看行，我哥设计这点小活就像一加一等于二一样简单。"大家笑声刚停下，林西平又把大家逗笑了。

林东平妈只是高兴不说话，白灵也是。

"引洮二期工程已经开工，咱们明天到现场看看。"林东平转移话题。

"到哪看？"

"华家岭。"

"华家岭是一片红色的土地，我早想去。"白灵说。

"这一带推地时，我去过几次，我给大家做向导。"

"车上油够吗？"林东平妈担心地问。

"阿姨，路是柏油路，马营有加油站。"

"大伯大妈明天也去，车上人刚合适。"

"陶荷花在华家岭好好唱几支花儿。"白灵说。

"我到金城后，再没唱过，不会唱了。"

"华家岭像九甸峡，今晚构思构思。"林西平说。

"叔叔阿姨，你侄子和媳妇就是会欺负我。"

"我看只有黑炭敢欺负你。"林东平笑着说。

"我早是良民了，洗锅抹灶是行家。"

"听听贵生胡吹的。"陶荷花笑着说。

"就这么定了，爸妈等着明天在华家岭听洮河花儿。"白灵笑着说。

"好，一言为定。"后贵生热情地答应。

七十一

第二天，林东平、后贵生开车下山，两辆车上了马云路，向东北方向疾驰而去。

不到一小时到马营镇，加了油，向北依山而上，二十分钟到华家岭村，再走一个小时到大墩梁。

把车停下，后贵生领着大家步行向顶走去，因为带着两个小孩，他们走走停停，走得相对慢些。到红军纪念碑前大家默默敬礼，表示对革命先烈的怀念。

在大墩梁顶俯视，四周层层梯田依着山崯一直铺下山去，一眼望不到边，梯田里有绿色的庄稼，有泛黄的庄稼，显示着盛夏的繁盛，是啊，幸福的生活来得极为不易。华家岭是一片英雄的土地，红五军为了掩护三大主力会师，负责殿后阻击装备精良而且有飞机支援的国民党的两个军，在这里血战了两天两夜，给九倍之敌以重创，同时以副军长罗南辉为代表的八百多名红军英雄长眠于此。

夏日的庄稼给山梁沟崯正披着一层盛装，不是纪念碑提示，谁能看出这里曾经经历了巨大的流血和牺牲呢？

"应该在必要的地方多修建红色纪念馆，让后辈们记住历史，懂得和平实现的艰难，也应该让年轻人重走长征路，弘扬长征精神。"白灵看着在城市里来的两个孩子在山顶欢天喜地奔来跑去玩耍时想。

后贵生看着平坦的地里长着茂盛的庄稼，心有几多感触，多年前这里还是坡地，水土流失严重，是劳动让华家岭变得如此美丽，从事水利工程真是高尚的职业。

"黄土高原山梁盘旋山峁林立，被纵横的山沟切割得支离破碎，由于地震或者雨水的不断渗入有些黄土层裂缝严重，搞工程，容易塌方容易透顶，有一定的难度。"林东平看着四周的沟梁说。

"是的，但这比遇上过渡带要容易，毕竟全是黄土，地质单纯。华家岭黄土凸起，看山下有裸露的岩石被流水冲出道道红沟一直通向河底，初步确定地质结构复杂，引洮二期工程在这里要实现隧洞作业估计难度不小。"林西平看着地貌给大家说。

"贵生，二期在哪里动工？走看看去。"林东平问后贵生。

"这个，我还真不知道。"

"贵生官僚了，你在这里多次来就没问问？"白灵开后贵生的玩笑。

"走，下山问人。"后贵生说。

"有熟人吗？让发个位置。"

"我这几年搞推地，没留意工程。"

"你真脱离群众了。"林西平也欺负他。

"不要怪怨贵生，咱们下去问问人就知道了。"林东平大给后贵生解围。

车向山下而来，到华家岭村问人，方向走反了，应该向西，路很难走。绕了一大圈才找到工地。

这个隧洞超过十公里，工程人员正打竖井探测情况。三人拿出工作证向工地负责人进行了自我介绍，负责人同意了，林东平、林西平和后贵生戴安全帽进入工地，其他人在外面等候。

林西平仔细查看井壁四周，更加坚信了以前的判断。"华家岭的地质条件特殊，越到里面会越复杂的。"他提示工地技术员。

"谢谢林总，我们会谨慎的。"

"祝你们成功，有情况可以电话联系我。"

林西平不放心，给工地负责人留了自己的电话。时间不早了，他们上车向云阳而来。

"贵生，车不要超过七十，马云路超速会拍照的。"林西平提示后贵生不要急。来到云阳镇上，林东平请大家吃了大盘洋芋土鸡，摸着黑路回到云渭山庄。到家了，林东平妈提来两个大电壶和几个盆子让大家洗完脸、泡完脚，然后大家慢慢喝茶说话。

"华家岭比这里高许多，风还大，大暑天很凉快。"林东平大说。

"叔叔，华家岭风大又稳定，风力发的电一直送到了云阳县城。"

"我说那么多风转儿，老鹰的翅膀一样大得怕人。"林东平妈说着玩笑话。

"今天怎么没让陶荷花唱花儿？"

"过了这个点，再没歇脚的店。"陶荷花笑着说。

大家一起笑，笑声飞出院落，飞向山林。第二天，林西平坐后贵生的车上金城，他要坐飞机回北京。

林东平留在老家给家里修水冲厕所，姐姐姐夫过来帮工，一周就修好了，他又进城叫了安太阳能的，安了四季沐歌的太阳能热水器。厕所的墙壁贴了白色的墙砖，顶上装了浴霸，比房子漂亮。

"这怎么舍得上厕所呢？"

"妈，你放开享受吧，把身体洗得白白的。"

"这死女子。"林东平妈笑骂调皮的三女儿。

林东平还设计了喷灌，能给庄窠下面的两块地浇水了。林东平演示喷灌的时候大庄里的人来看稀奇。

"呀，还是大学生厉害。"

"是工程师厉害。"

"对，就是的。"

林东平决定给姐姐家都要设计，姐姐姐夫感到无比自豪，走起路来风一样快，说起话来山一样响。

第二年，林东平大也养起了牛，务起了果园、菜园，还有了两块水浇地，庄稼能保收了，让全庄人羡慕。

"大，种水地就够生活了，其他的地退耕长草吧。"

"看情况吧。"

"上年纪了，不能老是这样下苦了。"林东平心疼大和妈。

让林东平大和妈更长精神的是好后人还答应帮村里人设计厕所和修建喷灌哩。

林东平要回西安时正好是农历十五，他和大商量了一下，大清早给爷爷奶奶还有大伯三叔各献了一大杯洮河水，作为四代人圆梦洮河的特殊纪念，作为林家人彻底卸掉心灵枷锁的最好的纪念。

七十二

柳六宝没想到又来甘肃，他和甘肃结下不解之缘。

柳六宝和林西平在引洮一期工地分别后就回到鲁西老家，陪家人住了几天，然后去找那位姑娘商量婚事，姑娘在县医院上班。

"妹子，真让你好等，对不起啊。"

"哥，你回来是天大的喜事，不要再自责了。"

"妹子，你心真好，就像那轮月亮。"

"我就专门等着天狗来。"两人哈哈大笑。

一个月后，柳六宝风风光光地娶来了姑娘，没用婚庆，摆了二十几桌，招呼了亲朋。

柳六宝像一个征战沙场的老兵，一个转身淡退了刀光剑影和大漠风尘，过起了安稳的平凡日子，谁知道他曾望穿边关冷月？谁想到他曾听尽笛里相思？

柳六宝和爱人就像从远方来的客家人生活在一片新的土地上，远离了相思和离别，远离了纷繁和艰辛。他们安静地享受着人间的烟火之气和家庭的温馨之美。

"妹子，我再不离开你了。"

"谢谢哥，你还要钻山的。这是你的工作，就像我必须面对疾病和死亡。"

"妹子，我想自己干，这样才能照顾你。"

"哥，你自己干还得搞工程，工程不会永远在家门口。"

"我可以在附近承包。"

"承包竞争大，近处不一定包上活。"

"妹子，你说单独干真正合算不？"

"修建的黄金期已过，还是原单位保险。"

"那好，咱们先不考虑这个，还是享受生活吧，妹子！"这是大事情，柳六宝真不敢下定决心。

柳六宝发现油米柴盐的家庭生活，是世界上最美的，他和爱妻平静地过着日子。不过，飞翔的翅膀还没收拢，因为他正年富力强。年轻，是追梦的岁月。

"妹子，咱们问问大家的意思。"

"好的，亲哥哥。"妻子和柳六宝大笑。

"爸、妈，我常年在工地，对家亏欠很多，想自己干，二老觉着合适吗？"岳父岳母还没说话，妻哥说话了："六宝，还是吃公家饭好。"

"我也觉着哥说得对。"妻弟说。

"我去山里，把重担丢给你姐，太难为她了。"

"自己干，要花钱买设备，托关系承包活，风险很大。"岳父发言。

"六宝，问问你爸你妈。"岳母打圆场。

"我爸我妈不太懂。"

"听听老人的没错。"妻哥说。

听妻子家人这么一说，柳六宝更加矛盾了，和妻子回鲁西看望父母。

云阳之舞

"爸、妈，我们来了。"

柳六宝爸妈看到儿媳来很亲热，忙端上好吃的。

"谢谢爸爸妈妈!"儿媳的话让两个人仿佛听了佛音。

"爸爸，妈妈，有件事。"

"啥事，儿子?"小个子妈妈反应一直比爸爸快。

"不好说。"

"咋了?"

"爸爸，我想自己干。"

"咿——你干得好好的，不要胡来。"

"儿子，听你爸的，不要因贪心反而吃大亏。"

"爸爸妈妈，那咱们保持稳定。就是照顾不上家啊。"

"没事的，日子要靠大家。"妻子说。

柳六宝最后关闭了飞翔的心门，彻彻底底落入现实，继续留在山东工程队当技术员，当工程师。

"喂，西平，忙吗?"

"咋了，六宝?"

"我想好了，还是抱紧公司的大腿干。"

"定下就好，我早给你说过要转向压力大。"

"嗯，还是现实一点好。"

柳六宝和林西平通完话，心里顿时轻松了许多，困扰他几年的问题终于得到解决。

"媳妇，我继续干水利工程，只是你的担子加重了。"

"老公，一家人不说两样话。"

柳六宝，像以往一样在工地、单位和家之间不停地跑动，有序地走在日月的大道上。

习习凉风翻动着华家岭风车的白色翅膀，暑夏时节这里是旅游的胜地。柳六宝站在这片英雄的热土上，与林西平视频。

"西平，你猜我在哪儿?"

"没在甘肃吧?"

"你看。"柳六宝把镜头转向山峦、风车。

"哎呀，你抛弃妻子和女儿不会在这里避暑吧？"

"你猜呀。"

"工地遇到问题了？"

"对呀，前面的工程队通过斜井探测难度太大不干了，退标了，我们工程队又中标接管了这里的活。岩层太厚了，比老虎嘴难度大多了，怕还要请外援。"

"好，你们仔细察看，我先联系辽宁煤矿工程队帮助你们，但要你们领导同意。"

柳六宝和领导勘察地形，有一段时间，认为必须找合作单位。

"西平，我们需要帮助单位。"

"辽宁那边已答应，我再联系，让先派专家过来。"

几天后，辽宁的专家下飞机坐小车来了。柳六宝和工程队领导陪专家深入现场察看，经过艰苦地寻找终于确定了打竖井和斜井的位置。

过了一段时间，辽宁煤矿工程队的工人来了，他们帮山东工程队从华家岭顶部打通了三百米的竖井，国内少有这么深的竖井。

后来还打了几个斜井，是工程中最陡的，山东工程队实施紧张的隧洞打钻作业，柳六宝离别妻子和四岁半的女儿，再次忙碌到引洮工地。

暑来寒往，工程不断遇到问题，艰难地进行着，经过五年的时间终于打通隧洞。

华家岭隧洞是整个工程建设中难度最大的"卡脖子"洞段，它的打通标志着引洮二期工程的主干渠全线贯通；也标志着柳六宝人生的大转折，他从二十二岁参加水利工程一线建设，到引洮二期主干渠成功时已到不惑之年。

隧洞打通，柳六宝打电话给在西安的林东平。

"来西安，我请你。"林东平高兴极了。

云阳之舞

275

"工程曾遇到什么问题?"白灵接过电话采访柳六宝。

"遇上了花岗石岩层,裂缝没规则,极为不稳定,工程出现了十三次大量塌方,还出现大量的涌水,是老虎嘴、野猪坡和野狐崖隧洞的复合问题。"

"这些问题怎么解决的?"

"对涌水,一面抽水一面封堵。真正考验人的是塌方,几个月时间才把最大的塌方箍好,是跨单位的合作让我们最后完成任务,对友情单位,我们工程队十分感谢!"

"水利工程人远离亲人,用青春谱写了一曲曲感人至深的奋斗之歌,在这里,我替黄土儿女感谢你们水利工程人忘我的奉献精神!"

"谢谢嫂子!能让甘肃几百万儿女吃上洮河水,我为水利工程人感到自豪和激动!"

华家岭隧洞贯通后,其他工程点也遇到了不少问题,如寺子乡王二村隧洞遇上断裂带,岩层破碎,涌水涌沙,前边两个公司先后撤标不干了,还剩下1.3公里硬骨头,进行第三次招标,由安徽工程队接替干。隧洞高1.9米,宽1.6米,两个人先用钻机钻,再撤出钻机,爆破人员进去爆破,清理渣滓时只能一人侧身进去,衣服上满是泥。涌水涌泥,洞里成了泥糊糊,工程难度很大,仿佛在豆腐上打洞穿过,安徽工程队用水玻璃等快速凝结的材料,对塌方段进行化学灌浆,确保滑坡体不流动;平时是先打洞再进管,改为先进管再打洞;塌方段顶端使用特殊的管材——遇到泥浆可以穿进去的地质空心管;管子打好清理时,采用一次全封闭的钢拱架,加强支护,前前后后用了三个多月,终于打通了最难的40米……难度虽然如此,但神勇的工程人用智慧和毅力终于解决了问题,让天水几十万人吃上了洮河水。

2021年9月28日,是引洮工程最重要的日子,是陇原儿女最激动的日子,也是甘肃水利工程建设书写最得意的一页:引洮二期全线通水,世纪伟业圆满成功。

从9月28日这一天以后，不知从哪里不断飘来一曲曲花儿，好像在洮河岸边，又好像在渭水流域；它从原野来，从劳动者的嗓子里来；从天上来，又从天上去，飘荡在陇中山川，飘荡在陇原儿女的心间。

洮河水女儿身，千呼万唤天上来；

九甸峡亮明镜，洮河女儿笑开怀。

主干渠大血管，洮河女儿踏歌来；

分干渠小血管，洮河女儿就是美。

……

啊噢……华家岭哟刮大风，洮河水儿如珠欢。

啊噢……陇原大棚哟赛归帆，木头棒上蘑姑眠。

啊欧……渭川山茶者树树红，三阳桃儿哩嘛颗颗甜。

啊呕……静宁苹果者枝枝挂，内官蔬菜哩嘛走天边。

……

哎……哎哎……洮河的水哩长又长，池塘鱼跃耶闪金光。

哎……哎哎……云阳药草哩遍地香，红艳草莓耶醉四方。

……

洮河的水清呀清，流过华家岭哩耶奔向前；

洮河的水清呀清，流过王二村哩耶到秦安；

洮河的水清呀清，流过世纪哩耶润陇原；

洮河的水清呀清，流过春天哩耶向永远……

2021年10月31日初稿
2021年12月31日二稿
2022年8月22日三稿
2023年8月26日定稿

云阳之舞